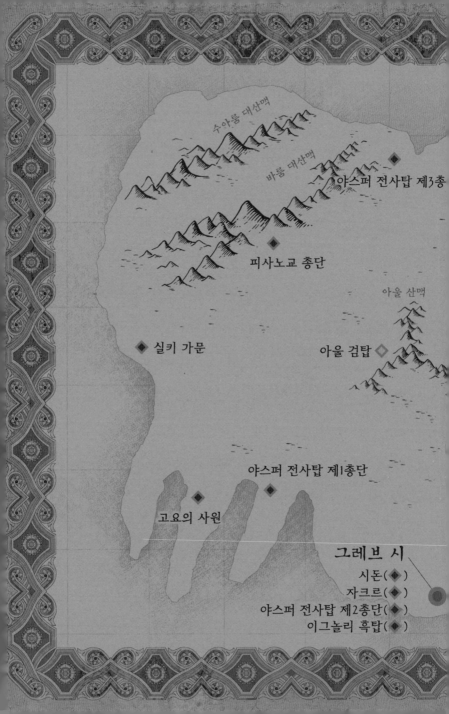

수아룽 대산맥

바룽 대산맥

야스퍼 전사탑 제3총

피사노교 총단

아울 산맥

실키 가문

아울 검탑

야스퍼 전사탑 제1총단

고요의 사원

그레브 시

시돈(◆)
자크르(◆)
야스퍼 전사탑 제2총단(◆)
이그놀리 흑탑(◆)

추이타 북산맥

추이타 대초원

추이타 남산맥

피요르드 시
쿠퍼 가문(◇)
은화 반 닢 기사단(◇)
모레툼 교황청(◇)

과이올라 시

솔노크 시

솔 강

퍼듐 시
시퍼 마탑(◇)

원시림

라폴리움 시
라폴 도서관(◇)

트루게이스 시

뉴브로도 시
아바니 가문(◆)
수의 사원(◆)

◇ 백 진영
◆ 흑 진영
◆ 중립 진영
● 도시

언노운월드 대륙 전도

ETAN 의탄

ORIGINAL FANTASY STORY & ADVENTURE

쥬논 판타지 장편소설

dream
books
드림북스

이탄 25 대전쟁이 발발하다 1

초판 1쇄 인쇄 2022년 4월 8일
초판 1쇄 발행 2022년 4월 25일

지은이 쥬논
발행인 오영배
편집 편집부
일러스트 필연
표지 · 본문 디자인 오정인
제작 조하늬

펴낸 곳 (주)삼양출판사 · 드림북스
주소 서울시 강북구 도봉로 173
대표 전화 02-980-2112 **팩스** 02-983-0660
편집부 전화 02-987-9393 **팩스** 02-980-2115
블로그 blog.naver.com/dreambookss
출판등록 1999년 3월 11일 제9-00046호

ⓒ 쥬논, 2022

ISBN 979-11-283-7144-8 (04810) / 979-11-283-9990-9 (세트)

드림북스는 (주)삼양출판사의 판타지 · 무협 문학 브랜드입니다.

목차

부제: 언데드지만 신전에서 일합니다

사대신수

『성혈의 바하문트』

—신수: 날개 달린 사자

—상징: 공포

—속성: 흙(土), 피(血)

『불과 어둠의 지배자 샤피로』

—신수: 광기의 매

—상징: 탐욕

—속성: 불(火), 어둠(暗), 나무(木)

『포식자 하라간』

—신수: 투명 마수

—상징: 타락, 나태

—속성: 얼음(氷), 균(菌), 물(水)

『둠 블러드 이탄』

—신수: 냉혹의 뱀

—상징: 파멸

—속성: 금속(金), 빛(光)

발췌문

— 인터뷰 대상자: 어어어, 그러니까 제가 어디까지 말씀을 드렸죠?

　— 질문자: 그날 철벽을 목격했다는 지점까지 말씀하셨네요.

　— 인터뷰 대상자: 아! 그랬죠. 그분은 정말 철벽이었어요. 저 더러운 백 진영 놈들로부터 우리를 보호해주고 구원해주는 철벽이요. 마음속 깊은 곳까지 신뢰하게 만들어주는 그런 철벽이요.

　— 질문자: 그러니까 그 철벽이 신인님들을 가리키는 것이겠죠?

— 인터뷰 대상자: 신인은 개뿔. (손바닥을 세워서 입가에 대고 속삭이듯이) 쳇, 어디 가서 차마 이런 말을 내뱉을 수는 없지만, 그날 신인님들은 모두 비겁하게 도망을 쳤다니까요. 우리들만 적진에 내버려둔 채 싹 다 사라져 버렸다고요. 에잇! 퉤퉤퉤.

— 질문자: 헉? 진짜요?

— 인터뷰 대상자: 진짜이고말고요. 제 증언이 못 미더우면 다른 생존자들에게 한번 물어보세요. 100이면 100 다 저와 똑같이 증언할걸요? 하여간 그날 우리는 싹 다 전멸할 위기였어요. 신인들은 우리만 전쟁터에 내버려둔 채 모두 다 내빼셨고요, 마도전함들도 싹 다 사라졌죠. 바로 그 암울한 순간에 기적적으로 철벽이 나타난 거죠. 그분이 버팀목이 되어준 덕분에 우리가 무사히 살아남아서 교로 복귀한 거라니까요.

— 질문자: 호오, 그렇군요.

— 인터뷰 대상자: 네. 그래요. 저는 아직까지도 그분의 든든한 등을 목격했을 때의 울컥한 감동을 잊지 못하겠어요. 대체 그 철벽은 누구였을까요? 도대체 어떤 사도가 스스로를 희생하여 백 진영의 무시무시한 공세를 홀로 받아내었을까요? 그리하여 우리들 수천 명의 사도들을 구원했을까요? 설마 그분은 태초의 마신이신 피사노 님의 현신이

셨을까요? 아아아!

　— 질문자: 태, 태초의 마신이라고요? 그건 너무 나간 것 아닌가요?

　— 인터뷰 대상자: ……. 글쎄요. 저도 잘 모르겠어요. 하여간 그때처럼 울컥했던 순간은 다시는 없을 거예요.

　—피사노교의 패잔병들이 교로 복귀한 뒤 남몰래 가진 인터뷰 중에서 발췌

제1화
확전 I

Chapter 1

이탄은 시시퍼 마탑의 마법사들을 쭉 둘러보았다.

'쎄숨 스승을 제외하면 고체계 애니마 메이지(Anima Mage: 심혼 마법사)들 가운데는 유롬 사숙과 소모로 사숙이 그나마 낫구나.'

이 자리에 모인 시시퍼 마탑의 마법사들 가운데 이탄이 눈여겨본 사람은 단 2명뿐, 유롬과 소모로가 바로 그 대상이었다.

기타 나머지 마법사들은 이탄의 눈에 차지도 않았다.

'심지어 씨에나 님도 실력만큼은 그냥 그런 수준이지.'

이게 이탄의 냉정한 평가였다.

이탄이 마법사들을 살펴보는 동안, 마법사들은 대부분 이탄에게 흥미를 잃고는 각자의 자리로 돌아갔다.

이탄에 대한 마법사들의 관심은 그리 오래 유지되지 않았다. 마법사들은 원래 개인적인 성향이 강한 족속들이었다. 자신만의 세계에 평생을 갇혀서 사는 외골수들의 집단이 바로 마법사들인 것이다.

그런 마법사들에게 이탄은 같은 지파의 동문, 그 이상도 이하도 아니었다. 시시퍼 마탑의 마법사들은 처음에는 잠깐 이탄에게 호기심과 호의를 보였지만 곧 흥미를 잃고는 각자 자신의 숙소로 돌아가 명상과 수련에 빠져들었다.

이들 마법사 중에는 이탄이 금속 계열 마법에 얼마나 뛰어난지 알지 못하는 자들이 태반이었다. 이탄이 처음 시시퍼 마탑에 들어왔을 때 얼마나 교관들에게 큰 충격을 안겨 주었는지 듣지 못한 자들도 많았다. 마법사들이란 그만큼 주변 돌아가는 이야기에 귀를 막고 살아가는 폐쇄적인 족속들이었다.

'관심을 꺼주니까 오히려 편하네.'

이탄이 어깨를 으쓱했다.

솔직히 말해서 이탄은 오지랖 넓은 자들보다는 시시퍼 마탑의 마법사들처럼 개인적 성향을 가진 사람들이 도리어 더 대하기 편했다. 이탄은 한결 홀가분한 심정으로 자신의 숙소에 배낭을 풀었다.

그때 씨에나가 이탄의 방을 찾아왔다.

"이탄 님, 여기 의복이요."

씨에나는 이탄에게 베이지색 로브를 가져다주었다.

이 로브의 색깔이 의미하는 바는 이탄의 신분이 도제생이라는 뜻.

이탄은 아직까지 시시퍼 마탑의 정식 마법사가 되지 못했다. 비록 이탄의 항렬은 씨에나와 동급이지만, 신분은 한 단계 아래인 도제생이다.

씨에나는 베이지색 로브를 이탄에게 전달하면서 자못 미안한 표정을 지었다.

"이탄 님, 미안해요. 이탄 님의 실력이라면 당연히 하늘색 로브를 입을 자격이 있는데…… 그래도 마탑의 율법상 어쩔 수가 없네요."

"아이고, 별 말씀을요. 저는 이것으로 충분합니다."

이탄은 전혀 개의치 않는다는 듯이 손사래를 쳤다. 그러면서도 이탄은 속으로 쓴웃음을 지었다.

'색깔이 문제가 아니지. 로브 자체가 좀 그렇다고.'

이탄은 도제생을 뜻하는 색깔 때문에 마음이 언짢은 게 아니었다. 그는 그저 마탑의 로브 자체가 마음에 들지 않았다.

이탄이 평소에 즐겨 입는 무복은 신축성이 좋고 신체 움직임이 원활하도록 고안되었다.

그런 무복에 비하면 마법사들이 입는 로브는 불편하기 이를 데 없었다.

'쳇. 밑단은 치마처럼 치렁치렁하지. 소매는 펄럭거리지. 이거야 원. 이렇게 불편한 복장을 입고서 어떻게 적과 싸우나 몰라.'

물론 이탄은 속으로만 투덜거렸을 뿐 겉으로는 생글생글 미소를 지었다.

더군다나 이탄은 로브를 입는 게 이번이 처음도 아니었다. 예전에 시시퍼 마탑에서 퀘스트를 수행했을 당시 이탄은 줄곧 로브만 입고 지냈다.

씨에나는 이탄에게 의복을 전달한 김에 몇 가지 설명을 덧붙였다.

"스승님께서는 이미 모처에 가셔서 전략을 시행 중이세요. 우리는 이곳 아지트에서 대기하다가 스승님의 명이 떨어지면 곧바로 출전할 예정이죠. 이탄 님도 그때까지 이곳에서 편히 계시면 되어요."

"넵."

이탄이 활기차게 대답했다.

씨에나가 말을 보탰다.

"만약 숙소가 답답해서 밖에 나가고 싶으면 제게 말해주세요. 어쨌거나 이탄 님은 도제생 신분이라 제가 동행해야 밖으로 나갔다 올 수 있거든요. 물론 가능하면 숙소 안에만 머물라는 것이 사숙님들의 권고지만요."

씨에나는 이탄의 신분을 입에 담으면서 거듭 미안한 표정을 지었다.

이탄은 천천히 고개를 가로저었다.

"아뇨. 씨에나 님, 저는 전혀 답답하지 않은데요. 저는 그냥 방 안에서 마음을 가다듬고 있을 테니까 스승님의 지시가 떨어지면 알려주세요."

"네, 이탄 님."

씨에나가 본인의 방으로 돌아가자 이탄은 침대에 앉아 조용히 눈을 감았다.

'이번 전쟁에서 어느 선까지 내 무력을 개방해야 할까?'

이탄은 우선 이 부분부터 정리했다.

첫째, 모레툼 교단의 가호들.

'이것들은 마음껏 사용해도 괜찮겠지.'

이게 이탄의 판단이었다.

이어서 금속 계열의 마법들.

'이것들도 당연히 오케이지.'

이탄은 예전에도 시시퍼 마탑의 마법사들 앞에서 금속을 다루는 모습을 여러 차례 보인 적이 있었으므로 그때보다 좀 더 발전된 모습을 보여준다 한들 이탄을 의심할 마법사는 아무도 없을 것이다.

다음으로 이탄은 동차원의 술법을 떠올렸다. 이를테면 백팔수라(百八修羅)나 금강체(金剛體) 같은 술법들은 이탄이 가장 즐겨 쓰는 주력이었다.

'아무래도 백팔수라는 자제하는 편이 좋겠지?'

이탄은 마법사들 앞에서 괴물수라의 모습을 굳이 드러낼 필요는 없다고 생각했다. 혹시 아무도 보지 않을 때라면 모르겠지만, 괜히 마법사들 앞에서 괴물수라를 선보였다가는 마법사들의 호기심만 증폭시킬 것 같았다.

다른 한편으로 이탄은 그릇된 차원에서 피우림 대선인과 친교를 나누면서 북명의 술법들 몇 가지를 손에 넣었다.

한데 이탄은 당분간 그 술법들도 봉인하기로 마음먹었다.

"만약에 내가 술법을 발휘해야 할 순간이 온다면, 그 장면을 목격한 자들을 몽땅 죽여서 입을 막아야 할 거야."

이탄은 섬뜩한 이야기를 아무렇지도 않게 내뱉었다.

단, 금강체는 사용해도 좋을 듯했다. 금강체는 이탄의 단단한 몸뚱어리 그 자체인지라 겉으로는 아무런 표시가 나지 않았다.

Chapter 2

공격 위주의 술법들을 봉인한 데 이어서 이탄은 이번에 절대로 사용해선 안 될 것들의 명단을 추가했다.

예를 들어서 피사노교의 흑마법, 흑주술, 그리고 흑체술 등은 절대 금지였다. 부정 차원의 인과율인 만자비문도 당연히 사용 불가였다.

"그렇다면 과연 언령은 어떨까?"

이탄은 정상 세계의 인과율인 언령을 염두에 두었다.

이탄이 군이 언령까지 봉인할 이유는 없어 보였다.

그럼에도 불구하고 이탄은 언령을 남발하지 않기로 결심했다.

'언노운 월드에도 분명히 신이 있을 거야.'

이탄은 최근에 깨닫게 된 신적 존재들을 머릿속에 떠올렸다.

이탄이 부정 차원에서 만자비문의 권능을 드러내자 곧바로 여섯 눈의 존재가 나타났듯이, 이곳 언노운 월드에서도 이탄이 언령의 권능을 마구 남발하다 보면 또 다른 신이 이탄을 주목하게 될지도 몰랐다.

물론 이탄은 신을 두려워하지 않았다. 미지의 적을 의식하여 과도하게 움츠러들 생각도 없었다.

다만 이탄은 신중하게 굴기로 마음먹었다.

"괜히 긁어 부스럼을 만들 필요는 없겠지."

이렇게 중얼거린 다음, 이탄은 꼭 필요한 경우가 아니라면 언령은 자제하기로 마음먹었다.

마찬가지 이유로 이탄은 붉은 금속도 가급적 꺼내지 않을 요량이었다.

언령, 만자비문, 그리고 붉은 금속과 같은 신격 권능들을 자제하고, 이어서 금강체를 제외한 나머지 술법들도 봉인하고 나니, 이제 이탄에게 남은 무력은 다음과 같았다.

1. 모레툼의 신성 가호들.

2. 금속 마법(적양갑주 제외).

3. 쥬신 황실의 광정.

4. 간철호의 흙 계열 마법.

사실 이것들만 따져도 위력들이 대단했다. 특히 화이트니스를 통해서 가짜 신성력을 왕창 투입할 경우, 이탄의 신성 가호는 엄청나게 강해질 것이었다. 따라서 이탄 스스로 언령과 만자비문, 붉은 금속, 그리고 각종 술법들을 봉인했음에도 불구하고 이탄의 무력은 피사노교의 신인급만 아니라면 충분히 싸워볼 만했다.

'당장 내가 천둔의 가호만 펼치더라도 그 광역 공격을 막아낼 수 있는 강자는 그리 흔치 않을 거야.'

이탄은 이제 스스로를 너무 낮게 평가하지 않았다.

이탄이 머릿속으로 생각을 정리하는 동안에 자정이 지났다.

이탄은 한밤중에도 잠을 자지 않았다. 이탄은 침대 위에
바른 자세로 앉아서 (진)마력순환로를 돌렸다. 뇌를 여러
개로 쪼개서 술법도 연마했다. 다른 한편으로는 이탄은 만
자비문을 고민하였다. 언령에 대한 공부도 병행했다.

시간이 흘러 다음 날이 되어도 시시퍼 마탑의 아지트는 여
전히 조용했다. 이탄은 방에 처박혀서 수련에만 몰두했다.

이탄이 방에서 나오지 않는 동안, 씨에나는 무려 서너 차
례나 이탄의 방문 앞까지 찾아왔었다.

그때마다 씨에나는 차마 이탄의 방문을 노크하지 못했
다. 그녀는 몇 번을 망설이다가 그냥 돌아섰다.

'이탄 님께서 수련에 몰두하고 있을 텐데 차마 방해를
할 수는 없지.'

솔직히 씨에나는 이번 기회에 이탄과 좀 더 친해지고 싶
었다. 그런데 그게 생각보다 어려워서 마음이 쓰렸다.

"하아."

씨에나는 이탄의 방문 앞에서 뒤돌아설 때마다 짙은 탄
식을 내뱉었다.

고요하던 이탄의 일상은 불과 수십 시간 만에 깨졌다.

하루 뒤인 9월 26일.

드디어 쎄숨으로부터 명령이 떨어졌다.

아지트에서 대기 중이던 고체계 애니마 메이지들은 명령이 내려오자마자 곧바로 출전 태세를 갖췄다. 모든 마법사와 도제생들이 각자 배낭을 짊어지고 아지트 입구에 후다닥 집결했다. 이탄도 입구로 나와서 씨에나의 옆에 섰다.

"목표가 어디입니까? 자크르? 아니면 시돈?"

이탄이 씨에나의 귀에 대고 속삭이듯이 물었다.

이탄이 자크르와 시돈을 거론한 데는 이유가 있었다. 최근 흑 진영의 거대 세력들 중에 자크르와 시돈이 대형 사고를 쳤다. 이들 두 세력은 서로 힘을 합치더니 백 진영에 속하는 노아의 신전을 급습하며 멸망시켜버렸다.

이 사건이 기폭제가 되어서 쎄숨이 대륙 남부로 출전하게 된 것이다.

이탄은 '이러한 배경에 비추어 봤을 때 쎄숨 스승의 공격 목표는 자크르 아니면 시돈의 지부 가운데 한 곳일 거야.' 라고 지레짐작했다.

다른 마법사들도 모두 이탄과 비슷한 생각들이었다.

그 예상이 틀렸다. 쎄숨이 지정한 목표는 자크르나 시돈이 아니라 대륙 남부 그레브 시 인근 남서쪽 해안가에 똬리를 틀고 있는 이그놀리 흑탑이었다.

의외의 명령에 이탄이 눈을 동그랗게 떴다.

"아니, 씨에나 님. 지금 뭐라고 하셨습니까? 이그놀리 흑탑이 목표라고요? 제가 잘못 들은 것은 아니겠지요?"

"이탄 님, 제대로 들으셨어요. 스승님께서 왜 뜬금없이 이그놀리 흑탑을 목표로 지목하셨는지 저도 모르겠답니다."

씨에나는 당혹스러운 표정으로 대답했다.

씨에나가 당황할 만도 한 것이, 이그놀리 흑탑은 흑 진영의 핵을 이루는 거목 중의 거목이었다.

이그놀리 흑탑은 단연 원 탑(One Top)의 자리를 꿰차고 있는 피사노교를 제외하면 흑 진영에서 가장 강력한 세력 중 하나로 손꼽혔다. 이그놀리 흑탑은 무술과 체술에 특화된 집단으로, 탑에 소속된 무투사들의 숫자도 어마어마하게 많을뿐더러 뿌리도 깊었다. 자크르나 시돈이 주로 그레브 시에만 병력이 집중되어 있는 것과 달리, 이 전통 깊은 흑탑은 대륙 남부를 넘어서 언노운 월드 전체에 뿌리를 뻗고 있었다.

물론 자크르나 야스퍼 전사탑, 그리고 시돈의 네크로맨서들도 흑 진영 전체를 통틀어서 능히 열 손가락 안에 꼽히는 곳들이긴 했다.

그러나만 세력의 규모나 전투력으로 평가했을 때 이그놀리 흑탑은 이들 세 세력보다 최소한 4배에서 5배는 더 강대했다.

Chapter 3

이탄은 고개를 숙이고 고민했다.

'단순히 이그놀리 흑탑이 강한 게 문제가 아니야. 쎄숨 스승의 명령에는 한 가지 의문점이 있다고.'

최근 백 진영의 뺨을 때린 장본인은 어디까지나 자크르와 시돈이었다.

그런데 쎄숨은 문제를 일으킨 범인들은 그냥 내버려둔 채 엉뚱하게도 이그놀리 흑탑에 보복하려 들었다.

게다가 최근 몇십 년 동안 이그놀리 흑탑은 비교적 잠잠하게 지내는 터라 백 진영과 딱히 부딪친 적도 없었다.

'그런데도 이그놀리 흑탑을 친다고? 이건 뭔가 이상하잖아.'

이탄은 고개를 갸웃했다.

이탄이 아무리 따져 보아도 쎄숨의 명령은 선뜻 이해가 가지 않았다. 이탄이 보기에는 쎄숨 스승의 막무가내 행동이 오히려 빌미가 되어서 흑과 백 사이에 대전쟁이 발발할 수도 있을 것 같았다.

'그런데도 이런 결정을 내렸다고?'

그러다 문득 이탄의 뇌리에 한 가지 가설이 떠올랐다.

'오홋? 설마 쎄숨 스승은 이번 기회에 남부의 국지전을 확대할 생각인가? 혹시 전 대륙에 불을 지를 생각인 거야?'

쎄숨의 명령만 놓고 보면 이런 의심이 들 수밖에 없었다.

뒤이어 한 가지 중요한 점이 이탄의 마음에 걸렸다.

'말도 안 돼. 이런 엄청난 결정을 지파장이 단독으로 내린다고?'

이탄은 고개를 가로저었다.

'아니야. 그건 불가능해. 마법사들이 제아무리 독립적인 존재라고 할지라도 쎄숨 스승 혼자서 대전쟁을 결심하지는 못한다고.'

흑과 백 사이에 대전쟁이 벌어지면 시시퍼 마탑의 앞날도 어떻게 변할지 몰랐다.

그런 엄청난 사건을 쎄숨 지파장 혼자서 독단적으로 결정할 수는 없었다. 이번 출전의 배후에는 분명히 시시퍼 마탑의 최상위층, 즉 탑주와 부탑주들의 승인이 있었을 것이 분명했다. 최소한 이탄이 판단하기에는 그러했다.

'아무래도 쎄슘 스승과 탑주, 부탑주 사이에 사전교감이 있었겠지?'

이탄은 이번 공격 명령이 쎄슘 지파장이 아니라 그보다 윗선에서 내려온 것이라고 추측했다.

'그렇다면 나는? 나는 과연 대전쟁을 바라고 있는가?'

문득 이런 질문이 이탄의 뇌리에 차올랐다.

이탄은 질문에 대한 답을 얻기 위해 스스로의 마음속 깊은 곳 심연의 밑바닥을 들여다보았다. 그리곤 깨달았다.

'원하는구나!'

두근, 두근, 두근.

이탄의 심장 박동이 갑자기 빨라졌다.

언데드가 된 이후로 사람보다 몇십 배는 더 느리게 뛰던 심장이 아니던가. 그런 심장이 갑자기 쫄깃해진 기분이었다.

두근, 두근, 두근, 두근, 두근, 두근.

대전쟁을 상상하면 할수록 이탄의 심장박동은 점점 더 격해졌다.

그렇다!

이탄은 흑과 백의 대전쟁을 원했다. 흑 진영과 백 진영의 무수히 많은 세력들이 우르르 들고 일어나 서로를 향해 칼을 휘두르고 피가 강이 되어 흐르는, 그러한 시대가 도래하기를 이탄은 은근히 바라고 있었다.

물론 이탄의 성향은 전 세계에 피의 수레바퀴가 구르기를 희망할 정도로 악랄하지 않았다.

단지 이것은 이탄의 본성이 바라는 일이었다. 이탄의 가슴 속 저 깊은 심연 밑바닥에 웅크리고 있는 듀라한의 본성이 폭력을 갈구했다. 피를 갈구했다. 어마어마한 규모의 대전쟁을 갈구했다.

두근, 두근, 두근, 두근, 두근, 두근.

이제 이탄의 심장은 미친 듯이 뛰었다.

이탄은 가슴에 손을 대고 펄떡 펄떡 뛰는 심장을 꾹 눌렀다. 그러면서 입꼬리를 비스듬히 끌어올렸다.

'후훗. 쎄숨 스승님, 지루했던 평화의 시대에 종지부를 찍고 싶으신가요? 악의 무리를 처단한다는 미명 아래 한바탕 피의 비를 뿌리고 싶으신가요? 좋습니다. 당신의 계획에 기꺼이 장단을 맞춰드리겠습니다. 어디 한번 해봅시다.'

이탄은 품에서 귀장갑(鬼掌匣)을 꺼내서 양손에 꼈다. 귀장갑은 이탄이 동차원 금강 종주의 보물창고에서 발견한 귀물이었다.

유래가 제대로 알려지지 않은 이 귀기 어린 귀물은 남명의 대선인인 금강 종주도 다스리지 못했을 만큼 사이하고 파괴적이었다.

물론 이 지독한 귀장갑도 이탄에게는 고분고분 순종했다.

이탄은 한때 이 귀장갑을 상시 착용하고 다녔다. 무기보다 맨손을 더 선호하는 이탄이지만, 귀장갑만큼은 예외로 둘 정도였다.

한데 그 귀장갑에 그만 문제가 생겼다. 이탄이 부정 차원에서 여섯 눈의 존재와 치열하게 싸움을 벌이다가 그만 귀장갑에도 손상이 간 것이다.

치열했던 전투 이후로 이탄은 한동안 귀장갑을 사용하지 못했다. 그러다 이탄은 오늘 다시 그 귀물을 아공간에서 꺼내서 손에 착용했다.

전투를 앞두고 손에 귀장갑을 끼는 이탄의 모습은 수도 승처럼 엄숙하면서도 섬뜩한 피 냄새가 풍겼다.

이탄이 나직이 중얼거렸다.

"그릇된 차원에서 여러 가지 재료들을 확보해놓길 잘했지. 희귀한 재료들과 아나테마 영감의 지식 덕분에 귀장갑을 무사히 수선할 수 있었잖아."

만약 이탄에게 희귀한 재료가 없었더라면? 또한 아나테마가 적재적소에서 훌륭한 조언을 해주지 않았더라면?

그럼 귀장갑은 영원히 망가져서 쓸 수 없게 되었을지도 모른다.

다행히 이탄에게는 재료와 조언자가 모두 갖춰졌다.

이탄이 귀장갑을 낀 자신의 손을 내려다보았다.

얇고 투명한 귀장갑은 이탄의 손에 착용되자마자 살갗 속에 스며들었다. 그래서 겉보기에는 전혀 장갑을 낀 티가 나지 않았다. 촉감도 맨손일 때와 다를 바가 없었다.

"후후훗."

이탄은 손에 착 감기는 법보의 촉감을 흡족하게 즐겼다.

Chapter 4

"자, 가자."

유롬 사숙의 입에서 드디어 출전 명령이 떨어졌다.

아지트의 문이 벌컥 열렸다.

유롬이 선두에 서서 첫 발을 내디뎠다. 장대처럼 키가 큰 유롬을 선두로 하여, 퉁퉁한 체격의 소모로 사숙이 그 뒤를 따랐다. 이어서 하늘색 로브를 입은 마법사들, 즉 고체계 애니마 메이지들이 줄줄이 나섰다. 마법사들의 뒤에는 베이지색 로브의 도제생들이 비장한 각오로 뒤따랐다.

소모로가 완드로 둥그런 원을 그렸다.

후옹!

소모로의 완드에서 쏟아진 빛이 허공에 마법진을 그렸다.

소모로가 손목을 까딱하자 눈부신 마법진이 아지트 앞 광장에 도장처럼 화악 내리 찍혔다. 땅바닥에 찍힌 마법진의 원형 테두리에서는 고대의 마법문자들이 환하게 떠올라 빙글빙글 회전했다.

이것은 웜 게이트(Worm Gate: 벌레 문)다.

웜이라는 미지의 존재를 언노운 월드에 소환한 다음, 그 웜의 뱃속을 통과하여 전혀 새로운 장소로 눈 깜짝할 사이에 순간이동 하는 것은 시시퍼 마탑 마법사들의 장기였다.

소모로는 웜 게이트 마법에 능숙했기에 한 번에 수천 명을 이동시키는 것도 가능했다.

이탄은 예전에 3개의 달 퀘스트를 수행할 당시 바로 이 웜 게이트를 이용해본 경험이 있었다. 당시 이탄은 트루게이스 시에 연결된 웜 게이트에 들어가서 곧바로 시시퍼 마탑에 도착했었다.

그런데 오늘 다시 한번 웜 게이트를 접하자 이탄의 뇌리에 과거의 생각이 떠올랐다. 그리고 그 생각은 부정 차원으로 이어졌다.

'가만! 부정 차원에서도 행성 간 이동을 할 때 웜을 이용했는데?'

이탄이 고개를 갸우뚱 기울였다.

'그러고 보니 양쪽 다 웜 게이트를 사용하잖아? 혹시 어디가 원조일까? 시시퍼 마탑이 부정 차원의 지식을 차용하여 웜 게이트 마법을 만들었나? 설마 그 반대는 아니겠지?'

부정 차원의 악마종들이 시시퍼 마탑으로부터 웜 게이트 마법을 배워갔다?

이탄의 생각에 그럴 가능성은 0퍼센트였다.

왜냐하면 시시퍼 마탑의 웜 게이트는 고작 대륙 내에서 장거리 이동을 하는 수준에 불과하지만, 부정 차원의 악마종들은 웜을 이용하여 행성과 행성 사이를 오가기 때문이었다.

어쨌거나 웜 게이트가 유용한 것은 사실이었다.

이탄이 알기로는 이곳 언노운 월드에서 공간이동을 하는 방법은 크게 세 가지였다.

첫째, 점퍼의 도움을 받는 방법.

둘째, 시시퍼 마탑의 마법사들이나 피사노교의 악마들처럼 특별한 공간마법진을 이용하는 방법.

셋째, 마르쿠게 술탑의 술법사들처럼 령의 도움을 받는 방법.

이 가운데 대부분의 언노운 월드 거주민들은 장거리 이

동을 할 때 점퍼를 고용하곤 했다. 이탄도 은화 반 닢 기사단의 퀘스트를 수행할 때 점퍼들의 도움을 종종 받았다.

하지만 이탄 본인은 점퍼가 아니므로 이 방법으로 장거리 이동을 하기란 어려웠다.

이탄은 마법에 대한 재능이 형편없기에 두 번째 방법도 불가능했다.

대신 이탄은 세 번째 방법이 가능했다. 그는 강아지령과 동차원을 이용하여 얼마든지 공간을 건너뛸 수 있었다.

물론 굳이 강아지령의 도움을 받지 않더라도 이탄은 공간의 제약을 받지 않는다. 무한공의 언령 덕분이었다.

'사실 무한공의 언령이야말로 위의 세 가지 방법보다 더 뛰어나지.'

이탄은 이렇게 자평했다.

이탄이 공간이동에 대해서 잡념을 떠올리는 동안, 마법진이 그려진 땅바닥에는 웜 게이트가 활짝 열렸다.

"가자."

소모로가 앞장섰다.

시시퍼 마탑의 마법사들은 시커먼 터널 속으로 속속 뛰어들었다. 이탄도 씨에나의 뒤를 이어 웜 게이트에 진입했다.

웜 게이트 안에서는 엄청난 속도감이 느껴졌다. 그러다

갑자기 어두컴컴한 터널이 끝나고 빛이 번쩍 터졌다.

소모로가 소환한 웜은 한쪽 입구를 락판 시의 아지트 앞마당에 두었으며, 반대편 입구는 그레브 시에서 남서쪽으로 방향으로 수십 킬로미터가 떨어진 해안가 상공에 열어 놓았다.

따라서 웜 게이트에 진입한 마탑의 마법사들은 남부 해안가 상공 1 킬로미터 지점에서 툭 튀어나올 수밖에 없었다.

"어헉?"

도제생들이 화들짝 놀랐다. 웜 게이트를 통과하여 도달한 곳이 까마득한 상공이니 놀랄 수밖에.

유롬이 눈을 찌푸렸다.

"쉿!"

유롬의 한 마디에 도제생들이 일제히 자신들의 손으로 입을 틀어막았다.

그러는 사이 소모로는 주변의 바람을 끌어모아서 널찍한 양탄자를 만들었다. 바람으로 이루어진 마법의 양탄자가 마법사들과 도제생들을 안락하게 떠받쳐 주었다.

유롬이 아래쪽을 힐끗 내려다보았다.

까마득한 저 밑, 구름 아래에 뾰족한 탑들이 보였다. 표면에 온갖 악마들의 모습이 양각되어 있는 저 기괴하고 검은 탑들이야말로 흑 진영의 거목 중 하나인 이그놀리 흑탑을 의미했다.

"저리로 내려가자."

유롬이 뾰족한 완드를 들어 흑탑을 지목했다.

슈와아아앙—.

그 즉시 소모로가 소환한 바람의 양탄자가 수직으로 낙하했다. 목표인 이그놀리 흑탑을 향해서 그대로 돌진한 것이다.

'으헙?'

'이렇게 곧바로 돌격한다고?'

다짜고짜 적진에 달려드는 유롬의 박력에 도제생들은 혼이 날아갈 지경이었다.

도제생들이 바짝 긴장하자 그 스승인 마법사들이 손을 썼다.

후오오웅! 후오오웅! 후오오오웅!

마법사들의 손끝에 어린 빛이 주변으로 확산되어 퍼져나가면서 제자들의 널뛰는 심장을 진정시켜 주었다.

씨에나도 평온의 빛을 소환하여 자신의 제자들인 브로네, 렐사, 치엔을 챙겼다.

3명의 어린 소녀들은 어미를 믿고 따르는 새끼고양이처럼 씨에나의 등 뒤에 바짝 몸을 밀착했다.

이탄이 바람의 양탄자를 밟고서 한 발 앞으로 나섰다.

지금 바람의 양탄자는 수직으로 곤두박질치듯이 지상을 향해서 내리꽂히는 중이었기에 그 위에 타고 있는 마법사들과 도제생들은 풍압을 정면으로 받을 수밖에 없었다.

이것은 씨에나와 그녀의 제자들도 마찬가지였다. 4명 모두 강렬한 풍압 때문에 머리카락이 뽑힐 듯이 뒤로 휘날렸다. 그녀들의 볼살도 마구 후들거렸다.

이탄은 그 모습을 보고는 스스로 앞에 나서서 바람막이가 되어주었다.

이탄의 배려 덕분에 씨에나와 브로네, 렐사, 치엔은 한결 편하게 낙하했다.

'이탄 님.'

씨에나가 이탄의 듬직한 등을 보면서 두 뺨을 발그레 물들였다.

"큭큭큭."

"스승님도 참. 너무 티를 내시네요."

씨에나의 등 뒤에서 소녀들의 숨죽인 웃음소리가 들렸다. 소녀들은 스승의 얼굴 표정을 보지도 않고도 속내를 짐작한 모양이었다.

"이것들이 진짜."

씨에나가 고개를 뒤로 돌려 엄한 표정을 지었다.

"으. 스승님."

"죄송해요."

세 소녀는 찔끔 놀라 목을 움츠렸다.

그 모습이 먹을 것을 훔쳐 먹다가 들킨 새끼고양이들 같았다. 씨에나는 결국 웃음을 터뜨릴 수밖에 없었다.

Chapter 5

상공 1 킬로미터는 꽤나 높은 높이였다.

하지만 마법사들이 무서운 속도로 낙하를 한 덕분에 1 킬로미터라는 거리는 금세 단축되었다.

그렇게 마법사들이 이그놀리 흑탑의 상공 200 미터 지점에 도달했을 때였다.

삐비비비빅!

요란한 소리와 함께 알람이 울렸다.

아무래도 이그놀리 흑탑은 위에서 침투하는 적들을 대비하여 상공에도 알람마법진을 깔아둔 모양이었다.

단지 알람마법진만 발동한 게 아니었다. 알람이 터진 것과 동시에 수십 개의 탑의 상층부가 자동으로 개방되었다.

뾰족한 탑 꼭대기에는 기다란 막대기가 감추어져 있었는

데, 그 막대기들이 유롬 일행을 향해서 시커먼 광선을 발사
했다.

쭈웅—, 쭝—, 쭝—, 쭝—, 쭝—.

쉴 새 없이 날아오는 광선 다발이 사격 망을 형성하며 마
법사들을 요격했다.

"흥. 어림도 없다."

유롬이 완드를 앞으로 쭉 뻗었다.

그러자 어디에선가 커다란 바위와 돌멩이들이 후두두둑
날아와 유롬의 앞에 두꺼운 벽을 쌓았다.

이것은 락 월(Rock Wall: 암석의 벽)이라 불리는 마법이
었다.

유롬은 암석 소환에 정통한 고체계 애니마로 다양한 암
석 마법에 능했다. 그 가운데 락 월은 유롬이 가장 즐겨 사
용하는 방어마법 중 하나였다.

탑에서 쏘아진 수백 가닥의 흑색의 광선들은 유롬이 소
환한 락 월에 부딪치더니 온 사방으로 불똥을 튀면서 튕겨
나갔다. 유롬의 마법이 이그놀리 흑탑의 광선들을 거뜬히
방어해낸 셈이었다.

상대의 공격을 사전에 차단했으니 이제 유롬이 반격할
차례였다. 유롬은 완드를 수평으로 쭉 그었다.

그러자 허공에 형성되었던 수십 미터 크기의 락 월이 와

르르 허물어졌다. 그렇게 흩어진 암석들이 다시 재조립되어 뾰족한 원추 형태로 모양을 바꾸었다.

쓔와앙—.

커다란 암석의 원추가 이그놀리 흑탑을 향해서 쏜살같이 쏟아져 내렸다. 거의 100 미터에 육박하는 뾰족한 암석이 지상으로 내리꽂히는 장면은 실로 위압적이었다.

지상에서 그 모습을 올려다보면, 마치 자그마한 동산 크기의 메테오가 머리 위에 작렬하는 것 같았다.

실제로도 유롬은 자신의 마법 공격에 과장을 보태어 메테오라는 명칭을 붙여주었다.

메테오 공격은 살상력이 엄청나기에 유롬도 함부로 사용하지 않았다. 그러나 지금은 흑탑에서 쏘아대는 광선 다발을 단숨에 부술 방법이 필요했기에 유롬은 이를 악물고 광역 마법을 구사했다.

이그놀리 흑탑도 호락호락하게 당하지 않았다.

"웬 놈들이냐?"

수십, 수백 개의 탑 여기저기서 동시에 호통이 터졌다. 그와 함께 탑을 박차고 수백 명의 이그놀리 흑탑의 무투사들이 뛰쳐나왔다.

이탄은 트루게이스 신관 시절부터 시작하여 몇 차례에 걸쳐서 야스퍼 전사탑의 무투사들과 싸운 경험이 있었다.

그런데 그 무투사들은 지금 등장한 흑탑의 무투사들에 비하면 어린아이 수준에 불과했다. 흑탑의 무투사들 한 명한 명이 풍기는 기운은 으스스하기 이를 데 없었다.

특히 이탄은 수백 명의 무투사들 가운데 유독 한 명, 긴머리카락을 뒤로 모아서 꽁지를 묶고 수염을 덥수룩하게기른 근육질의 사내를 주목했다.

이 사내는 왼쪽 팔뚝에 버클러(Buckler: 직경 30 센티미터 수준의 소형 방패)라 불리는 원형방패를 착용하고 있었다. 오른손에는 금속처럼 반질거리는 재질의 흑색 장갑을꼈다.

꽁지머리 사내가 뿜어내는 시커먼 기류는 보는 것만으로도 숨이 막힐 정도였다. 검은 기류는 사내의 등 뒤에서 후광처럼 줄기줄기 뿜어지고 있었는데, 오직 이탄의 눈에만그 기류가 보였다.

'허? 이그놀리 흑탑에 저런 자가 숨어 있었나? 이건 거의 피사노교의 신인급이잖아?'

이탄은 진심으로 감탄했다. 이탄이 보기에 꽁지머리 근육질 사내가 뿜어내는 기세는 피사노교의 신인들에 못지않았다. 혹은 금강 종주나 마르쿠제와 같은 동차원의 대선인들과도 비교할 만했다.

'이런, 쯧쯧쯧. 저 꽁지머리를 상대하려면 유롬과 소모

로 사숙만으로는 부족하겠구나. 거기에 쎄숨 스승을 더해도 역부족이야. 쯧쯧.'

이탄은 내심 혀를 찼다.

이탄이 판단하기에 저 꽁지머리를 맞상대하려면 최소한 라웅고 부탑주나 그 위의 탑주가 나서야 할 것 같았다.

'흐음. 이그놀리 흑탑에 저런 강자가 숨어 있을 줄은 몰랐는데, 어째 시시퍼 마탑은 전쟁의 첫 단추부터 잘못 끼운 느낌이네.'

이탄이 눈매를 가늘게 좁혔다.

이탄이 꽁지머리 사내에게 시선을 집중하는 사이, 다른 마법사들도 두 눈을 부릅뜨고 적들을 관찰했다.

그러는 가운데 드디어 양측 사이에 첫 충돌이 일어났다. 꽁지머리 사내가 장갑을 낀 주먹을 쭉 뻗은 것이 시작이었다. 그 주먹으로부터 칠흑처럼 어두운 광선이 뿜어졌다.

쭝!

이 광선은 겉보기로는 그렇게까지 파괴적으로 느껴지지 않았다. 조금 전 탑에서 쏘아진 검은 광선들과 비슷해 보였다. 다만 광선의 색깔이 조금 더 어둡고 탁하다는 차이만 있을 뿐이었다.

시시퍼 마탑의 마법사들은 이 광선이 별 볼 일 없을 거라 지레짐작했다.

오산이었다.

칠흑의 광선과 부딪친 순간 무서운 속도로 낙하하던 원추형의 암석은 지글지글 끓으면서 기화되었다.

Chapter 6

원래 고열을 가하면 암석도 녹게 마련이었다. 따지고 보면 용암도 그렇게 만들어지는 것이 아니던가.

하지만 유롬이 소환한 원추형 암석은 고열에 의해서 녹아버린 것이 아니었다. 고체에서 액체로 변하는 과정을 건너뛰고는 그냥 곧바로 기체가 되었다.

이것은 결코 소홀히 볼 현상이 아니었다. 상식을 벗어난 일이 벌어졌다는 것 자체가 꽁지머리 사내의 강함을 대변해주었다.

게다가 유롬이 지상으로 내리꽂은 암석은 보통 크기가 아니었다. 유롬이 메테오 마법으로 소환한 원추형 암석은 장방향의 길이만 거의 100미터에 육박할 정도였다.

'그런 커다란 암석 덩어리가 눈 깜짝할 사이에 증발하여 사라져버리다니!'

모두들 깜짝 놀랐다.

"말도 안 돼."

유롬도 믿지 못하겠다는 듯이 두 눈을 부릅떴다.

다음 순간, 유롬은 본능적으로 위기감을 느꼈다.

'위험하다!'

유롬의 새하얀 눈썹이 순간적으로 바짝 곤두섰다.

그러는 동안 꽁지머리 사내는 몸을 풀기라도 하듯이 주먹을 한 바퀴 돌린 다음, 다시 한번 그 주먹을 허공으로 찔러 넣었다.

쭈왕—.

꽁지머리 사내의 주먹으로부터 방출된 칠흑의 광선이 눈 깜짝할 사이에 시시퍼 마탑 마법사들에게 날아들었다.

"안 돼."

소모로가 재빨리 손바닥을 펼쳤다.

유롬이 암석을 자유롭게 다루는 마법사라면, 소모로는 모래에 특화된 메이지였다. 소모로의 손바닥에서 유사, 즉 흐르는 모래가 폭포수처럼 쏟아져 나와 마법사들의 앞쪽을 가로막았다.

그 사이 유롬도 마나를 다시 끌어올려 완드에 잔뜩 주입했다.

어디에선가 굵직한 돌덩이들이 와르르 날아오더니 유롬의 앞쪽에 다시 한번 암석의 벽을 구축했다.

소모로와 유롬의 합동 방어가 펼쳐졌다. 모래와 암석이 이중으로 벽을 만들면서 꽁지머리 사내의 공격을 막았다.

"크흥."

꽁지머리 사내가 비릿하게 웃었다.

그 웃음을 본 순간 유롬과 소모로는 등골이 오싹해졌다. 불길한 예감이 노마법사들의 뇌리를 강타했다.

다행히 이들 노마법사들은 판단이 빠르고 노련했다. 유롬은 반사적으로 손을 휘저어 마탑 마법사들을 통째로 휘감았다. 유롬이 손을 옆으로 뻗자 마법사들과 도제생들 전원이 수평 방향으로 후웅 밀렸다.

여기까지는 좋았다. 문제는 지파의 제자들을 구하느라 유롬 본인은 미처 피할 시간을 확보하지 못했다는 점이었다.

마법사들이 바람에 떠밀려 옆으로 획 밀려나는 것과 동시에 칠흑의 광선은 소모로의 모래 폭포를 통째로 기화시켰다. 바로 이어서 유롬의 암석 벽도 호르륵 날려버렸다.

꽁지머리 사내가 발사한 칠흑의 광선은 2개의 벽을 연달아 돌파하고도 여전히 기세가 등등했다. 광선보다 한발 앞서 시커먼 기운이 유롬의 몸뚱어리를 통째로 뒤덮었다.

"으억."

소모로가 비명을 질렀다.

소모로는 손목에 스냅을 주어 완드를 쳐냈다. 그 즉시 바람의 양탄자가 도르륵 말려 유롬의 몸뚱어리를 방어해 주었다.

하지만 이 정도로는 어림도 없었다. 칠흑의 광선은 바람의 양탄자마저 종잇장처럼 뚫어버린 다음 유롬에게 들이닥쳤다.

유롬은 미처 피하지 못했다.

"으아악."

그저 눈앞으로 날아드는 칠흑의 광선을 지켜보면서 솜털을 곤두세우는 것만이 지금 유롬이 할 수 있는 행동의 전부였다.

바로 그때 이탄이 개입했다.

딱!

이탄은 손가락을 튕겨서 유롬을 뒤로 잡아당겼다. 동시에 유롬 앞에는 지둔의 가호를 펼쳐주었다.

사방에서 몰려든 신성력이 유롬의 앞쪽 허공에 집결했다. 이내 그 신성력 속에서 땅의 방패가 거창하게 일어났다.

이탄이 만들어낸 땅의 방패는 꽁지머리 사내의 쏘아낸 칠흑의 광선을 정면으로 막아내었다.

충돌의 순간 이탄이 눈썹을 찌푸렸다.

'어, 이거 지둔의 가호만으로는 부족하겠는데?'

이탄의 예측대로였다. 지둔의 가호로 형성한 땅의 방패는 칠흑의 광선과 부딪치자마자 지글지글 끓어올랐다. 커다란 땅의 방패가 몽땅 기화되기까지 걸린 시간은 불과 몇 초도 되지 않았다.

사실 그 몇 초의 시간이면 충분했다.

"이야압—."

소모로가 벼락처럼 몸을 날려 유롬의 허리를 끌어안았다. 그런 다음 소모로는 순간이동이라도 하는 것처럼 수십 미터 밖으로 피했다.

칠흑의 광선은 그제야 땅의 방패를 녹여버린 다음 하늘 꼭대기까지 높이 솟구쳤다.

"넌 또 뭐냐?"

꽁지머리 사내의 부리부리한 눈이 이탄에게로 향했다.

시시퍼 마탑 마법사들의 시선도 온통 이탄에게 집중되었다. 다들 이탄의 실력에 놀랐다.

"이탄 님!"

특히 씨에나는 감격을 한 듯 가슴에 두 손을 꼭 모으고 그렁그렁한 눈으로 이탄을 바라보았다.

이탄은 손가락으로 관자놀이를 긁적였다.

"이거 초장부터 관심을 받고 싶지는 않았는데 말이지."

이탄의 독백이 떨어지기 무섭게 꽁지머리 사내가 허공으로 부웅 떠올랐다. 꽁지머리 사내는 단숨에 위로 떠오르면서 주먹을 짧게 끊어 쳤다.

퓩! 퓩! 퓩! 퓩! 퓩!

꽁지머리 사내의 주먹으로부터 짧은 광선 다발 5개가 연속으로 쏘아졌다. 검은 광선들은 각기 다른 궤적을 그리며 이탄을 공격했다.

그에 맞서서 이탄은 신성력을 쭈욱 끌어올렸다.

사실 이것은 신성력이 아니라 음차원의 마나였다. 단지 절망과 비탄과 통곡의 악마종 화이트니스가 음차원의 마나를 신성력으로 포장해주었을 뿐이었다.

이탄은 가짜 신성력을 집약하여 다시 한번 지둔의 가호를 소환했다. 이탄의 몸 앞에 땅의 방패가 나타나더니 무섭게 확대되었다.

Chapter 7

이탄은 거기서 멈추지 않고 계속해서 방패 속에 가짜 신성력을 욱여넣었다.

후오오옹! 후오오옹!

이탄의 어깨 너머로 신성력이 폭풍처럼 휘몰아쳤다. 순식간에 주변이 어둑해지면서 모든 빛이 이탄에게 빨려드는 것처럼 보였다.

"헉? 저 정도의 신성력이라니!"

"믿기지가 않는구나."

유롬과 소모로가 동시에 탄성을 질렀다.

"어쩜, 이탄 님."

씨에나는 감격을 하다못해 눈물까지 글썽거렸다.

다들 놀라거나 기뻐하는 사이, 지둔의 가호에 주입된 음차원의 마나는 임계점을 훌쩍 넘었다. 그러면서 지둔의 가호가 반강제로 진화하여 천둔의 가호로 변했다.

쏴아아아앙, 쌔애애앵―.

온 사방에서 바람이 몰려들었다.

그 바람이 하늘의 방패이자 바람의 방패라 불리는 천둔을 만들어내었다. 하늘은 이 방패를 만들어내기 위해서 상공의 모든 바람을 이탄 앞에 몰아주는 듯했다.

"저 정도였어?"

"허어, 정말 대단하구먼."

마법사들 사이에서 절로 탄성이 터져 나왔다. 마법사들은 이탄이 끌어모은 바람의 양과 위력에 기함했다.

시시퍼 마탑의 마법사들은 당연히 바람에 대해서도 잘

알았는데, 그래서 그들은 지금 이탄이 보여주는 위력이 얼마나 대단한 것인지 곧바로 알아차릴 수 있었다. 심지어 유롬마저도 이탄에게 감탄을 금치 못했다.

"저 정도 수준이라면 이미 아시프 학장님을 넘어선 것 같구나."

유롬은 유동계 애니마 메이지의 최고봉이자 그 계열의 지파장인 아시프 학장을 떠올렸다.

시시퍼 마탑의 마법사들 중에 애니마 메이지(Anima Mage: 심혼 마법사)는 크게 네 부류로 나뉘었다.

동물계 애니마 메이지.

식물계 애니마 메이지.

고체계 애니마 메이지.

마지막으로 유동계 애니마 메이지.

이 가운데 유체, 즉 물이나 바람을 자유롭게 다루는 마법사들은 유동계 애니마 메이지로 분류되었다.

한데 그 유동계 애니마 계열의 지파장인 아시프 학장도 지금 이탄이 끌어모은 분량의 바람을 모으지는 못할 것 같았다. 유롬과 소모로는 이탄이 만들어낸 천둔의 가호가 정말 굉장하다고 생각했다.

마법사들이 놀라는 동안 천둔의 가호가 완성되어 이탄의 앞쪽을 꽉 틀어막았다.

다섯 줄기 칠흑의 광선은 방패의 표면을 사납게 두드렸다.

콰창! 콰창! 콰창! 콰창! 콰차앙!

잇달아 폭음이 터졌다. 바람의 방패는 금방이라도 깨질 듯이 출렁거렸다. 칠흑의 광선이 한 번 두드릴 때마다 사방으로 시커먼 불똥이 튀었다.

이탄은 천둔이 깨지려 할 때마다 음차원의 마나를 추가로 투입하여 붕괴를 막았다.

"허! 이걸 버틴다고?"

꽁지머리 사내는 어이가 없다는 듯이 이탄을 올려다보았다.

이탄도 꽁지머리 사내를 정면으로 내려다보았다.

빠직!

둘의 시선이 허공에서 날카롭게 충돌했다.

다음 순간, 이탄이 먼저 상대에게 덤볐다.

이탄은 신발형 법보를 탁탁 차서 두 다리를 위로 들고 머리를 아래로 향하더니, 수직으로 낙하비행 했다.

번쩍! 하고 벼락이 한 번 내려치는 듯했다. 이탄은 꽁지머리 사내와의 거리를 단숨에 단축한 다음, 상대에게 원투 펀치를 날렸다. 이탄의 손 둘레에는 바람이 작게 압축되어 자그마한 방패를 이루고 있었다.

이것은 조개껍데기 모양으로 축소된 천둔의 가호였다.

그 방패가 꽁지머리 사내의 코앞에서 꽝! 꽝! 꽝! 폭발했다.

"크윽. 큭."

꽁지머리 사내는 얼굴을 괴물처럼 일그러뜨린 채 원형방패를 사정없이 휘둘러 이탄의 폭발 공격을 막았다.

꽁지머리 사내가 방패를 휘두를 때면 그 주변으로 시커면 번개가 쩌저적! 쩌저저적! 소리를 내면서 휘몰아쳤다.

이탄이 내리꽂는 천둔의 가호 .VS. 꽁지머리 사내의 방패 기술.

모레툼 교단이 자랑하는 신성 가호와 이그놀리 흑탑의 방패 기술이 정면으로 맞부딪치면서 그 파장이 주변 수백 미터 범위를 휩쓸었다.

두 괴물들의 충돌에 휘말려 이그놀리 흑탑의 건물들이 휘청거렸다. 몇몇 탑들은 충돌의 여파를 버티지 못하고 와르르 붕괴했다. 꽁지머리 사내 주변에 몰려 있었던 이그놀리 흑탑의 무투사들도 뒤로 펑펑 튕겨나갔다.

이탄과 꽁지머리 사내의 싸움은 갈수록 더 격렬해졌다. 바람과 번개가 격렬하게 맞부딪치면서 주변의 공기를 죄다 날려버렸다. 꽁지머리 사내와 이탄 둘레에는 둥글게 진공 현상이 발생했다.

파츠츠츳.

진공 구체 주변으로 시커먼 색깔의 전하가 미친 듯이 날뛰었다. 그 구체 속에서 꽁지머리 사내가 원형방패를 수평으로 휘둘렀다.

이탄은 상체를 살짝 살짝 숙여서 날카로운 방패 모서리를 피했다.

그 즉시 상대는 단창에서 칠흑의 광선을 쏘아서 이탄의 머리를 뚫어버리려고 들었다.

이탄은 천둔의 가호로 칠흑의 광선을 막아낸 다음, 분신의 가호로 6명의 분신을 만들어 상대를 빙 둘러쌌다.

"흥. 어디서 잔수작질이냐?"

꽁지머리 사내가 두 주먹을 위로 들어 X자를 만들었다가 사선 방향으로 비스듬히 내리 뻗었다.

그 즉시 꽁지머리 사내의 주변에 어려 있던 칠흑의 빛이 모여들어 구체를 만들었다. 그런 다음 그 구체가 강렬하게 폭발했다.

칠흑의 구체가 폭발할 때 사방으로 광선 다발이 난사되었다.

푸시시시시—.

이탄이 만들어낸 분신들은 그 광선 다발을 견디지 못하고 허상이 되어 허물어졌다.

물론 이탄이 진짜로 마음을 먹고 분신을 만들었다면 이

렇게 쉽게 허물어지지는 않았을 것이다.

하지만 지금 이탄은 진짜 주력은 봉인한 채 모레툼의 신성 가호와 금강체 술법, 그리고 금속 마법만으로 싸우는 중이었다.

분신들이 허물어질 때, 이탄 본인은 오히려 칠흑의 광선 다발 속으로 오히려 뛰어들었다.

Chapter 8

"미친놈. 죽고 싶어 환장했구나."

꽁지머리 사내가 이탄의 무모함을 비웃었다.

다음 순간, 꽁지머리 사내의 입가에 걸렸던 웃음기가 싹 사라졌다. 대신 경악의 빛이 사내의 눈동자에 어렸다.

"마, 말도 안 돼!"

어찌나 놀랐던지 꽁지머리 사내는 말을 더듬었다.

꽁지머리 사내가 쏘았던 칠흑의 광선은 커다란 바위도 단숨에 기화시킬 만큼 에너지가 고농축된 빛이었다. 그 빛에 노출된 순간 무쇠 덩어리도 그냥 사라질 수밖에 없었다.

한데 이탄은 칠흑의 광선을 그냥 맨몸으로 받아내었다.

치익! 치이익!

단지 이탄의 로브만이 기화되어 하얀 연기를 뿜을 뿐이었다. 대신 구멍 속에 드러난 이탄의 맨살은 광선에 가격을 당하고도 멀쩡했다.

이탄은 꽁지머리 사내의 공격을 무시한 채 적의 코앞까지 달려들더니, 상대의 가슴팍에 천둔의 가호를 때려 박았다.

꽈앙!

커다란 범종이 찢어지는 듯한 소리가 들렸다.

"크왁."

꽁지머리 사내는 수백 미터 밖으로 튕겨나갔다.

꽁지머리 사내가 순간적으로 원형방패, 즉 버클러를 끌어당겨서 자신의 가슴을 보호했기에 망정이지, 만약 사내의 동작이 조금만 늦었더라면 이탄의 일격에 의해서 그의 갈비뼈와 심장은 처참하게 박살 났을 뻔했다.

물론 방패로 막았다고 해도 무사하진 못했다. 꽁지머리 사내의 원형방패는 흔적도 없이 조각났다. 사내의 팔뚝 뼈도 잘게 부서졌다. 방패의 파편이 박히는 바람에 꽁지머리 사내의 왼팔과 가슴팍은 온통 피투성이였다.

그보다 더 큰 문제는 꽁지머리 사내의 갈비뼈가 모두 으스러졌다는 사실이었다.

사내의 심장이 꽉 짓눌렸다가 다시 펴지면서 피가 제대

로 돌지 못했다. 몸속 혈관들이 한꺼번에 터지는 바람에 꽁지머리는 사내는 검붉은 피를 뿜어야 했다. 꽁지머리 사내의 몸뚱어리는 벼락처럼 뒤로 날아가 탑에 쾅! 처박혔다.

탑에 구멍이 뚫렸다. 꽁지머리 사내가 틀어박힌 곳을 중심으로 탑 표면에는 거미줄과 같은 균열이 쩍쩍 퍼져나갔다.

이 한 방으로 이탄이 상대를 꺾은 것처럼 보였다.

그건 아니었다.

'아직 멀쩡한데?'

적을 날려버린 순간, 이탄은 상대가 아직 멀쩡하다는 사실을 깨달았다.

조금 전 이탄은 분명히 꽁지머리 사내의 가슴팍에 천둔의 가호를 때려 박았다. 바람의 방패가 강렬하게 폭발하면서 꽁지머리 사내의 방패와 팔뚝, 갈비뼈, 심지어 심장에까지 타격을 주었다.

'그런데도 멀쩡하다고?'

이탄은 이 의문을 해결하기 위해서 상대가 파묻힌 곳으로 달려갔다.

그것도 그냥 달려간 것이 아니었다. 번쩍 치켜든 이탄의 주먹 주변으로 잔뜩 압축된 바람의 방패 3개가 빙글빙글 회전했다.

휘리링! 휘리링! 휘리링!

방패의 회전으로 인하여 이탄의 팔뚝 주변에서 요란하게 바람 소리가 울렸다. 이탄은 이 3개의 방패를 한꺼번에 폭발시켜서 적의 주변을 통째로 쓸어버릴 요량이었다.

압축해놓은 천둔의 가호 3개가 동시에 폭발하면 그 위력이 장난이 아닐 것이다. 이탄이 간씨 세가의 세상에서 선보였던 어쓰퀘이크(Earthquake: 지진) 마법은 여기에 비하면 아이들 장난이었다.

'이 정도 파괴력이면 인구 1,200만의 대도시인 그레브 시를 수십 차례나 박살 내고도 남지.'

이탄은 머릿속으로 도시 전체가 붕괴하는 장면을 연상했다. 이탄은 그 끔찍한 일을 눈도 하나 깜짝 않고 저지를 생각이었다.

포탄처럼 날아간 이탄의 주먹이 꽁지머리 사내가 파묻힌 장소를 후려쳤다. 이탄의 손목 부근에서 회전 중이던 바람의 방패 3개가 그대로 폭발했다.

투콰앙!

어마어마한 폭풍이 주변을 휩쓸었다.

무쇠를 녹일 듯한 열기가 그 속에서 피어올랐다. 열기에 의해서 공기가 크게 부풀었다. 꽁지머리 사내가 파묻혔던 탑은 잘게 으스러져 가루로 변했다가, 이내 그 가루조차 열기에 휩싸여서 자취를 감추었다.

눈을 뜰 수 없는 강렬한 열폭풍 속에서 거대한 무언가가 솟구쳤다.

그 존재는 눈 깜짝할 사이에 몸체를 수십 미터 크기로 부풀렸다.

그 존재는 이탄이 때려 박은 천둔의 가호 3개를 거뜬히 받아내었다.

그 존재는 피부가 갑옷 표면처럼 우툴두툴했다.

그 존재의 몸뚱어리는 전반적으로 진한 회색빛을 띠었다.

다만 존재의 안면 한복판에서는 눈이 부시도록 찬란한 황금빛 광채가 번뜩였는데, 그 광채는 얼핏 보기에 굵직한 뿔처럼 보였다.

그 존재가 붕괴한 탑 위로 거대한 머리를 솟구치는가 싶더니, 다시 머리를 수직으로 내리찍어 이탄을 들이받았다.

쿠와앙!

둔탁하면서도 날카로운 기세가 위에서부터 폭포수처럼 쏟아져 이탄을 가격했다. 이탄의 눈에 얼핏 비친 상대의 모습은 코뿔소를 닮아 있었다.

한데 그냥 코뿔소가 아니었다. 코뿔소의 황금빛 뿔은 마치 독립적인 생명체인 것처럼 아가리를 쩍 벌리더니 이탄을 물어뜯으려 했다. 이건 마치 뿔이 아니라 상어가 달려드는 듯한 모습이었다.

게다가 이 황금빛 뿔의 주변으로 꽈배기 모양의 문자, 즉 만자비문 세 가지가 흐릿하게 돌아다녔다.

〈손상을 곧장 회복하는〉

〈관통력 100배인〉

〈씹어 먹는〉

3개의 비문은 각각 위와 같은 의미를 지녔다.

그러므로 이 비문의 주인은 손상을 입어도 금세 회복하는 특징을 지녔다.

그러므로 이 비문의 주인이 뿔로 들이받으면 관통력이 100배로 증폭되었다.

그러므로 이 비문의 주인이 가진 뿔은 상대의 방어를 무시하고 마구 씹을 수 있었다.

이탄은 3개의 비문을 즉시 알아보았다.

"어랍쇼?"

이탄이 눈을 크게 떴다.

이탄의 동공이 확장된 이유는 3개의 만자비문 때문만은 아니었다.

"얘가 개네?"

이탄은 꽈배기 모양의 문자뿐 아니라 상대의 정체까지도

한눈에 알아보았다.

언노운 월드의 시간으로 몇 달 전에 그레브 시의 지하도
시에서 차원의 통로가 열렸을 때의 장면이 이탄의 뇌리에
파노라마처럼 펼쳐졌다.

Chapter 9

언노운 월드의 시간으로 3개월쯤 전, 그레브 시 땅 속에
세워진 지하도시의 천장이 와르르 허물어졌다. 그러면서
그 자리에 언노운 월드와 그릇된 차원을 서로 연결하는 차
원의 통로가 뚫렸다.

당시 그릇된 차원의 몬스터들은 차원의 통로를 통해서
언노운 월드로 넘어오려고 시도했다. 이 몬스터들은 그릇
된 차원에서도 초강자로 꼽히는 왕들이었다.

그런 초강자들이 그릇된 차원의 여러 행성으로부터 툭툭
튀어나와 한달음에 우주를 건넜다. 그리곤 곧장 차원의 통
로로 진입했다.

바로 그 타이밍에 이탄도 차원의 통로에 발을 디뎠다. 이
탄은 거꾸로 언노운 월드를 떠나서 그릇된 차원 방향으로
진입하려 했다.

그러면서 차원의 통로가 허물어졌고, 대부분의 몬스터들은 즉사했다.

다만 가장 먼저 차원의 통로를 통과한 5명의 몬스터들은 멀쩡히 언노운 월드의 세상으로 들어왔다.

'그때 5명의 몬스터들 가운데 코뿔소를 닮은 녀석이 있었지. 뿔이 상어를 닮은 녀석이었어.'

이탄은 과거를 잠시 회상했다.

당시 이탄이 지켜보는 가운데 코뿔소형 몬스터는 인간족 농부의 모습으로 변했다. 한데 그 농부의 외모가 눈에 익었다.

수염이 덥수룩하고 꽁지머리를 묶은 농부라니!

"아하하하."

이탄이 크게 웃었다.

"따지고 보니 그게 벌써 몇 년 전의 일이야?"

이탄은 빛바랜 사진첩에서 옛날 사건을 반추라도 하듯이 중얼거렸다.

사실 이것은 이탄이 반추를 할 만큼 오래된 사건이 아니었다. 언노운 월드의 시간축에서 보면 그릇된 차원의 몬스터 5명이 언노운 월드로 넘어온 것은 불과 3개월 전의 일이었다.

다만 이탄은 그 사이에 그릇된 차원을 다녀왔고, 언노운 월드에서 몇 개월을 보냈으며, 이어서 부정 차원도 방문했다.

그러니까 이탄에게만 오래된 일일 뿐, 사실 시간은 고작 3개월만 흘렀을 뿐이었다.

어쨌거나 이탄은 상대를 반겨 맞았다.

"네가 바로 걔였구나."

이탄은 손을 뻗어 상대의 뿔을 움켜잡았다.

"푸흥!"

코뿔소처럼 생긴 몬스터는 가소롭다는 듯이 콧김을 내뿜었다.

사실 이 코뿔소형 몬스터는 그릇된 차원의 왕이었다.

귀족이나 왕의 재목이 아닌 왕!

그것도 그냥 왕이 아니라 우주의 오대강족 가운데 하나인 리노 일족의 왕이었다.

그릇된 차원에서 왕의 재목들만 해도 덩치가 수 킬로미터 이상이었다. 왕은 그보다 훨씬 더 덩치가 커서, 수백 킬로미터 이상 자라는 경우도 종종 있었다.

리노 일족의 왕인 라쿱도 그러했다. 라쿱은 일반 왕들보다도 덩치가 훨씬 더 컸으며, 그가 드러누우면 어지간한 왕국의 영토쯤은 꽉 채울 만했다.

그런 라쿱이 작정을 하고 뿔로 들이받는다?

그럼 왕국 하나쯤은 통째로 으깨버리는 것도 가능했다.

다만 라쿱은 모종의 이유 때문에 언노운 월드에서는 자신의 본모습을 드러내지 않았다.

비록 라쿱이 신체를 작게 축소한 상태라고 하더라도, 파괴력만큼은 그대로였다. 라쿱의 뿔이 지면을 강타하면 대륙 남부 일대를 떠받치는 지각이 우지끈 부러질 정도였다. 이탄과 같은 조그만 인간족 따위는 당연히 가루가 되어야 마땅했다.

라쿱은 당연히 그렇게 되리라 믿었다.

오산이었다. 이탄은 라쿱의 무지막지한 박치기를 손쉽게 (?) 받아내었다.

솔직히 말해서 손쉽다는 표현은 어폐가 있었다.

이탄이 제아무리 신성력을 쏟아부어 천둔의 가호를 여러 겹 겹쳐서 펼친다고 하더라도 라쿱의 박치기를 막기엔 역부족이었다. 라쿱의 공격을 받아내려면 최소한 백팔수라 제5식이나 제6식을 전력으로 펼쳐야 했다.

간철호의 마법?

쥬신 제국의 광정?

금속 마법?

이탄이 잡다한 마법들을 총동원하여도 라쿱의 뿔을 막아낼 수는 없었다.

'휴우, 어쩔 수가 없네. 벌써부터 봉인을 풀게 될 줄은 몰랐는데.'

이탄이 속으로 한숨을 내쉬었다. 이탄은 라쿱의 박치기를 막기 위해서 봉인한 권능들 가운데 두 가지를 해제했다.

우선 이탄은 적양갑주, 즉 붉은 금속을 불러내었다.

츠츠츠츠츠—.

이탄의 영혼 속에 녹아 있던 붉은 금속이 밖으로 튀어나오면서 이탄의 손끝에는 붉은 노을과 같은 기운이 어렸다.

이것은 적양갑주의 극히 일부에 불과했다.

그저 이탄의 손바닥만 얇게 한 겹 둘러쌀 정도의 붉은 금속만으로도 라쿱의 공격을 받아내기는 충분했다.

꽝!

라쿱의 뿔은 붉은 금속과 충돌한 즉시 균열이 쩍쩍 갔다. 뿔에 매달려 있는 뾰족한 이빨들은 쇳덩이와 부딪친 얼음 조각처럼 와장창 부서졌다.

[크헙?]

라쿱은 어찌나 놀랐던지 인간족의 언어 대신 그릇된 차원의 언어를 내뱉었다. 그것도 뇌파로 뱉었다.

바로 그때 이탄이 두 번째 권능을 발휘했다.

이탄의 (진)마력순환로 내부가 갑자기 대나무 속처럼 텅텅 비었다. 이탄의 가슴 속에서 뜀박질하던 음차원의 덩어리가 별안간 강력한 흡입력을 발휘했다. 음차원 덩어리 표면에 양각되어 있던 꽈배기 모양의 문자들이 벌떼처럼 들고 일어났다.

금단의 흑마법 북극의 별 작렬!

쭈와아아악―.

이탄이 작정을 한 순간, 라쿱의 체내에 비축된 음차원의 마나가 무서운 속도로 이탄에게 흡입되었다.

[커허억? 이건!]

라쿱은 자지러지게 놀랐다. 그는 조금 전 자신의 뿔에 균열이 쩍쩍 갔을 때보다 더 크게 놀랐다.

당연한 일이었다. 생명줄과 같은 음차원의 마나가 무자비하게 빨려나가고 있으니 라쿱이 기겁을 할 수밖에.

제2화
확전 II

Chapter 1

그릇된 차원 몬스터들이 가진 힘의 원천은 어디까지나 음차원의 마나였다.

리노 일족의 왕인 라쿱도 예외는 아니었다. 라쿱이 지닌 권능의 밑바탕에는 음차원의 마나가 깔려 있었다.

물론 라쿱은 다른 몬스터들과는 처지가 달랐다.

몇 년 전 음차원이 통째로 이탄의 몸속에 봉인되면서 그릇된 차원은 한바탕 난리가 났다. 그때부터 그릇된 차원의 모든 몬스터들은 음혼석에 의지하지 않으면 힘을 쓰지 못하는 처지로 전락해버렸다.

하지만 라쿱를 비롯한 왕들은 예외였다. 그릇된 차원의

왕들은 이미 체내에서 음차원의 마나를 자체적으로 생성해 내는 능력을 갖춘 상태였다.

하여 음차원이 통째로 봉인되는 변고가 일어난 이후에도 왕들은 권능을 발휘하는 데 전혀 제약을 받지 않았다.

설령 그렇다고 하더라도 이탄이 발동한 북극의 별 앞에 서는 아무런 소용이 없었다. 라쿱이 음차원의 마나를 생성 해내는 속도가 1초당 10이라면, 북극의 별이 빼앗아가는 마나의 양은 1초당 100이 넘었다.

마나를 만들어내는 속도보다 10배는 더 빠르게 마나를 흡착당하다 보니 라쿱은 아찔한 현기증을 느껴야 했다.

[아, 안 돼!]

라쿱의 머릿속은 온통 새하얗게 변했다. 라쿱이 비참하 게 몸부림을 쳤다.

수십 미터 크기까지 부풀었던 라쿱의 몸은 다시 인간족 의 모습으로 돌아왔다. 위풍당당하던 꽁지머리 사내가 이 탄의 손에 안면이 붙잡힌 채 무릎을 꿇고 비틀거리는 모습 은 실로 애처로웠다.

물론 외부에서는 라쿱이 무릎을 꿇은 모습을 보지 못했 다.

조금 전 이탄의 손바닥 주변에 붉은 노을이 어렸던 장면 또한 아무에게도 노출되지 않았다. 심지어 라쿱이 커다란 뿔로 이탄을 들이받고, 이탄이 손으로 그 공격을 받아내는 장면도 다른 사람들의 눈에는 보이지 않았다.

강하게 불어 닥친 열폭풍이 차단막의 역할을 톡톡히 했기 때문이었다.

이탄이 만들어낸 열폭풍은 아직까지도 이탄과 라쿰의 주변을 휘감고는 맹렬하게 소용돌이치는 중이었다. 강렬한 열기를 동반한 폭풍 때문에 시시퍼 마탑의 마법사들은 눈도 제대로 뜨지 못했다.

"으으윽. 대체 저 안에서 무슨 일이 벌어지는 게야?"

유롬이 손으로 눈을 가리며 중얼거렸다.

"허어. 도대체가 볼 수가 없네."

소모로도 절레절레 고개만 내저었다.

조금 전의 폭발이 어찌나 강렬했던지 몇몇 마법사들의 로브는 새까맣게 그을리거나 찢어진 상태였다.

도제생들의 모습은 더더욱 형편없었다. 마탑의 도제생들은 다들 귀가 먹먹하고 눈앞이 아찔한 표정들이었다.

그나마 유롬과 소모로만이 비교적 멀쩡했다.

"이탄 님이 저 안에 있는데, 어쩜 좋아."

다들 전투의 결과를 궁금히 여기는 가운데 오직 씨에나만이 이탄을 걱정했다.

씨에나가 바람의 양탄자 위에서 안타깝게 발을 동동 구

르는 동안, 이그놀리 흑탑의 무투사들도 멀리 피신한 채 열폭풍의 근원지만 멍하게 바라보았다.

쫘아아아악.

강한 열폭풍 속에서 이탄은 빠른 속도로 라쿱의 마나를 갈취했다.

라쿱이 귀족이었다면 벌써 뼈만 남고 이탄에게 모든 것을 다 빨렸을 것이다. 라쿱이 왕의 재목이었더라도 이미 의식을 잃고 빈사상태에 빠졌을 것이다.

안타깝게도 라쿱은 왕이었다. 라쿱은 방대한 양의 마나를 보유했기에, 역설적으로 고통의 시간도 훨씬 더 길었다.

모든 에너지와 정혈, 심지어 생명력까지 갈취당하는 그 공포란!

라쿱이 아무리 발버둥 쳐도 이탄이 발휘한 무지막지한 흡입력으로부터 벗어나지 못했다. 오히려 라쿱이 애를 쓰면 쓸수록 음차원의 마나가 빨려나가는 속도는 더 증가했다.

[제발. 제에—바알—.]

마침내 라쿱의 뇌에서 우는 소리가 새어나왔다.

리노 일족의 왕인 라쿱이 애걸을 하다니!

만약에 자긍심 넘치는 리노 일족이 지금 라쿱의 모습을 보았다면 수치심에 자신의 눈알을 뽑아버렸을 것이다.

라쿱은 결코 타인에게 애걸복걸할 자가 아니었다. 라쿱은 설령 상대가 자신의 목을 톱으로 썰어버린다고 할지라도 껄껄 웃으면서 비웃어줄 만큼 담량이 큰 몬스터였다.

그러나 북극의 별만큼은 예외였다.

마나, 에너지, 정혈, 그리고 생명력에 이르기까지.

이 귀중한 자원들이 쫙쫙 빨려나가는 공포는 천하의 라쿱이라고 할지라도 감히 버텨내지 못했다.

[제발, 제에에바알~.]

어느새 라쿱의 외모가 홀쭉하게 변했다. 쭈글쭈글해진 피부 때문에 라쿱은 수십 년은 더 늙어 보였다.

[으으으, 제발 사, 사, 살려주…….]

라쿱은 앙상하게 야위어버린 두 다리를 공손히 모은 뒤, 부들부들 떨리는 뇌파로 이탄에게 목숨을 구걸했다.

만약 외부에서 보는 시선이 있었다면 라쿱은 그냥 장렬하게 죽는 길을 선택했을지 모른다.

하지만 지금 열폭풍 속에는 오직 이탄과 라쿱만 존재했다. 라쿱은 모든 자존심을 내팽개치고 이탄에게 살려달라고 빌었다.

'응? 울어?'

이탄이 흠칫했다.

[야, 너 지금 우냐?]

이탄이 라쿱에게 그릇된 차원의 언어로 물었다.

싹싹 빌고 있는 라쿱의 뺨에는 눈물이 또르륵 흘러내리는 중이었다. 솔직히 라쿱은 지금 자신이 울고 있다는 사실조차 몰랐다.

'이게 뭔 소리야? 내가 운다고? 천하의 이 라쿱이 울어?'

순간적으로 라쿱은 현실을 부정했다. 타인에게 애걸복걸 목숨을 구걸하는 것만으로도 쪽팔려서 죽고 싶을 지경인데, 거기에 더해서 울기까지 하다니!

'혀를 꽉 물어버릴까?'

라쿱은 자결을 떠올렸다.

그 전에 이탄이 라쿱의 이마를 손가락으로 툭 밀었다.

[쯧쯧쯧. 사내자식이, 아니 남성 몬스터가 변변치 않게 눈물이나 짜고 말이야. 어디서 이런 반푼이가 나왔나 몰라.]

Chapter 2

툭, 툭, 투욱.

이탄은 손가락으로 라쿱의 이마를 연신 건드렸다.

그럴 때마다 라쿱의 머리통이 스프링 달린 인형 머리처럼 이리저리 휘청거렸다.

진짜로 라쿱은 손가락 하나 까딱할 기운이 없었다. 라쿱은 보유했던 마나의 90퍼센트 이상을 이탄에게 빼앗긴 상황이었다. 라쿱의 강대하던 생명력도 85퍼센트 이상 이탄에게 갈취를 당했다.

라쿱은 지금 당장 옆으로 픽 쓰러져서 기절한다고 해도 이상할 것이 하나 없는 처참한 상태였다.

만약에 라쿱이 우는 것이 조금만 더 늦었더라면?

만약에 이탄이 북극의 별 마법을 조금만 더 늦게 거둬들였더라면?

그럼 라쿱은 이미 사망했을 것이다.

라쿱은 정신이 혼미한 상태에서 가물거리는 눈으로 이탄을 올려다보았다.

그제야 라쿱은 이탄이 그릇된 차원의 언어를 자유롭게 구사한다는 사실을 깨달았다.

'헉? 이 자가 누구지? 인간족이면 우리의 언어를 모를 텐데? 설마 이자도 인간족으로 변신한 몬스터인가?'

라쿱의 등에 소름이 쫙 돋았다.

그릇된 차원의 오대강족들에 대해서는 라쿱도 잘 알았다. 그 오대강족에서 가장 강한 자들은 당연히 5명의 왕들이었다. 그리고 라쿱 본인을 포함하여 그 왕들은 모두 이곳 언노운 월드에 넘어온 상태였다.

'오대강족 중에는 이렇게 무지막지한 강자가 없다고. 그렇다면 이자는 설마 외계성역에서 온 괴물이란 말인가?'

라쿱은 정신이 번쩍 들었다.

외계성역의 초강자들…… 예를 들어서 사자 중의 사자라 불리는 리종 일족은 흉포하기로 따를 종족이 없었다.

태고의 도마뱀으로부터 비롯된 부이부 일족은 음흉하고 음습한 자들이었다.

뱀족의 조상인 기브흐 일족도 끔찍한 사냥꾼들이었다.

'하지만 설령 이자가 외계성역의 초강자라고 할지라도 이처럼 강할 수는 없는데?'

라쿱은 고개를 갸웃거렸다. 그러다가 갑자기 라쿱은 학질이라도 걸린 몬스터처럼 펄쩍 뛰었다.

'앗! 그렇구나! 이자는 단순히 외계성역의 강자가 아니야. 그들 세 일족의 시조인 늙은 왕인가 봐!'

급기야 라쿱의 상상력은 3명의 늙은 왕에 이르렀다.

리종 일족의 조상인 나라카.

기브흐 일족의 시조인 닉스.

부이부 일족의 늙은 왕 츄롭클.

상대가 이 3명의 늙은 왕 중 한 명이라면 라쿱이 감히 감당하지 못하는 것이 당연했다. 라쿱은 오해를 해도 단단히 했다.

'그렇구나. 3개월 전에 차원의 통로가 열렸을 때 늙은 왕들도 우리의 뒤를 쫓아서 언노운 월드로 넘어온 게야.'

라쿱이 힐끗힐끗 이탄을 곁눈질했다.

'그렇다면 이자는 3명의 늙은 왕들 중에 누구지? 그 옛 날 신왕 프사이를 단숨에 찢어먹었다는 나라카인가? 아니 면 삶과 죽음의 경계를 넘나든다는 검은 뱀 닉스? 그것도 아니면 태고의 도마뱀 츠롭클?'

한데 라쿱이 아무리 머리를 굴려 보아도 이탄의 외모는 그가 전해 들은 3명의 늙은 왕들과는 거리가 있었다.

그러던 한 순간이었다. 라쿱의 머릿속에 또 한 명의 괴수 가 스쳐 지나갔다.

'허걱, 설마?'

까마득한 과거, 그릇된 차원에는 3명의 늙은 왕과 비견 될 만한 무시무시한 괴수가 한 명 더 존재했었다.

일반 몬스터들은 그 이름조차 들어본 적이 없는 자!

하지만 라쿱와 같은 왕들은 오래 전에 소멸한 문서들을 통해서 그 괴수의 악명을 익히 들어왔다.

그 괴수는 9개의 생명을 가졌다는 불가해의 존재였다.

그 괴수는 탐욕의 화신이라 불렸다.

그 괴수는 한 손에는 태양을, 반대편 손에는 어둠을 움켜쥐었다고 했다.

그 괴수는 지금은 멸종된 고양이족의 시조였다.

'샤피로!'

라쿱은 그 괴수의 이름을 머릿속에 떠올리고야 말았다.

지금은 소멸되어 버린 옛 문서에 따르면, 샤피로가 노란색 털을 곤두세우고 그릇된 차원을 살금살금 배회했을 당시에는 3명의 늙은 왕들도 혼자서는 그 괴수를 감당하지 못했다고 한다. 최소한 늙은 왕 가운데 2명이 힘을 합쳐야 맞설 수 있을 만큼 샤피로는 대단했었다고 전한다.

그 무시무시한 고양이족의 포식자가 어느 순간 그릇된 차원에서 자취를 감추었다. 늙은 왕들은 샤피로가 어디로 갔는지 수소문하였으나 딱히 답을 얻지는 못했다.

그 후로 오랜 시간이 흘렀다.

샤피로라는 이름은 그릇된 차원에서 서서히 잊혀졌다. 샤피로에 대한 기록도 늙은 왕들에 의해서 모두 불타버렸다.

라쿱은 그렇게 소멸한 기록 가운데 하나를 되새겼다.

'맞아! 옛 문서에 따르면 샤피로는 세상의 모든 불을 흡수할 수 있다고 했어. 혹시 지금 내 마나와 생명력을 빨아들이는 것이 샤피로의 권능이 아닐까? 그렇다면 이자가 바로 샤

피로? 늙은 왕들조차 긴장시켰다는 그 고양이란 말이야?'

라쿱은 이탄을 샤피로로 착각했다.

'쿠어어어, 빌어먹을. 까마득한 과거에 외계성역을 떠났다는 샤피로가 언노운 월드에 들어와 있을 줄이야. 젠장. 이 탐욕스러운 포식자에게 걸렸으니 이제 나는 죽은 목숨이로구나. 재수가 없어도 이렇게 없을 수가 있나. 쿠어어억.'

라쿱이 갑자기 자신의 신세를 한탄했다. 대신 상대가 샤피로라고 생각하자 라쿱의 창피함은 많이 가셨다.

'리노 일족의 왕인 내가 하찮은 인간족 따위에게 매달려 울면서 살려달라고 빌었다면 혀를 꽉 깨물고 죽을 만큼 수치스러운 일이겠지.'

하지만 상대가 샤피로라면 또 이야기가 달랐다. 샤피로는 3명의 늙은 왕들조차 꺼리는 존재가 아니던가.

'그 탐욕스러운 포식자 앞에서라면 누구라도 어쩔 수 없을 게야. 나뿐만이 아니라 다른 4명의 왕들도 벌벌 떨면서 두려워할 거라고. 그 옛날 신왕 프사이가 나라카에게 잡아먹히기 전에 비참하게 울었다는 풍문도 있잖아. 그러니까 괜찮아.'

라쿱은 이렇게 자기위안을 삼았다.

Chapter 3

이탄은 라쿰이 지금 무슨 착각을 하고 있는지 알지 못했다. 다만 라쿰를 죽이겠다는 생각은 슬그머니 사라졌다.

'쳇. 덩치 큰 몬스터가 펑펑 우는 꼴을 보니까 또 마음이 짠하네. 내가 그릇된 차원에서 몇 년을 뒹굴다 보니 몬스터들에게도 측은지심을 느끼게 되었나?'

이탄은 독하게 손을 쓰지 못하고 물러터진 듯한 결정을 내렸다. 얼핏 보기에는 분명히 그러했다.

사실은 그게 아니었다.

이탄은 독하지 못한 게 아니라 세상 그 누구보다도 더 악독했다. 이탄이 비록 라쿰의 목숨을 거두지는 않았으되, 대신 상대에게 두 가지를 강제했다.

첫째, 이탄은 라쿰의 멋들어진 뿔을 강제로 뽑았다.

일반적으로 리노 일족 왕의 재목으로부터 채취한 뿔은 최상급으로 취급을 받았다. 그런데 지금 이탄이 뽑은 뿔은 왕의 재목이 아니라 왕으로부터 직접 뽑은 보물이었다.

그러니까 이 황금빛 뿔은 최상급보다도 더 위였다. 아니, 최상급과는 비교도 되지 않게 값진 재료였다

이탄은 찬란하게 빛나는 라쿰의 뿔을 흐뭇하게 바라보았다.

이탄이 즐거워하는 동안 라쿱은 데굴데굴 바닥을 굴렀다.

[끄아아악, 끄아아아아악.]

평생 단련해온 리노 일족의 자랑을 강제로 뽑히는 순간, 라쿱은 태어나서 처음으로 뇌가 터져라 비명을 질렀다.

이탄은 상대를 살살 달랬다.

[괜찮아. 죽지 않으니까 그렇게 엄살 부리지 마. 다 늙은 녀석이 자꾸 엄살만 부리면 어떻게 할래? 나중에 뿔이 다시 자라면 내가 또 뽑아갈 텐데 그때는 어쩌려고?]

'허걱? 이게 뭔 소리야? 나중에 내 뿔이 다시 자라면 또 뽑는다고?'

이탄의 흉악한 말에 라쿱은 혼백이 날아갈 지경이었다.

이탄은 하얗게 질린 라쿱를 내려다보면서 간씨 세가의 사슴농장을 떠올렸다.

'그곳의 사슴들은 인간에게 녹용을 제공하지 않던가. 후훗. 나도 이 기회에 사슴 농장, 아니 코뿔소 농장이나 하나 차려봐?'

라쿱을 바라보는 이탄의 눈이 사악한 반달 모양을 그렸다.

강제로 뿔이 뽑히고 난 뒤, 라쿱은 거의 악마를 바라보듯이 눈물이 그렁그렁한 눈으로 이탄을 올려다보았다.

[으흑, 으흐흑, 으흐흐흑.]

라쿱이 서럽게 울었다.

옛말에 이르기를, 처음 한 번이 어렵지 두 번째부터는 쉽다고 했다. 과연 옛말은 틀린 게 하나도 없었다. 라쿱은 일단 한번 울고 나더니 그 다음부터는 이탄 앞에서만큼은 손쉽게 눈물을 짜내었다.

이탄이 라쿱로부터 강탈한 것은 뿔만이 아니었다.

[찍어.]

이탄은 아공간에서 장부를 하나 꺼내더니 라쿱 앞에 내밀었다.

[이게 뭡니까? 대, 대체 제게 뭘 찍으라는 겁니까? 크우우.]

라쿱은 덜덜 떨리는 뇌파로 물었다.

이탄은 벌벌 떠는 라쿱를 어르고 달랬다.

[별거 아냐. 조금 전에 내가 네 목숨을 구해줬잖아.]

[네에?]

[그러니까 고맙지? 응? 구해줬으니까 내가 고맙지? 그 고마움을 앞으로 잘 보답하라는 뜻에서 네 지장을 좀 받아두려는 거야. 그러니까 거기 아래쪽에다가 지장 좀 꾸욱 눌러서 찍어보라고.]

이탄은 자상하게도(?) 라쿱의 코에서 흐르는 피를 라쿱의 엄지에 묻혀주었다. 그리곤 상대의 손가락을 붙잡아 일수장부 첫 페이지의 계약서로 잡아끌었다.

이탄이 간씨 세가 세상의 서류를 본 따서 만든 이 계약서의 상단에는 다음과 같이 계약 당사자가 명시되었다.

— 갑: 툽 군단
— 을: 리노 일족의 왕 라쿱

여기서 '툽 군단'이란 이탄이 최근 부정 차원에 설립한 모레툽 지부를 의미했다. 그러니까 라쿱은 이탄이 세운 모레툽 지부에 가입하겠다는 계약을 강요받는 셈이었다.

[잠깐만. 잠깐만요.]

라쿱은 코에서 피를 질질 흘리면서도 어떻게든 지장을 찍지 않으려고 버텼다. 억세게 발달된 라쿱의 턱을 타고 뚝뚝 떨어지는 핏물은 조금 전 이탄이 억지로 라쿱의 뿔을 잡아 뽑으면서부터 흐르기 시작했는데 쉽게 멈추지 않았다.

[왜? 뭐가 또 잠깐이야?]

이탄이 인상을 썼다.

라쿱은 겁을 잔뜩 먹은 와중에도 물을 것은 물었다.

[제 목숨을 구해주셨다고요? 샤피로 님께서요?]

[으응? 샤피로? 그건 또 뭔 소리야?]

이탄이 살짝 짜증을 냈다.

이탄은 리노 일족의 왕이 왜 자신을 샤피로라고 부르는지 몰랐다. 지금 그 이야기에 신경을 쓸 겨를도 없었다.

이탄이 손을 휘휘 저었다.

[아아, 됐고, 자꾸 말 돌리지 말고 어서 지장부터 찍으라니까. 내가 너를 죽이려다 말았으니 당연히 구해준 거지, 뭘 그런 걸 꼬치꼬치 따져? 엉?]

[크윽.]

이탄의 막무가내 주장에 라쿱은 어이가 없었다.

하지만 라쿱은 감히 이탄에게 반발할 엄두가 나지 않았다. 그저 소극적으로 시간을 끌어보겠다는 것이 라쿱의 작전이었다.

[잠깐만요, 잠깐만. 샤피로 님, 저는 아직 이 서류가 무슨 내용인지 읽어보지도 못했습니다. 제게 시간을 좀 주시면 서류부터 읽어보고…….]

라쿱 딴에는 머리를 쓴다고 썼으나 이탄에게는 통하지 않았다. 이탄이 라쿱의 목에 팔을 척 둘렀다.

[이걸 다 읽어보겠다고? 야. 어엿하게 왕 노릇을 하는 녀석이 왜 이렇게 쪼잔하냐? 설마 너 이 형아를 믿지 못하는 거야? 설마 이 형아가 너에게 해가 되는 일을 시키겠냐? 한번 좀 믿어봐라.]

라쿰은 [당신이 왜 내 형입니까?]라는 뇌파가 목구멍까
지 치밀었으나 차마 밖으로 내뱉지는 못했다.

라쿰이 계속 머뭇거리자 이탄이 인상을 쓰면서 라쿰의
손목을 잡아챘다.

[아 씨, 이게 진짜.]

쭈와악—.

라쿰의 정혈이 다시금 이탄에게 빨려들었다. 이탄은 상
대를 모레툼 지부에 영입하려는 생각을 버리고 그냥 북극
의 별 마법으로 쪽 빨아먹기로 마음을 고쳐먹었다.

라쿰이 펄쩍 뛰었다.

[커헉! 샤피로 님, 찍겠습니다. 지금 막 찍으려고 했습니
다. 여기 이곳에 지장을 찍으면 됩니까?]

[쓰읍. 진작 그럴 것이지.]

이탄은 그제야 북극의 별 마법을 멈춰주었다.

Chapter 4

그날 라쿰은 울며 겨자 먹기로 모레툼 지부의 신도가 되
었다. 라쿰은 단지 신도가 되었을 뿐 아니라 이탄이 발명
(?)해낸 일수장부에도 지장을 꾹 찍었다.

당연한 말이지만, 오늘 라쿱이 가입한 모레툼 지부는 모레툼 교황청에 정식으로 등록된 지부가 아니었다.

'교황청에 지부로 등록하면 상납금을 내야 하잖아.'

이탄은 상납금이 아까워서 딴 주머니를 찼다.

'부정 차원에 세운 지부를 모레툼 교황청에서 무슨 재주로 알아내겠어? 후훗. 나중에는 간씨 세가의 세상과 그릇된 차원에도 새로운 지부를 열어야지. 후후훗.'

이탄은 여러 차원에 지부를 열 생각에 가슴이 들떴다.

이탄이 속으로 히죽거리는 동안, 라쿱은 뼛속까지 스며드는 시린 느낌에 온몸을 떨어야만 했다.

'으우우우. 이깟 종이쪼가리가 뭐라고 이렇게 불안하지? 왜 뿔을 뽑힐 때보다 지금 이 순간이 더 무서운 것일까?'

라쿱은 평생 노예의 굴레에서 벗어나지 못하는 자신의 참혹한 미래를 예견이라도 했나 보다.

"히끅. 히끅. 히끅."

라쿱의 입에선 연신 딸꾹질이 흘러나왔다.

이탄은 라쿱에게 듣고 싶은 이야기가 많았다.

첫째, 그릇된 차원의 다섯 왕이 언노운 월드로 건너온 이유.

둘째, 그릇된 차원의 다섯 왕이 굳이 인간족 행세를 하면서 이그놀리 흑탑에 웅크리고 있었던 속사정.

셋째, 나머지 4명 왕들의 행방.

이탄은 이런 것들이 궁금했다.

하지만 지금은 라쿱과 한가하게 이야기나 나눌 때가 아니었다.

[자세한 소식은 나중에 듣자.]

이탄은 비실거리는 라쿱의 귀를 잡아끌어 자리를 떴다.

물론 후속대책도 없이 그냥 자리를 뜨지는 않았다.

'이대로 그냥 사라지면 이상하겠지?'

이탄은 그럴듯하게 연극을 시작했다.

온 사방에 열폭풍이 휘몰아치는 가운데 신성력이 강하게 솟구쳤다. 모레툼의 신성력은 이내 바람의 방패가 되어 지상에 내리꽂혔다.

번쩍!

눈부신 광휘가 휘몰아쳤다. 주변의 공기는 미친 듯이 팽창했다. 강렬한 폭발이 뒤따르면서 이그놀리 흑탑의 남쪽 일대를 완전히 날려버렸다.

"피햇!"

유롬이 암석의 벽을 소환하여 폭발의 여파를 막았다. 소모로는 손을 휘저어 마법사와 도제생들을 뒤로 피신시켰다. 마탑의 마법사들도 각자 쉴드(Shield: 방패)를 소환하여 폭발로부터 몸을 보호했다.

강렬한 폭발에 이어서 2차 열폭풍이 발생했다.

화르르르륵~.

뜨겁게 달구어진 공기가 온 사방을 휩쓸었다.

유룸을 비롯한 시시퍼 마탑의 마법사들은 수백 미터 상공까지 몸을 피하고 나서야 겨우 열폭풍의 범위에서 벗어날 수 있었다.

지상에서는 그 와중에도 잇단 폭음이 들렸다.

쾅! 쾅! 쾅! 쾅!

귀청을 찢는 충돌음과 함께 열폭풍은 점차 남쪽으로 향했다. 열폭풍 속에서는 간헐적으로 신성한 광휘가 솟구쳤다. 또한 가끔씩은 살벌한 악마의 기운이 뿜어지기도 하였다.

이 장면을 하늘 위에서 내려다보면, 엄청난 초인 2명이 점차 남쪽으로 이동하면서 치열하게 맞부딪치는 것처럼 보였다.

사실은 성스러운 신성력과 악마의 기운, 두 가지 모두 이탄의 연출이었다.

"허어. 저 정도라니."

유룸은 혀를 내둘렀다.

"이그놀리 흑탑에 저런 괴물이 웅크리고 있었을 줄은 몰랐구먼. 그나저나 그 괴물에 맞서서 전혀 밀리지 않는 이탄 신관도 대단하구먼."

소모로도 이탄의 실력에 놀라기는 마찬가지였다.

"아아아, 이탄 님."

씨에나는 어떻게든 이탄을 돕고 싶어서 발만 동동 굴렸다.

하지만 씨에나의 실력으로는 저 무지막지한 초인들의 전투에 끼어들 깜냥이 되지 못했다. 그녀는 그저 이탄의 승리를 기원하면서 안타깝게 가슴만 졸일 수밖에 없었다.

그나마 다행인 점은, 이탄과 라쿱이 남쪽으로 향한다는 점이었다.

이곳 이그놀리 흑탑은 그레브 시의 남서쪽에 위치해 있었다. 따라서 만약에 이탄과 라쿱이 북동쪽으로 이동하면서 싸운다면 백성들이 겪어야 할 피해는 말도 못 하게 클 것이었다. 설령 이탄과 라쿱이 다른 방향으로 움직이면서 싸운다고 하더라도 그 피해는 가늠하기 어려울 정도였다.

반면 남쪽은 괜찮았다. 여기서 남쪽으로 가면 망망대해만 나올 뿐이므로 인명피해가 발생하지 않았다.

이에 대해서 유롬은 다음과 같은 해석을 내놓았다.

"아마도 이탄 신관이 무고한 백성들에게 피해를 주지 않으려고 일부러 강적을 바닷가로 유인하는 모양이구먼."

"그 말이 맞네. 아무래도 그런 것 같으이."

소모로가 유롬의 해석에 냉큼 동의했다.

시시퍼 마탑의 마법사들 모두 이탄의 착한(?) 마음씨에
감동했다.

그러는 사이 열폭풍은 아예 육지를 벗어나 바다로 나갔
다. 이탄과 라쿱이 치열하게 싸우면서 남쪽으로 이동하고
나자—사실은 둘이 싸우는 것이 아니라 이탄이 일방적으로
라쿱의 귀를 잡아끄는 상황이지만— 이제 전장에는 시시퍼
마탑의 마법사들과 이그놀리 흑탑의 무투사들만 남았다.

이그놀리 흑탑 쪽에서 먼저 반응을 보였다.

"저기 하늘 위에 아직 침입자 놈들이 남아 있다."

"저놈들부터 박살 내자."

이그놀리 흑탑의 무투사들은 눈에서 시커먼 안광을 빔처
럼 뿜어냈다.

지이이잉—.

시커먼 빔에 닿은 순간 무투사들의 장갑은 검은 물감통
속에 담갔다가 뺀 것처럼 진한 흑색으로 물들었다. 무투사
들의 원형방패도 더욱 진한 흑색으로 변했다.

이그놀리 흑탑 특유의 인챈트(Enchant: 강화마법) 스킬
이 발휘되었다.

Chapter 5

야스퍼 전사탑의 무투사들이 노란 빔으로 무기를 강화하는 것처럼, 이그놀리 흑탑의 무투사들은 검은 안광으로 장갑과 방패를 강화하곤 했다.

이그놀리 흑탑의 무투사들은 인챈트 마법에 의해 강화된 원형방패를 허공에 휙 던졌다. 그런 다음 방패 위에 올라타 하늘로 솟구쳤다.

그렇게 상공으로 날아오르는 이그놀리 흑탑의 무투사들의 숫자는 헤아릴 수 없이 많았다. 반쯤 붕괴한 흑탑 곳곳에서 무투사들이 계속 충원되면서 흑탑의 병력은 점점 더 기하급수적으로 늘어났다.

이그놀리 흑탑의 무투사들이 날아드는 모습을 하늘에서 내려다보면, 마치 시커먼 메뚜기들이 상공을 향해 떼거지로 비상하는 모양새였다.

그나마 이그놀리 흑탑의 무투사들 가운데 4분의 1은 열폭풍에 휘말려 죽거나 다쳤고, 나머지 4분의 2는 폐허를 복구하느라 전투에 나설 수 없었기에 이 정도였다. 다시 말해서 지금 시시퍼 마탑의 마법사들을 향해서 달려드는 흑탑의 병력은 평소 규모의 4분의 1에 불과한 수준이었다.

그런데도 온 하늘이 시커먼 빛으로 뒤덮이는 것 같았다.

만약에 이탄이 적 무투사들의 숫자를 대거 삭감하지 않았더라면 시시퍼 마탑의 마법사들은 오늘 정말 어려운 전투를 벌일 뻔했다.

물론 지금도 쉬운 싸움은 아니었다. 이그놀리 흑탑의 무투사들은 허공으로 우르르 날아오른 뒤, 시시퍼 마탑의 마법사들을 능숙하게 포위했다.

이 장면만 보아도 흑탑의 무투사들이 평소에 얼마나 훈련을 강하게 받는지 짐작이 갔다. 이그놀리 흑탑의 무투사들은 각자 개별적으로 행동하는 것처럼 보였으나, 사실은 서로 합이 척척 맞았다. 무투사들은 미리 훈련한 대로 가장 효율적인 경로를 찾아 시시퍼 마탑의 마법사들을 에워쌌다.

유롬이 이맛살을 찌푸렸다.

'휴우우. 아무래도 지파장님의 욕심이 과했나 보구나. 이그놀리 흑탑을 우리 지파의 힘만으로 공격하는 게 아니었어.'

유롬은 쎄숨의 독선적인 결정에 한숨이 나왔다.

소모로의 표정도 유롬과 다를 바 없었다. 소모로는 떫은 감을 한 입 씹은 표정이었다.

시시퍼 마탑의 두 부지파장들은 이번 공격을 후회했다.

하지만 그렇다고 여기서 물러날 수는 없었다.

"어쩔 수 없지."

유롬이 다시금 마나를 잔뜩 끌어올려서 암석들을 소환했다.

어디선가 후두두둑 날아온 암석들이 시시퍼 마탑 마법사들의 주변을 위성군처럼 빙글빙글 돌았다.

소모로도 힘을 보탰다.

"$\gamma \varepsilon, \zeta \theta \lambda \varepsilon \zeta, \zeta \theta \lambda \varepsilon \zeta$!"

소모로가 중얼중얼 캐스팅을 하면서 양손을 활짝 벌리자 하늘 한복판에 거대한 물동이가 소환되었다.

그 물동이로부터 모래가 폭포처럼 쏟아졌다.

한데 모래의 양이 장난이 아니었다. 소모로가 소환한 물동이는 마치 사막과 연결된 게이트라도 되는 모양이었다. 물동이 안에서 무한대에 가까운 모래가 튀어나왔다.

두 부지파장들의 마법에 맞서서 이그놀리 흑탑의 무투사들도 조직적인 대응에 나섰다.

우선 가장 강해 보이는 6명의 최상급 무투사들이 3명씩 2개의 조를 만들었다. 이들 2개 조가 각각 유롬과 소모로를 한 명씩 맡았다.

최상급 무투사들은 하늘 위에서 삼각형 모양으로 위치를 잡더니, 서로의 어깨에 손을 걸치고는 핑그르르 회전했다.

최상급 무투사들이 톱니바퀴처럼 맞물려 돌아가자 이내

시커먼 돌풍이 발생했다. 그 돌풍이 한 단계 더 진화하자 허공에 커다란 아나콘다의 환영이 나타났다.

3명 당 아나콘다를 한 마리씩 만들어 내었으니 총 아나콘다는 두 마리였다.

스갸아아아,

샤아아ー악.

길고 시커먼 빛깔을 띤 아나콘다 두 마리가 끔찍한 소리를 내지르면서 유롬과 소모로에게 달려들었다.

"오너라."

유롬은 검은 아나콘다를 맞아서 비장하게 외쳤다.

유롬이 완드를 지휘봉처럼 휘저어서 허공에 마법진을 그렸다. 마나를 잔뜩 머금은 마법진은 이내 주변의 암석들을 끌어당기더니 키가 10 미터나 되는 커다란 암석 거인을 일곱 기나 조립해내었다.

놀랍게도 육중한 암석 거인들은 지상으로 추락하지 않았다. 일곱 기의 거인들이 주먹을 앞으로 뻗으며 하늘을 가로지르더니 시커먼 아나콘다를 향해 달려들었다.

스갸아아아.

검은 아나콘다가 암석의 거인들을 향해서 아가리를 쩍 벌렸다. 180도 가까이 벌어진 아나콘다의 아가리 속에서 시커먼 송곳니가 튀어나와 암석의 거인들을 공격했다.

사실 송곳니처럼 보이는 이 뾰족한 덩어리는 이그놀리 흑탑 최상급 무투사들이 응집한 오러였다.

오러 안에는 수십 센티미터 두께의 철도 뚫어버리는 위력이 실려 있었다.

암석의 거인들도 오러의 위력을 느낀 듯 힘을 합쳤다. 거인들 중 네 기가 서로 힘을 합쳐서 두 주먹을 풍차처럼 휘둘렀다. 그리곤 그 풍압으로 오러를 막으려 들었다.

그러는 사이 나머지 세 기의 거인들은 아나콘다에게 직접 달려들었다.

이렇게 팀을 나눈 것이 오히려 악재가 되었다. 아나콘다는 이 순간을 기다렸다는 듯이 허공에서 기괴하게 몸을 뒤틀더니 가까이 달려든 세 기의 거인들을 연달아 휘감았다.

뿌드드득! 뿌득! 뿌득!

바위 으깨지는 소리와 함께 세 기의 암석 거인들의 몸통이 으스러졌다.

한편 주먹으로 풍압을 일으켰던 나머지 네 기의 거인들도 아나콘다의 송곳니에 관통을 당한 뒤 몸통이 와르르 허물어졌다.

스갸아—.

검은 아나콘다는 유롬이 소환한 암석 거인들을 단숨에 해치운 다음, 긴 몸을 쭉 뻗어서 그대로 유롬을 덮쳤다.

바로 그 때였다. 유롬이 입술을 둥글게 모았다가 "폭!"
소리를 냈다.

와르르 허물어졌던 거인들의 파편이 유롬의 신호에 맞춰
서 일제히 폭발했다. 날카로운 암석의 파편이 아나콘다를
짓이겨놓았다.

조금 전 일곱 기나 되는 거인들이 맥을 못 추고 부서진
것은 사실 유롬이 쳐놓은 덫이었다. 그 덫에 아나콘다가 걸
려들었다.

허공에서 아나콘다가 고통스럽게 몸을 뒤틀었다. 실제
로는 아나콘다가 몸을 뒤틀었다기보다는, 아나콘다의 환영
속에 들어있는 최상급 무투사들이 피투성이가 되어 몸부림
을 친 것이었다.

Chapter 6

그 와중에도 무투사 한 명이 유롬을 향해서 벼락처럼 주
먹을 날렸다. 그 주먹으로부터 칠흑과도 같은 반달형의 오
러가 튀어나오더니 공간을 가로질렀다.

유롬이 미처 반응할 새도 없었다. 적이 쏘아낸 반달형의
오러는 유롬의 겨드랑이를 가르며 뒤로 날아갔다.

"크악."

유롬이 찢어져라 비명을 질렀다.

이 검은 오러에는 강력한 부식의 기운이 담겨 있었다. 유롬의 상처 부위에서 하얀 연기가 솟구친다 싶더니 이내 주변의 살점이 무서운 속도로 썩어 들어갔다.

"옳거니."

"드디어 걸렸구나."

이그놀리 흑탑의 무투사들이 쾌재를 불렀다.

"이이익, 쉴드! 힐(Heal: 치유)! 힐! 힐!"

유롬은 황급히 몸 주변에 쉴드를 둘렀다. 그와 동시에 힐링 마법도 펼쳐서 상처가 덧나는 것을 방지했다.

한데 유롬의 뜻대로 힐링이 되지 않았다. 시커멓게 썩어 들어가기 시작한 살은 힐링 마법을 퍼부어도 쉽게 아물지 않았다.

"안 되겠다."

유롬은 마나를 이용해서 상처 주변을 통째로 봉인한 다음, 가까스로 완드를 휘둘러 수백 미터 밖으로 순간 이동했다.

"이노옴. 어딜 도망치느냐?"

"게 섰거라."

3명의 최상급 무투사들은 곧바로 유롬을 추적했다. 흑색의 아나콘다가 허공에서 몸을 뒤틀더니 아가리를 쩍 벌리고 대기를 가로질렀다.

"이크!"

아나콘다의 진격에 놀란 듯 주변의 무투사들은 황급히 길을 비켜주었다.

유롬이 적과 싸우다 도망치는 동안, 소모로도 또 한 마리의 검은 아나콘다를 맞아서 미친 듯이 분투했다.

소모로의 물동이에서 쏟아진 모래는 그 자체가 하나의 거대한 드래곤처럼 변해서 이그놀리 흑탑의 아나콘다와 맞서 싸웠다.

샌드 드래곤(Sand Dragon: 모래 드래곤)과 시커먼 아나콘다가 긴 몸뚱어리를 칭칭 휘감으며 서로를 물어뜯는 장면은 실로 장관이었다. 아나콘다의 시커먼 송곳니가 벼락처럼 쏘아져서 샌드 드래곤의 몸통을 꿰뚫고 나면, 그 다음엔 샌드 드래곤의 모래 비늘이 좌르륵 일어나 아나콘다의 몸통을 할퀴었다.

두 괴수는 주거니 받거니 하면서 치열한 공방을 이어갔다.

그러는 와중에 승부의 추는 점차 소모로에게 불리하게 기울었다.

"크으으읏."

소모로가 어금니를 꽉 물었다. 소모로는 지금 젖 먹던 힘까지 쥐어짜서 샌드 드래곤에게 마나를 제공하는 중이었다. 그렇게 소모로가 전력을 다했건만 시커먼 아나콘다를 제압하기란 그리 녹록지 않았다.

오히려 상대 무투사 가운데 한 명이 기회를 노렸다가 소모로를 향해서 벼락처럼 주먹을 날렸다.

빠아아앙―.

주먹에서 쏘아진 칠흑색의 반달형 오러는 공기를 찢어발기며 날아들더니 소모로의 옆구리를 아슬아슬하게 스치며 지나갔다.

원래 무투사가 노렸던 곳은 소모로의 복부였다.

그런데 막판에 샌드 드래곤이 꼬리를 휘둘러 오러의 경로를 바꿔준 덕분에 소모로는 목숨을 건졌다.

"젠장. 안 되겠다."

등골이 서늘해진 소모로가 황급히 몸 주변에 샌드 아머(Sand Armor: 모래 갑옷)를 둘렀다.

덕분에 소모로의 방어력은 올라갔다. 대신 마나가 둘로 나뉜 탓에 샌드 드래곤의 힘이 약화되었다.

아나콘다는 그 틈을 놓치지 않고 샌드 드래곤을 거칠게 물어뜯었다.

크왕! 크롸롸롸.

샌드 드래곤이 날개를 펄럭이고 발톱을 휘저으며 저항했다.

하지만 한번 밀리기 시작한 기세를 되찾기란 쉽지 않았다.

2명의 노마법사들이 구름 위에서 고군분투하는 동안, 시시퍼 마탑의 나머지 마법사들도 이그놀리 흑탑의 무투사들의 차륜전에 휘말려 고전을 면치 못했다.

이그놀리 흑탑의 무투사들은 3명이 1조가 되어 서로의 어깨를 잡고는 빙글빙글 회전했다. 그러자 이그놀리 흑탑의 무투사들의 주변으로 시커먼 소용돌이가 일어났다.

콰르르르르—.

이 검은 소용돌이가 시시퍼 마탑의 마법사들을 공략했다. 마법사들은 돌이나 모래, 금속 등을 소환하여 소용돌이를 막았으나 여의치 않았다.

씨에나가 앞에 나서서 동료들을 지휘했다.

"이대로는 안 되겠다. 다들 준비해온 마법진을 펼쳐라."

마법사들이 씨에나의 지휘에 따랐다.

마법사들은 적과 치열하게 싸우는 한편, 마나의 일부를 나누어 하늘 한복판에 고난이도의 마법진을 하나 구축했다.

잠시 후, 마법진이 완성되자 하늘 한복판에 커다란 거북이 등껍질이 나타났다.

돌과 금속으로 이루어진 이 등껍질은 지름이 1 킬로미터가 넘었다. 마치 성처럼 크기가 크다 보니 모든 마법사들이 거북이 등껍질 안으로 몸을 피할 만했다.

"어서 등껍질 안으로 들어가라. 어서."

마법사들은 우선 도제생들의 등부터 떠밀었다.

"네. 스승님."

도제생들은 돌과 금속으로 이루어진 거북이 등껍질 안으로 들어가더니, 각자 정해진 위치에 자리를 잡았다.

도제생들이 위치한 곳에는 조그맣게 창문이 나 있었다. 가로 세로 각각 30 센티미터 크기의 창문이었다.

도제생들은 창문 밖으로 완드를 내밀고는 마법을 캐스팅했다.

멀리서 그 모습을 보면 마치 거대한 거북이가 하늘에 둥둥 떠 있는데, 거북이의 등껍질 사이로 날카로운 가시 수백 개가 돋아난 듯한 모양새였다.

그 수백 개의 가시가 서로 다른 종류의 공격마법을 캐스팅했다.

도제생들에 이어서 하늘색 로브를 입은 마법사들도 거북이 등껍질 안으로 몸을 피했다. 시시퍼 마탑의 마법사들도 도제생들과 마찬가지로 각자 정해진 위치에 자리를 잡고는 네모반듯한 창문 사이로 완드를 내밀어 적을 공격할 태세를 갖추었다.

이 가운데는 씨에나도 포함되었다.

씨에나의 세 제자인 브로네, 렐사, 치엔도 스승의 주변에서 완드를 곤두세우고 자신들의 힘을 보탰다.

Chapter 7

시시퍼 마탑의 마법사들이 하나로 힘을 합치자 이그놀리 흑탑의 무투사들도 함부로 공략하지 못했다.

무투사들이 만들어낸 시커먼 소용돌이는 거북이 등껍질에 부딪히자 힘없이 소멸되었다. 무투사들이 양 주먹으로 날린 반달형의 오러도 단단한 등껍질을 뚫을 수는 없었다.

시시퍼 마탑은 마법사들과 도제생들은 적들이 멈칫한 틈을 놓치지 않았다.

"이때다. 적이 지쳤다."

"시시퍼의 마법사들이여, 반격하라."

마법사들의 완드가 일제히 불을 뿜었다.

하늘에서 우박이 떨어져 이그놀리 흑탑의 무투사들을 때

렸다. 지상에서 돌멩이들이 솟구쳐서 이그놀리 흑탑의 무투사들을 공격했다. 어디선가 날카로운 철판들이 부메랑 모양으로 날아오더니 이그놀리 흑탑의 무투사들의 원형방패를 후려쳤다.

마탑의 마법사들이 똘똘 뭉쳐서 마법을 난사하자 이그놀리 흑탑의 무투사들 가운데 추락하는 자들이 생겼다.

"으아아악."

"제기랄. 저런 비겁한 놈들 같으니."

이그놀리 흑탑의 무투사들 사이에서 비명이 울렸다. 마법사들의 비겁함을 욕하는 소리가 난무했다.

전쟁 중에 그렇게 입으로 욕을 해봤자 무슨 소용이랴. 이것으로 시시퍼 마탑이 승기를 잡았다.

아니, 잡은 것처럼만 보일 뿐 사실은 아직 시시퍼 마탑이 불리했다. 시시퍼의 마법사들은 인원수에 제한이 있는 까닭이었다.

이와 반대로 이그놀리 흑탑의 무투사들은 끊임없이 보충되었다. 새로 합류한 무투사들이 거북이 등껍질을 향해서 시커먼 오러를 날렸다. 원형방패 모서리의 날카로운 날로 후려치기도 하였다.

특히 무투사들이 블랙 라이트닝(Black Lightning: 검은 번개)라는 스킬을 발휘하자 그 위력이 장난이 아니었다.

블랙 라이트닝은 이그놀리 흑탑이 자랑하는 대표적인 스킬 가운데 하나였다. 이 스킬이 발동하는 순간, 이그놀리 흑탑의 무투사들의 몸뚱어리는 한 발의 시커먼 벼락으로 변해서 적을 들이받게 마련이었다.

쾅! 쾅! 쾅! 쾅! 쾅!

거북이 등껍질 위로 시커먼 벼락들이 수도 없이 작렬했다. 블랙 라이트닝에 한 번 부딪칠 때마다 등껍질이 받는 충격이 누적되었다.

"크윽."

"버텨. 버티라고."

시시퍼 마탑의 마법사들은 마법진에 마나를 잔뜩 불어넣어서 거북이 등껍질을 계속 유지했다.

다른 한편으로 마법사들은 각자 공격마법을 캐스팅하여 이그놀리 흑탑의 무투사들을 하나씩 요격했다.

이그놀리 흑탑의 무투사들도 요격당하는 것을 두려워하지 않았다. 그들은 목숨을 아끼지 않고 거북이 등껍질로 달려들어 온몸으로 들이받았다.

그 결과 단단하던 등껍질에 서서히 금이 가기 시작했다.

유룸과 소모로 .VS. 최상급 무투사 6명.

시시퍼 마탑 마법사와 도제생 .VS. 이그놀리 흑탑의 무투사들.

이들 사이의 치열한 공방은 한동안 계속되었다. 어느 한 쪽으로 승기는 쉽게 기울어지지 않았다.

양측의 힘겨루기는 그렇게 팽팽한 듯 보였으나 시간이 갈수록 시시퍼 마탑이 불리했다. 이그놀리 흑탑은 계속해서 무투사들을 충원하는 반면, 시시퍼 마탑의 마법사들은 시간이 갈수록 마나가 소모되었기 때문이다.

"허억, 헉, 헉, 헉. 빌어먹을."

싸우다 지친 마법사들이 거칠게 숨을 헐떡였다.

도제생들은 이빨을 악물다 못해 어금니가 잘게 부스러졌다.

"안 돼. 크으윽. 이대로 시간이 가면 우리가 불리해."

유롬이 빠르게 상황을 판단했다. 유롬은 어떻게든 이 위기를 벗어날 방도를 찾으려고 머리를 굴렸다.

하지만 솟아날 구멍은 쉽게 보이지 않았다.

온 하늘이 시커먼 무투사들로 가득하여 마법사들은 도망칠 구석이 없었다. 대규모 순간이동을 하려면 마법진을 꽤 오래 캐스팅해야 하는데, 지금은 적들과 공방을 주고받기에도 바빠서 순간이동 마법진을 구축하기도 불가능했다.

'어쩔 수 없구나. 최악의 경우를 생각할 수밖에.'

최악의 경우 유롬은 씨에나를 비롯한 극소수 마법사들만 데리고 도망칠 요량이었다. 나머지 도제생들까지 전부 구하기는 불가능했다.

'비정하기는 하지만 어쩔 수 없지. 크윽.'

유롬이 아랫입술을 꽉 깨물었다.

마침 소모로도 유롬과 비슷한 생각을 품었다. 유롬과 소모로가 허공에서 서로 눈빛을 주고받았다.

바로 그 때였다. 별안간 전세가 역전되었다.

쿠콰콰콰콰!

수십 개의 빛망울들이 지상에서 솟구쳤다. 그 빛망울들은 상공에서 서로 엮이더니 이내 거대한 그물을 만들었다.

빛의 그물이 눈 깜짝할 사이에 거의 10킬로미터 영역을 뒤덮었다. 그리곤 날카로운 철망으로 변했다.

"지파장님이시다! 우리가 이그놀리 흑탑의 무투사 놈들과 맞서 싸울 동안 지파장님은 지상에서 광역마법진을 준비하신 게야."

유롬이 환호했다.

"아아아."

소모로도 기쁨의 탄성을 흘렸다.

"스승님, 드디어 오셨군요."

씨에나는 아예 눈물까지 글썽거렸다.

세 마법사의 말이 떨어지기도 전에 시시퍼 마탑 마법사들의 사기가 올라갔다.

사실 쎄숨은 지파의 후배 마법사들이 이그놀리 흑탑을 공격하기 이전부터 이미 이 일대에 잠복 중이었다.

　그러다 전투가 본격적으로 벌어지자 쎄숨은 이그놀리 흑탑을 빙 둘러싼 마법진을 발동할 준비를 했다.

　쎄숨이 제아무리 뛰어난 마법사라 할지라도 대도시의 5분의 1 크기인 초대형 마법진을 설치하려면 시간이 오래 걸릴 수밖에 없었다. 쎄숨은 이 거대한 마법진을 설치하기 위해서 무려 7일 전부터 준비를 해왔다.

Chapter 8

　이처럼 초대형 마법진을 설치하는 것도 보통 일은 아니었지만, 그 마법진을 발동하는 일도 만만치 않은 작업이었다.

　그래도 쎄숨은 비교적 원활하게 모든 준비를 마칠 수 있었다. 이탄이 적들의 이목을 끌어준 덕분이었다.

　그때부터 쎄숨은 최대한의 이득을 얻을 타이밍이 오기만을 기다렸다.

　드디어 쎄숨이 오매불망 기다리던 기회가 왔다. 이그놀리 흑탑의 무투사들이 허공에 싹 다 몰려갔다 싶은 바로 그 순간이었다.

"이때다."

쎄숨은 웅크리고 있던 몸을 벌떡 일으킨 다음, 그대로 초대형 마법진을 발동했다.

이그놀리 흑탑 주변부에서 환한 빛망울들이 승천하는 드래곤처럼 하늘로 펑펑 쏘아져 올라갔다.

그 빛망울들이 씨줄과 날줄이 되어 하늘에 거대한 그물을 만들었다. 이어서 그 그물이 질긴 마법의 철망으로 변했다.

부와아아악─.

허공에 갑자기 나타난 초대형 철망은 그대로 이그놀리 흑탑의 무투사들을 휩쓸었다. 마치 쌍끌이 어선이 그물로 물고기 떼를 단숨에 낚아채는 것처럼, 쎄숨의 초대형 철망은 상공 10 킬로미터 영역을 통째로 휘감으며 적들을 쓸어버렸다.

"피해랏!"

"아아악, 안 돼."

이그놀리 흑탑의 무투사들은 난리가 났다. 뻥 뚫린 하늘에 이런 엄청난 덫이 감추어져 있을 줄이야 누가 알았겠는가!

갑자기 등장한 쎄숨의 철망은 마법의 힘으로 보강되었기

에 질기기 이를 데 없었다. 이그놀리 흑탑의 무투사들이 아무리 발버둥 쳐도 철망을 뜯어내지 못했다.

그러는 사이 초대형 철망은 수만, 수십만 명의 무투사들을 포획한 다음, 무시무시한 속도로 지상에 내리꽂혔다.

이그놀리 흑탑의 무투사들은 그물 속에 꽉 붙잡힌 채 지상에 패대기쳐졌다.

"크왁, 꺽."

"끄악."

수백 미터 높이에서 질긴 철망에 나포되어 그대로 지상에 메다 꽂힌 자들이 무사할 리 없었다. 이그놀리 흑탑의 무투사들 대부분은 지상에 충돌한 즉시 피떡이 되어 즉사했다.

쩨숨의 마법 한 방으로 인해서 전세는 즉시 역전되었다. 운 좋게 그물을 피한 무투사들도 망연자실하여 지상으로 도망쳐 내려왔다.

물론 시시퍼 마탑도 피해가 전혀 없지는 않았다. 거북이 등껍질 안으로 미처 피신하지 못했던 마법사와 도제생들은 쩨숨의 철망에 함께 휩쓸려서 죽었다. 그런 불운한 자들이 20명은 족히 넘었다.

쩨숨은 독하게도 제자들의 피해를 감수했다.

"최대한 많은 적들을 잡아 죽이려면 어쩔 수가 없구나.

아이들아, 미안하다. 부디 이 못된 할망구를 용서하지 말거라."

쎄숨은 쓰라린 가슴을 손으로 쥐어뜯으며 죽은 제자들의 넋을 위로했다.

그렇다고 해서 이그놀리 흑탑의 무투사들이 전멸한 것은 아니었다. 쎄숨은 차마 거북이 등껍질까지 철망으로 휘감아서 땅바닥에 패대기치지는 못했다.

덕분에 거북이 등껍질 주변에 바짝 붙어서 공략을 하던 이그놀리 흑탑의 무투사들은 운 좋게 살아남았다. 유롬과 소모로를 공략하던 6명의 최상급 무투사들도 쎄숨의 대규모 마법진을 피했다.

설령 이들이 쎄숨의 마법 공격으로부터 살아남았다 치더라도 전세가 역전된 것은 분명한 사실이었다.

"이때다. 놈들을 공격하라."

유롬이 기회를 놓치지 않고 공격명령을 내렸다.

"흑탑 놈들을 공격하랍신다."

지금까지 거북이 등껍질 속에 숨어서 버티던 마법사들이 일제히 밖으로 뛰쳐나왔다. 마법사들은 플라잉(Flying: 비행) 마법으로 하늘을 누비면서 완드 끝에 공격마법을 장착했다. 무시무시한 공격마법이 적들에게 쏟아졌다.

소낙비처럼 퍼붓는 마법에 의해 이그놀리 흑탑의 무투사

들은 차례차례 추살을 당하기 시작했다.

"안 되겠다. 후퇴! 후퇴!"

"모두 탑으로 피해라."

이그놀리 흑탑의 무투사들은 원형방패를 두 발로 밟고서 부리나케 하강하더니 흑탑으로 피신했다.

최상급 무투사 6명도 아나콘다의 환영을 해체한 다음, 부하들의 뒤를 쫓아서 흑탑으로 복귀했다.

"이놈들, 감히 도망칠 수 있을 것 같으냐?"

유롬이 적의 뒤를 추격하며 암석을 포탄처럼 쏘았다. 끝이 뾰족한 암석들이 소낙비처럼 우수수 쏟아져 도망치는 적들을 요격했다.

소모로도 손 놓고 있지 않았다.

"샌드 드래곤이여, 놈들을 막아라."

쿠어어어억!

소모로의 명을 받은 샌드 드래곤이 모래폭풍을 일으켜 적들의 퇴로를 차단하려 들었다.

최상급 무투사들은 유롬과 소모로의 공격을 가까스로 피하면서 지상에 도착했다. 그 와중에 몇 명은 등짝에 제법 큰 부상을 입었다.

이그놀리 흑탑도 맥없이 당하고만 있지는 않았다. 지상에서 피해를 복구 중이던 이그놀리 흑탑의 무투사들이 손에 검은 장갑을 끼고 팔뚝에 둥그런 방패를 착용한 뒤 전장에 뛰어들었다.

"지금 피해복구를 할 때가 아니다. 우선 침입자 놈들부터 물리치고 보자."

"더러운 백 진영 놈들에게 우리 흑탑의 저력을 보여줘라."

이그놀리 흑탑의 무투사들은 잔뜩 분노한 듯 두 눈에서 시커먼 안광을 뿜으면서 달려 나왔다.

때마침 유룸과 소모로를 비롯한 시시퍼 마탑의 마법사들도 지상에 발을 디뎠다. 거기에 쎄숨 지파장까지 합류했다.

하늘에서의 전투는 이제 끝이 났다.

지상에서 끝장을 볼 차례였다.

제3화
확전 III

Chapter 1

선공은 쎄숨이 퍼부었다.

"오너라, 사악한 흑 진영 놈들아. 모조리 찢어 죽여주
마."

쎄숨이 낮게 으르렁거렸다.

오래 전 사랑하는 제자가 흑 진영의 악마에게 처참하게
죽은 이후로 쎄숨은 성격이 변했다. 그때부터 쎄숨은 흑 진
영이라면 자다가도 벌떡 일어났다.

지금도 마찬가지. 이그놀리 흑탑의 무투사들을 노려보는
쎄숨의 눈빛은 살기로 번들거렸다.

쎄숨은 자그마한 체형과는 어울리지 않게 기다란 지팡이

를 주무기로 사용했다. 그녀는 2 미터가 넘는 길이의 떡갈나무 지팡이를 풍차처럼 휘리릭 돌리더니, 지팡이 끝을 땅바닥에 콱 꽂아 넣었다.

"일어나라, 땅속의 암석이여! 솟구쳐라, 지저의 금속이여!"

쎄숨의 고함과 함께 땅거죽이 우두둑 들고 일어났다.

그 속에서 암석이 툭툭 튀어나와 암석의 거인이 되었다. 금속 광맥이 후두두둑 솟구쳐서 암석의 거인 위를 한 겹 코팅했다.

그러자 마치 암석의 거인들이 금속 갑옷으로 중무장한 것처럼 보였다.

심지어 이 거인들은 칼과 방패도 착용했다.

쎄숨은 마치 골렘을 소환하듯 암석의 거인들을 일으킨 다음, 그 거인들에게 "저 사악한 이그놀리 흑탑의 무투사들을 도륙하라."고 명했다.

신장이 무려 10 미터에 이르는 암석의 거인들이 적들에게 쿵쿵 걸어가 커다란 칼을 휘둘렀다.

무투사들은 3명씩 한 조를 이루어서 검은 소용돌이로 변했다. 콰르르르— 휘몰아치는 소용돌이가 뱀처럼 낮게 기어와 암석의 거인들과 맞서 싸웠다. 소용돌이 속에서 반달 모양의 검은 오러가 쏘아졌다.

이그놀리 흑탑의 무투사들은 두 주먹에서 연신 반달형의 오러를 뿜어내며 암석의 거인들의 무릎 부위를 집중적으로 노렸다.

다른 한편으로 무투사들은 검은 소용돌이로 암석의 거인들의 가슴팍을 후려쳤다.

암석의 거인들도 검은 소용돌이에 맞서서 칼을 휘두르고 방패로 막았다.

이 칼과 방패는 무사들이 휘두르는 일반적인 무기와는 속성 자체가 달랐다. 이것은 형태만 칼과 방패일 뿐, 사실은 쎄숨의 심혼, 즉 애니마가 담긴 금속이었다.

촤악!

적 무투사를 향해 날아가던 칼날이 갑자기 둥그런 낫으로 변해서 적의 팔뚝을 베었다.

넓은 면으로 적을 후려치던 방패가 갑자기 형태를 바꾸더니 뾰족한 투창으로 변했다. 방패 중앙에서 투창이 쏘아졌다.

이것이 바로 애니마의 무서움이었다.

쎄숨이 금속에 애니마를 심은 순간, 그 애니마는 마치 살아 있는 생명체처럼 자신만의 의지를 가지고 무투사들과 싸웠다.

"크악."

"젠장. 저 무기들이 자유롭게 형태를 변형한다."

눈 깜짝할 사이에 이그놀리 흑탑의 무투사들 여러 명이 죽거나 다쳤다. 무투사들은 황급히 암석의 거인과 거리를 벌렸다.

그러자 쎄숨은 떡갈나무 지팡이를 높이 치켜들었다가 다시금 대지에 내리찍었다.

쿠웅!

대지가 쩌저적 갈라졌다. 그 속에서 암석들이 후두둑 솟구쳐서 또 다른 암석의 거인이 되었다.

조금 전 유룸은 일곱 기의 거인을 만들어서 적 무투사들을 상대했다.

그런데 쎄숨은 별로 힘도 쓰지 않은 것 같은데 벌써 30기가 넘는 암석의 거인을 일으켜 세웠다.

그것도 그냥 거인이 아니라 금속갑옷으로 중무장한 암석의 거인들이었다.

이것만 보더라도 쎄숨과 유룸은 실력차이가 꽤 많이 났다.

시시퍼 마탑의 서열 6위.

그 지고한 위치의 대마법사가 바로 쎄숨인 것이다.

쎄숨의 마법은 여기서 끝나지 않았다. 그녀는 30기가 넘는 암석의 거인을 소환한 것으로 모자라서 폐허가 된 탑마저 움직여버렸다. 무투사들의 뒤쪽, 반쯤 허물어져 있던 흑탑 몇 개가 뿌드득 소리를 내면서 밀려오기 시작했다. 적의 건물을 이용하여 오히려 적을 공격하겠다는 것이 쎄숨의 발상이었다.

물론 탑이 직접 걸어오는 것은 아니었다. 허물어진 탑의 잔해물들이 무투사들 뒤편을 향해서 해일처럼 밀려들 뿐이었다.

한데 그것만으로도 위압감이 상당했다.

"으으윽, 저게 뭐야?"

"말도 안 돼."

탑의 잔해가 우르르 밀려들자 흑탑의 무투사들이 당황했다.

앞에서는 중무장한 암석의 거인들이 달려들고.

뒤에서는 탑의 잔해가 쿠르릉 밀려오고.

이그놀리 흑탑의 무투사들은 어찌할 바를 몰랐다.

그러는 가운데 최상급의 무투사 6명이 서로의 어깨를 붙잡고 몸을 회전했다. 그들 주변으로부터 검은 기류가 휘류류류 뿜어지더니 이내 두 마리 아나콘다가 환영처럼 등장했다.

스갸아아아.

첫 번째 아나콘다는 아가리를 쩍 벌리더니 암석의 거인

들을 향해서 달려들었다.

샤갸아악.

두 번째 아나콘다는 뒤쪽에서 쿠르릉 밀려오는 탑의 잔해물들을 향해 몸을 던졌다.

상대가 아나콘다의 환영을 다시 일으키자 시시퍼 마탑 측에서도 곧바로 대응했다. 시시퍼 마탑에는 쎄숨만 있는 것이 아니었다. 유롬이 기다렸다는 듯이 전투에 개입했다.

"네놈의 상대는 나다."

유롬은 첫 번째 아나콘다의 머리 위에 원추형의 암석들을 소환했다. 뾰족한 암석이 낙하하면서 검은 아나콘다를 짓이겼다.

검은 아나콘다는 숨을 크게 한 번 부풀린 다음 촘촘하게 낙하하는 암석 사이로 미끄러지듯이 전진했다.

"허!"

상대의 놀라운 체술에 유롬이 흠칫했다.

유롬은 완드를 휘저어 더 많은 암석을 소환했다.

검은 아나콘다도 더 이상 유롬의 방해를 내버려두기는 힘들었다. 결국 아나콘다는 암석 거인들을 포기하고 유롬에게 방향을 돌렸다.

유롬이 아나콘다를 붙잡아두는 동안, 쎄숨이 소환한 암석의 거인들은 이그놀리 흑탑의 무투사들을 향해서 쿵쿵쿵

내달렸다.

무투사들도 방패로 가슴을 보호한 채 암석 거인들을 향해서 마주 달려왔다.

꽈르릉! 꽈릉!

다시 한번 지상에 블랙 라이트닝이 작렬했다. 이그놀리 흑탑의 무투사들이 한 줄기의 시커먼 벼락이 되어서 암석 거인들을 후려친 것이다.

암석 거인들이 들고 있는 금속 방패가 쭉 늘어나 블랙 라이트닝을 튕겨내었다.

30기가 넘는 암석 거인들은 우산처럼 넓게 펼쳐진 금속 방패에 의지하여 적의 공격을 막아내었다. 그러면서 점점 더 앞으로 전진했다.

Chapter 2

무투사들은 쉴 새 없이 번개가 되어 암속 거인들을 두드렸으나 딱히 성과를 올리지는 못했다. 결국 이그놀리 흑탑은 점차 수세에 몰릴 수밖에 없었다.

게다가 무투사들의 후방에서는 탑의 잔해물들이 해일처럼 밀려드는 중이었다. 비록 두 번째 아나콘다가 후방으로 달려갔다고는 하나 그것만으로는 해일과도 같은 잔해물들을 모두 막기에는 역부족이었다.

이그놀리 흑탑의 무투사들이 앞뒤로 포위되어 위기에 몰릴 즈음, 드디어 흑탑에서도 거물급이 등장했다.

"누가 감히 이곳에서 난동을 피우느냐?"

우렁찬 포효와 함께 흑탑 서열 4위인 제롬이 드디어 모습을 드러내었다.

사실 제롬은 지금 이그놀리 흑탑이 내놓을 수 있는 유일한 패였다. 이그놀리 흑탑의 상위 서열 무투사들은 3개월쯤 전에 큰 변고를 겪었다. 홀연히 등장한 라쿰이 흑탑의 상위 서열들을 차례로 거꾸러뜨린 탓이었다.

괴물처럼 강한 라쿰에 의해서 흑탑의 서열 5, 6, 7, 8위가 모두 죽었다. 서열 3위도 큰 부상을 입고 도망쳤다.

흑탑 서열 4위인 제롬은 라쿰과 변변히 싸워보지도 못하고 굴복했다.

서열 2위인 소소리 대장로는 무려 100년 전부터 어디론가 사라져서 세상에 모습을 드러내지 않고 있었다.

또한 이그놀리 흑탑의 서열 1위인 탑주의 자리는 수십 년 전부터 공석으로 비어 있는 상태였다.

그러니까 현재 이그놀리 흑탑을 이끌어가는 지도부는 라쿰과 제롬 딱 2명뿐인 셈이었다.

이 가운데 라쿱은 이탄에게 귀를 붙잡혀서 질질 끌려갔으니 지금은 제롬만이 흑탑의 유일한 희망이었다.

그 제롬이 우렁찬 호통과 함께 등장했다.

사람들의 눈에 비친 제롬은 금발에 중후하게 생긴 노인이었다.

제롬은 버클러라 불리는 원형방패를 착용하지 않았다. 대신 양쪽 팔뚝에 짧은 단검을 착용했다.

제롬의 눈빛은 검날처럼 날카로웠다. 체격도 청년 못지않게 탄탄했다.

스릉!

제롬이 손등에 찬 단검을 X자로 교차하여 불똥을 만들었다.

두 자루 단검으로부터 쏟아진 검은 불똥이 이내 시커먼 벼락이 되어 제롬의 몸 주변을 쩌저적! 쩌저적! 맴돌았다.

그 벼락이 구체의 형태를 갖추면서 제롬의 주특기인 블랙 스피어(Black Sphere검은 구체)를 완성했다.

제롬은 몸 주변에 블랙 스피어를 두른 채 암석의 거인들을 향해서 쏘아져 나갔다.

암석의 거인들도 제롬을 피하지 않았다. 거인들은 방패로 앞을 막은 채 제롬에게 달려들었다.

양측이 부딪치는 순간, 제롬이 두르고 있던 블랙 스피어가 요란한 소리와 함께 수백 미터 크기로 팽창했다.

빠카카카캉! 빠카캉! 빠캉!

검은 구체의 표면에서 시커먼 벼락들이 미친 듯이 쏟아져 나왔다.

이 벼락에 스친 즉시 금속이 시커멓게 오염되어 타들어갔다. 암석도 검게 변했다가 와르르 허물어졌다.

이탄이 만약 지금 제롬의 모습을 보았다면, 시커먼 구체 표면에 어려 있는 희미한 문자를 알아보았을 것이다.

꽈배기 모양의 이 문자는 부정 차원의 인과율인 만자비문이었다. 그리고 이 비문이 의미하는 바는 '훼멸하는'이었다.

그러므로 이 비문에 노출된 모든 물체나 생명체는 산산이 흩어져 훼멸하게 마련이었다.

지금 이그놀리 흑탑의 서열 4위인 제롬은 블랙 스피어 위에 바로 이 훼멸의 권능을 더해서 암석의 거인들을 몰아붙였다.

"크헉."

쎄숨이 두 눈을 부릅떴다. 쎄숨이 들고 있는 마법 지팡이는 바람도 불지 않는데 부들부들 떨렸다.

암석의 거인이 블랙 스피어와 충돌한 순간, 쎄숨은 하마터면 숨이 멎을 뻔했다. 쎄숨의 애니마가 투영된 금속 방패가 눈 깜짝할 사이에 훼멸되었기 때문이었다.

어디 금속 방패뿐이겠는가.

쎄숨의 애니마가 투영된 금속 칼도, 암석 거인의 몸을 구성하는 돌덩이도 모두 훼멸의 권능에 노출되어 와르르 허물어졌다.

애니마가 타격을 받자 그 영향이 곧장 쎄숨에게 전달되었다.

"크억."

쎄숨은 다시 한번 검붉은 피를 토하며 제자리에 주저앉았다.

"지파장님!"

소모로가 재빨리 쎄숨을 도왔다.

소모로가 허공에 소환한 물동이로부터 모래가 폭포수처럼 쏟아졌다. 그 모래가 샌드 드래곤으로 변하여 제롬을 덮쳤다.

"흥!"

제롬은 콧방귀를 한 번 뀌더니 곧장 샌드 드래곤에게 달려들었다. 제롬의 몸 주변에는 블랙 스피어가 더욱 진하게 형성되었다. 검은 구체의 표면에서 시커먼 벼락이 미친 듯이 쏟아졌다.

이 벼락 한 발 한 발이 훼멸적 권능을 내포하고 있었다.

샌드 드래곤은 100퍼센트 모래로 이루어진 존재였다.

'아무리 모래가 허물어진다 하더라도 다시 뭉치면 그만이지.'

소모로는 이렇게 편하게 생각했다.

착각이었다. 제롬의 블랙 스피어와 충돌한 순간 모래 속에 투영된 소모로의 애니마가 훼멸적인 타격을 받았다.

"끄악!"

소모로는 고압전류에 감전이라도 당한 듯 뒤로 나가떨어졌다.

"크으윽. 이럴 수가. 대체 저 검은 구체가 어떤 파괴력을 지녔기에 애니마에게 타격을 준단 말인가?"

소모로는 입에서 피거품을 게워내면서 망연자실하게 중얼거렸다.

샌드 드래곤에게 물리적인 공격을 가하면 모래가 허물어질 수는 있었다. 하지만 모래 속에 투영된 심혼, 즉 애니마에게 타격을 주기란 불가능했다.

한데 제롬은 이 말도 안 되는 일을 해내었다. 제롬의 블랙 스피어와 부딪친 즉시 샌드 드래곤이 허물어졌다. 모래는 검게 오염되었다. 모래 속에 투영된 소모로의 애니마는 이미 파괴된 상태였다.

애니마가 깨졌으므로 오염된 모래는 더 이상 소모로의

명령을 따르지 않았다. 소모로와 같은 애니마 메이지가 세상에서 가장 두려워하는 바가 있다면 바로 자신의 애니마가 깨지는 것이었다.

"으으으웃. 으웃."

소모로는 겁에 질린 듯 엉덩이를 뒤로 끌었다.

Chapter 3

제롬은 암석 거인에 이어서 샌드 드래곤까지 차례로 파괴한 다음, 시시퍼 마탑의 마법사들을 고리 눈으로 노려보았다.

"크크크큭. 건방진 마법사 놈들. 이제 보니 시시퍼 마탑의 개새끼들이로구나. 크흐흐. 수십 년간 평화롭게 지내다 보니까 더 이상 숨 쉬기가 싫어진 모양이지? 크크큭. 죽는 게 소원이라면 좋다. 깡그리 죽여주마."

제롬이 으스스하게 입꼬리를 비틀었다. 주변에 바람도 불지 않는데 제롬의 금발이 허공으로 솟구쳐 펄럭거렸다.

시시퍼 마탑의 마법사들이 바짝 긴장했다.

마탑의 도제생들은 침을 꿀꺽 삼켰다.

제롬이 몸을 날려 시시퍼 마탑의 마법사들을 덮쳤다. 제롬의 몸 주변으로는 검은 구체가 구름처럼 펼쳐졌다. 시커먼 구체 주변에는 검은 벼락이 빠카카캉! 일어났다.

"쉴드!"

"쉴드! 쉴드!"

마법사들이 힘을 합쳐 쉴드를 수십 겹으로 펼쳤다.

그 쉴드 위로 블랙 스피어가 떨어졌다. 스피어의 표면에서 검은 벼락이 연달아 튀어나와 쉴드를 깎고 또 찢었다.

쉴드를 구축했던 마법사의 완드가 시커멓게 오염되었다.

"우악."

마법사는 화들짝 놀라서 완드를 손에서 놓쳤다.

그런 마법사가 한두 명이 아니었다. 완드를 잃은 마법사들이 뒤로 후퇴하면서 손으로 마법진을 그렸다.

완드를 쓰지 못하자 마법진 구축하는 속도가 눈에 띄게 느려졌다.

그 전에 제롬이 들이닥쳤다. 제롬은 블랙 스피어를 넓게 펼쳐서 시시퍼 마탑의 마법사들을 집어삼켰다.

검은 번개가 휘몰아치는 저 블랙 스피어에 닿으면 끝장.

마법사들의 눈동자가 공포로 물들었다.

"피햇!"

씨에나가 3명의 제자들을 뒤로 밀쳤다. 그러면서 씨에나는 양팔을 쫙 벌려 마나를 끌어올린 다음, 그 마나로 마법의 보호막을 만들어 제자들의 앞을 막아주었다.

물론 이 정도 보호막으로 제롬의 재앙과도 같은 흑마법을 막아낼 리 없었다.

빠카캉! 빠캉! 빠캉!

검은 벼락 몇 가닥이 씨에나의 보호막을 단숨에 훼멸시킨 다음, 씨에나의 가슴팍으로 날아들었다.

"안 돼요, 스승님!"

"아악!"

씨에나의 제자들 중에 브로네와 렐사가 동시에 비명을 질렀다. 막내인 치엔은 제대로 비명도 지르지 못하고 입만 쩍 벌렸다.

씨에나는 두 눈을 질끈 감았다.

만약 씨에나가 제자들을 포기하고 순간이동 마법을 구사했더라면? 그럼 씨에나는 본인의 목숨을 건졌을지도 모른다.

하지만 씨에나는 제자들을 포기할 수 없었다.

'어서 도망쳐라. 어서.'

죽음을 목전에 둔 순간, 씨에나는 3명의 소녀들을 향해서 마음속으로 외쳤다.

동시에 씨에나의 머릿속에는 한 남자의 얼굴이 떠올랐다.

미소년처럼 잘 생긴 사내.

우연히 같은 스승을 두게 되었지만 그동안 말도 몇 차례 나눠보지 못한 사내.

'이탄 님.'

다름 아닌 이탄의 얼굴이 씨에나의 뇌리 한구석을 차지했다.

그때 영웅처럼 이탄이 등장했다.

조금 전 이탄은 라쿱의 귀를 잡아끌어 멀리 떨어뜨려 놓았다. 그런 다음 다시 전쟁터로 복귀했다.

그런데 웬 금발머리 노친네가 온몸에 시커먼 구체를 두른 채 시시퍼 마탑의 마법사들을 덮치는 것이 아닌가!

검은 구체의 위력은 범상치 않았다. 그 구체에 휘말린 마법사들 가운데는 씨에나도 포함되었다.

"아니, 저 노친네는 또 누구야? 누군데 만자비문의 권능을 끌어다 쓰는 거냐고."

이탄은 검은 구체 둘레에 희미하게 떠도는 꽈배기 모양의 문자 〈훼멸하는〉을 곧바로 알아보았다.

이 문자는 10,000개나 되는 만자비문들 가운데 상대하기 꽤 까다로운 편에 속했다. 피사노 쌀라싸가 주로 사용하는 녹색의 편린, 즉 〈화형을 시키는〉과 더불어서 〈훼멸하는〉은 지속적으로 상대의 힘을 훼손하고 깎아내는 특징이 있기 때문이었다.

따라서 일단 이 문자에 노출되면 생명력이 심각하게 훼손되고, 마나가 줄어들며, 세포에서 와해 현상이 벌어지게 마련이었다.

다만 이 비문이 절대적이지는 않았다. 제롬의 만자비문과 쌀라싸의 만자비문은 유독 라쿱에게 취약할 수밖에 없었다.

라쿱이 깨우친 3개의 만자비문 가운데 〈손상을 곧장 회복하는〉이 제롬의 〈훼멸하는〉과 쌀라싸의 〈화형을 시키는〉과는 상극 중의 상극이기 때문이었다.

지금으로부터 3개월쯤 전, 라쿱이 이그놀리 흑탑에 나타나 무력으로 점령을 시도했을 때, 흑탑의 서열 4위인 제롬이 라쿱과 제대로 싸워보지도 못하고 맥없이 굴복한 데는 이러한 속사정이 숨어 있었다.

사실 상성 관계만 나쁘지 않았더라면 제롬은 그렇게 쉽게 라쿱에게 무릎을 꿇지는 않았을 것이다.

어쨌거나 라쿱처럼 훼손된 부위를 즉각 복구하는 능력이 없는 한, 제롬을 상대하는 일은 재앙을 맞닥뜨리는 것과 마찬가지였다.

씨에나는 죽음을 예견하고는 두 눈을 꽉 감았다. 제롬이 방출한 검은 벼락 몇 가닥이 씨에나의 가슴팍에 작렬했다.

둔중한 충격에 씨에나의 몸이 휘청거렸다.

그런데 희한하게도 아프지가 않았다. 씨에나는 통증이 전혀 느껴지지 않아서 오히려 이상했다.

'가슴 부위가 시커멓게 오염되면서 살점이 흩어지고 뼈가 붕괴하면 엄청나게 아플 것 같았는데, 왜 이렇게 멀쩡하지?'

씨에나는 의문과 함께 한쪽 눈을 살짝 떴다.

그녀의 앞에 든든한 등이 보였다. 누군가가 씨에나의 앞을 가로막고는 제롬의 공격을 대신 맞아주었다.

"아아아!"

씨에나는 두 눈을 크게 뜨고 생명의 은인을 살펴보았다. 그 사이 생명의 은인은 앞으로 쏘아져나가며 제롬을 덮쳤다.

씨에나는 그제야 생명의 은인의 정체를 파악했다.

"이탄 님!"

씨에나가 환호했다.

Chapter 4

이탄은 고개를 살짝 끄덕여서 씨에나의 환호에 응답한 다음, 전신에 신성한 광휘를 휘감은 채 제롬과 맞부딪쳤다.

콰창!

제롬을 감싼 시커먼 구체와 이탄의 몸을 뒤덮은 신성한 광휘가 충돌했다. 흑과 백을 상징하는 두 기운이 정면으로 맞부딪치면서 강한 폭발력이 주변을 휩쓸었다.

이그놀리 흑탑의 무투사들은 제롬이 뿜어내는 검은 기운을 응원했다.

반대로 시시퍼 마탑의 마법사들은 이탄의 몸을 감싼 눈부신 광휘를 황홀한 듯 바라보았다.

제롬과 이탄은 각각 흑과 백 진영의 응원을 한 몸에 받은 채 부딪치고 또 부딪쳤다.

위력은 제롬이 더 강했다. 검은 구체가 부딪친 즉시 이탄의 신성력이 뭉텅이로 깎여나갔다. 제롬의 권능인 '훼멸하는'은 이탄의 신성력마저 거침없이 삭감했다.

그때마다 이탄은 음차원의 마나를 동원하여 부족한 신성력을 다시 채웠다. 그 모습이 마치 강적을 만나서 죽을 둥 살 둥 덤벼드는 것 같았다.

사실은 아니었다. 이탄은 지금 군침을 삼키는 중이었다.

'저 비문을 확 잡아먹어 버려?'

이탄은 제롬의 주변에서 불길하게 타오르는 꽈배기 모양의 문자를 응시하면서 몇 번이고 침을 삼켰다.

하지만 주변에 보는 눈이 너무 많았다.

'무턱대고 저 비문을 빼앗아오기는 그렇지? 일단은 자제하자.'

이탄은 상대의 만자비문을 거둬들이는 대신, 벼락처럼 달려들어 상대를 온몸으로 들이받았다.

"미친놈."

이탄이 검은 구체 속으로 뛰어들자 제롬은 코웃음을 쳤다. 제롬은 이탄의 몸뚱어리가 곧 훼멸되어 산산이 붕괴할 것이라고 믿어 의심치 않았다.

시시퍼 마탑의 마법사들도 이탄이 자살을 하는 것이라 여겼는지 얼굴이 하얗게 질렸다.

"아아악, 안 돼요."

특히 씨에나는 크게 비명을 질렀다.

그때 이미 이탄은 검은 구체 속으로 온몸을 던진 상태였다.

빠지직! 빠지직! 빠카카카캉!

시커먼 벼락들이 사정없이 이탄을 강타했다. 수백, 수천 가닥의 검은 벼락이 이탄에게 집중되면서 이탄을 감싸고 있던 신성한 광휘는 어느새 사라져 버렸다.

좀 더 엄밀하게 말하자면, 신성력이 사라진 것이 아니라 이탄이 가짜 신성력을 거둬들인 것이었다.

그 상태에서 이탄은 맨몸으로 상대의 검은 벼락을 받아내었다.

이탄이 입고 있던 베이지색 로브가 형편없이 찢어졌다.

하지만 이탄의 몸뚱어리는 검은 벼락을 정통으로 얻어맞고도 전혀 손상이 없었다. 심지어 이탄의 머리카락 한 올, 터럭 한 가닥도 타지 않았다. 검은 벼락에 어린 만자비문의 권능도 감히 이탄의 신체를 훼손하지는 못했다.

"이럴 수가!"

제롬이 경악했다.

그러는 동안 어느새 이탄이 제롬 앞까지 날아왔다. 이탄은 다짜고짜 상대의 손목을 낚아챘다.

"너, 나랑 면담 좀 하자."

이탄의 무덤덤한 목소리가 제롬의 귀에 꽂히는 순간, 제롬의 손목은 우두둑 소리와 함께 으스러졌다.

제롬이 손등에 착용하고 있던 단검도 과자처럼 부스러졌다.

"끄아악!"

제롬이 머리를 좌우로 흔들며 괴성을 질렀다.

하늘을 향해서 펄럭거리던 제롬의 금발은 순간적으로 고슴도치 가시처럼 빳빳하게 곤두섰다. 손목뼈가 으스러지는 고통은 머리카락이 곤두설 만큼 끔찍했다.

더 끔찍한 일은 이탄에게 만자비문의 권능이 통하지 않는다는 점이었다. 제롬은 빙그레 웃고 있는 이탄의 얼굴을 목격하고는 곧바로 라쿱을 떠올렸다.

'이자는 그 괴물과 비슷한 부류다.'

제롬의 심장은 덜컥 내려앉았다.

솔직히 말해서 제롬은 만자비문에 대해서 무지했다. 제롬은 그저 이그놀리 흑탑에서 오래 전부터 전해져 내려오던 블랙 스피어를 깊이 있게 연구한 끝에 훼멸적인 권능을 얻었을 뿐이었다.

제롬은 자신이 깨우친 권능이 부정 차원을 지배하는 인과율로부터 비롯되었다는 사실을 알지 못했다.

또한 제롬은 라쿱에 대해서도 무지했다.

제롬은 라쿱이 인간족이 아니라 그릇된 차원의 왕들 가운데 한 명이라는 사실을 몰랐다. 라쿱이 '손상을 곧장 회복하는' 이라는 비문을 깨우쳐서 자신과 상극이 되었다는 점도 전혀 알 수가 없었다.

다만 제롬은 훼멸적인 권능이 라쿱에게 통하지 않는다는 점만을 절실하게 깨달았을 뿐이었다.

그런데 지금 제롬의 눈앞에서 피식 웃고 있는 상대도 라쿱과 비슷했다. 시시퍼 마탑 도제생의 복장을 걸치고 있는 미소년은 제롬이 아무리 검은 벼락으로 두드려도 눈 하나 꿈쩍하지 않았다.

"너, 넌 누구냐?"

제롬이 말을 더듬었다.

이탄은 제롬의 질문에 대답하지 않았다. 그저 제 할 말만 했다.

"늙은이가 제롬인가?"

"나를 알아?"

제롬의 반문에 이탄이 크게 고개를 주억거렸다.

"알고말고. 라쿱이 내게 소개를 하더군. 이그놀리 흑탑의 무투사들 중에 툼 님을 믿고 싶어할 만한 참신한 재목이 한 명 있다던데?"

이 말을 하면서 이탄은 씨익 웃었다.

이탄의 웃음이 어찌나 소름 끼치던지 제롬은 자신도 모르게 부르르 몸서리를 쳤다.

"툼 님? 그게 누구냐? 그리고 라쿱 님이 왜 나를 네놈에게 소개한 건데? 응? 뭔데?"

제롬은 원래 과묵한 성격이었다. 그런데 지금은 공포에 질려서 계집애처럼 이 말 저 말 마구 떠들게 되었다.

이탄은 음흉한 미소를 거두지 않은 채 제롬의 반대편 손목을 붙잡았다.

제롬이 움찔했다. 한 번 손목이 으스러진 경험 때문이었다.

Chapter 5

이탄이 피식 비웃었다.

"괜찮아. 이쪽 손목은 으깨지 않을게. 자, 늙은이. 나 좀 따라가자. 내가 좋은 분을 영접하게 해줄 테니까 잠깐만 시간 좀 내."

"시간을 왜 내? 나를 어디로 데려가려고? 너는 대체 누구냐? 라쿱 님과는 어떤 사이야? 아니, 그 전에 시시퍼 마탑의 놈이 맞냐?"

제롬은 말문이 터진 아이처럼 마구잡이로 질문했다.

이탄은 제롬의 물음에 답을 하기는커녕 주변을 둘러보면서 딴 소리만 했다.

"자, 늙은이. 내 말 잘 들어. 이제부터 늙은이는 나와 싸우는 척하면서 남쪽 바다로 이동할 거야. 이때 다른 사람들이 우리 모습을 보지 못하는 게 중요해. 그러니까 바깥쪽에 그 검은 구체 좀 잘 유지하라고."

이탄의 당부(?)에도 불구하고 제롬은 블랙 스피어를 제대로 유지하지 못했다. 당황한 탓에 제롬의 마나가 흐트러졌고, 그 여파로 검은 번개들이 힘을 잃고 스러졌다. 블랙 스피어도 반투명하게 색깔을 잃었다.

쫙!

순간 제롬의 고개가 옆으로 팩 돌아갔다. 그것도 90도를 넘어서 거의 등 뒤가 보일 정도로 목이 크게 돌아갔다. 제롬의 목뼈에서는 우두둑 소리가 들렸다. 제롬의 왼쪽 뺨과 턱도 시뻘겋게 부었다.

이탄은 상대의 따귀를 올려붙인 뒤, 눈을 부라렸다.

"늙은이, 정신 안 차려? 이대로 산통을 깨보자는 거야 뭐야? 좋아. 내가 늙은이에게 자비로우신 툼 님을 영접할 기회를 줘서 목숨을 살려주겠다는데도 싫다면 어쩔 수 없지. 이 자리에서 늙은이의 모가지를 뽑아줄 수밖에."

실제로 이탄은 제롬의 목과 머리통을 양손에 나눠 쥐었다.

이탄이 가볍게 붙잡기만 했을 뿐인데도 제롬은 암석을 부수는 분쇄기로 두개골을 조이는 듯한 고통을 맛보았다. 숨도 콱 막혔다.

"끄아아악. 그만! 그만!"

제롬이 항복의 표시로 이탄의 손등을 탁탁 쳤다.

이탄은 그제야 손에 힘을 풀었다.

"늙은이. 두 번 말하지 않을 테니까 잘 들어. 조금 전 라쿱이 장단을 맞춰준 것처럼 늙은이도 내게 장단을 맞춰줘야 해. 나와 싸우는 척하면서 남쪽 바다로 가는 거야."

"헉! 라쿱 님이 네놈과 싸우는 척 연극을 했단 말이냐?"

제롬이 두 눈을 부릅떴다.

이탄은 손을 휘휘 저었다.

"아, 물론 처음부터 라쿱이 연극을 했던 건 아니야. 그 코뿔소 녀석, 내게 한 대 쥐어 박힌 이후부터 말을 고분고분 따른 거거든. 뭐, 그렇게 고분고분해진 덕분에 녀석은 목숨을 잃지 않았지. 그리곤 녀석은 툼 님의 은혜를 받았어."

"도대체 그 툼 님이 대체 누구냐? 그리고 아까 전에 뭐라고 했지? 라쿱 님이 너에게 나를 추천했다고 했나?"

제롬이 거듭 질문했다.

이탄은 순순히 답을 해주었다.

"맞아. 라쿱이 너를 추천하더라. 네게도 은혜로우신 툼 님을 영접할 기회를 주면 좋겠다고 하더라고."

"커허."

제롬이 내쉰 한숨 안에는 오만가지 감정이 교차하고 있었다.

라쿱에 대한 배신감.

이탄에 대한 혼란스러움.

툼이라 불리는 미지의 존재에 대한 막연한 두려움.

향후 이그놀리 흑탑의 미래에 대한 걱정 등등.

수많은 상념들이 제롬의 머릿속을 어지럽혔다.

바로 그 순간이었다. 쫘악! 소리와 함께 제롬의 눈앞에 불똥이 번쩍 튀었다. 이번에는 제롬의 오른쪽 뺨과 턱이 시뻘겋게 부풀었다.

이탄은 상대에게 따귀를 한 번 더 올려붙인 뒤, 목소리를 으스스하게 내리깔았다.

"늙은이. 죽고 싶나? 은혜를 받을 기회를 주겠다는데 냉큼 따라나서지 않고 뭘 그렇게 꾸물거려?"

이탄은 상대가 머리를 굴릴 시간을 주지 않았다. 이번에도 이탄은 제롬의 귀를 잡아끌면서 강제로 남쪽 방향으로 향했다.

동시에 이탄은 손바닥에서 신성한 광휘를 일으켜서 사방으로 난사했다.

그러자 블랙 스피어를 뚫고서 신성한 빛이 마구 솟구치는 것처럼 보였다. 밖에서 이 모습을 보면 블랙 스피어 속에서 이탄이 고군분투 중인 것으로 느껴질 것이다.

실제로 시시퍼 마탑의 마법사들은 이탄의 신성력이 블랙 스피어를 뚫고 솟구칠 때마다 탄성을 터뜨렸다.

"이탄 님, 제발 기운 내세요. 절대 포기하시면 안 돼요."

씨에나는 입 옆에 두 손을 나팔처럼 모으고 목이 터져라 이탄을 응원했다.

쎄숨은 아예 이탄을 직접 도우려고 나섰다.

"후으읍—, 이야압!"

쎄숨은 조금 전 애니마가 깨질 때 받은 충격을 가까스로 억누른 다음, 땅속에 박힌 광맥을 모조리 끌어올려 블랙 스피어의 아래쪽을 두드렸다.

한데 쎄숨의 호의가 오히려 이탄을 번거롭게 만들었다.

"아 놔, 귀찮게시리."

이탄은 멍하게 있는 제롬을 힐끗 쳐다본 다음, 만자비문 가운데 한 글자를 살짝 꺼냈다. 이탄의 가슴 속에서 두근두근 맥동 중인 음차원 덩어리 표면에서 '훼멸하는' 이라는 비문이 톡 튀어나왔다.

이탄은 이 비문의 권능을 아주 살짝 발휘하여 블랙 스피어의 바깥쪽에 둘렀다.

쩌저적! 빠카카카캉!

그 즉시 시커먼 번개가 다발로 쏟아졌다. 이 번개 한 발 한 발의 굵기가 거의 1 미터에 육박했다. 육중한 나무의 굵기로 쏟아지는 검은 번개에 맞서서 쎄숨이 소환한 금속들은 그대로 무너져 내렸다.

금속이 파괴될 때 쎄숨의 애니마도 한 번 더 타격을 받았다.

물론 이탄은 쎄숨 스승의 애니마가 훼손되지 않도록 재빨리 만자비문의 권능을 거둬들였다.

그럼에도 불구하고 쎄숨은 뒤로 펑! 튕겨나가 거칠게 주저앉았다.

"크왓! 쿨럭, 쿨럭, 쿨럭."

쎄숨이 피를 한 움큼 토했다.

'설마 많이 다친 건 아니겠지?'

이탄은 쎄숨을 살짝 걱정해준 다음, 모르는 척 제롬을 잡아끌고 남쪽 방향으로 이동했다.

제롬이 두 눈을 부릅떴다.

"이, 이건!"

제롬은 블랙 스피어를 오랫동안 연구한 끝에 〈훼멸하는〉이라는 권능을 독학으로 깨우친 천재였다.

그런 제롬이 조금 전 이탄이 발휘한 힘을 알아보지 못할 리 없었다.

"아니, 내가 깨우친 권능을 어떻게 네가 사용하지? 이건 말도 안 돼. 말도 안 된다고."

제롬은 넋이 나간 듯 중얼거렸다.

Chapter 6

이탄이 멍한 제롬을 강제로 잡아끌었다.

"말이 안 되긴 뭐가 안 돼. 빨리 따라오기나 하라고."

제롬은 이탄이 잡아끄는 대로 끌려가서 먼 바다로 나갔다.

라쿱에 이어서 제롬마저 이탄이 바다로 유인하여 사라지자 전쟁터 전체에 잠시 침묵이 감돌았다.

쎄숨이 그 침묵을 깨뜨렸다.

"이탄 신관이 우리에게 준 기회를 놓치면 안 된다. 어서 저 사악한 흑 진영 놈들을 추살하라. 모두 죽여 버려라."

쎄숨은 독하게 악을 썼다.

"끄응."

유롬은 답답한 듯 신음을 흘리면서도 완드를 고쳐 잡고 다시 전쟁터로 뛰어들었다.

소모로도 모래 해일을 일으킨 뒤, 그 위에 고고하게 올라타고는 이그놀리 흑탑을 향해서 돌진했다.

시시퍼 마탑의 마법사들도 다시금 전투를 재개했다.

그에 맞서서 이그놀리 흑탑의 무투사들도 전열을 가다듬고 침입자 무리에 맞서 싸웠다. 특히 최상급 무투사들이 부하들을 독려하며 고군분투했다.

시시퍼 마탑의 마법사들은 일렬로 늘어서서 각종 마법을 난사했다. 마법사를 상징하는 하늘색 로브가 마구 펄럭였다.

도제생들은 스승의 뒤에 서서 마법진을 구성한 다음, 진법의 힘으로 스승을 도왔다.

브로네와 렐사, 치엔도 나름 탄탄한 방어마법진을 구축하여 스승인 씨에나 앞에 둘러주었다. 덕분에 씨에나는 방어에 신경 쓰지 않고 공격마법에만 집중했다.

이탄이 이그놀리 흑탑의 수뇌부인 라쿱과 제롬을 처리해 주었으므로 시시퍼 마탑이 유리해야 마땅했다.

한데 전세는 꼭 그렇지만은 않았다.

이그놀리 흑탑의 최상급 무투사 6명이 유롬과 소모로를 효과적으로 막아준 덕분이었다. 게다가 시시퍼 마탑의 최고 전력인 쎄숨은 애니마가 두 번이나 연달아 깨지면서 전투에 쉽게 끼어들지 못했다.

이런 와중에 시시퍼 마탑은 숫자에서도 밀렸다. 그러니 전체 전황은 시시퍼 마탑이 불리한 셈이었다.

유롬은 암석을 소환하여 적들을 뒤로 밀어붙인 다음, 빠르게 전세를 살폈다.

'허어어. 아군이 다시 불리해졌구나. 하긴, 처음부터 무리수였지. 우리 지파의 힘만으로 흑 진영의 거목인 이그놀리 흑탑을 도모한다는 게 가당치도 않았어. 도대체 쎄숨 지파장님은 무엇을 믿고 이런 무리한 작전을 세운 것일까?'

유롬이 생각하기에 그나마 양측이 이 정도로 균형을 맞

춘 것은 이탄의 덕분이었다.

전투의 초기, 이탄은 모든 마법사들이 깜짝 놀랄 만한 신성력을 선보이며 이그놀리 흑탑의 상당 부분을 날려버렸다.

뒤이어서 이탄은 흑탑에서 튀어나온 끔찍한 강자(라쿱)를 멀리 유인해냈다. 그런 다음 다시 전장으로 돌아와 두 번째 강자(제롬)도 처리했다.

만약 시시퍼 마탑 측에 이탄이 없었다면?

'으으으. 그 결과는 상상하기도 싫군.'

유롬은 부르르 진저리를 쳤다. 유롬이 상상도 하기 싫을 만큼 오늘 전투는 이탄에 대한 의존도가 컸다.

곧이어 유롬의 뇌리에는 다음과 같은 추측이 떠올랐다.

'혹시 쩨숨 지파장님은 이탄 신관의 막강한 무력을 미리 알고 계셨을까? 그래서 이탄 신관을 믿고서 이그놀리 흑탑으로 쳐들어온 것일까?'

아무래도 그런 것 같았다. 그게 아니라면 쩨숨의 행동은 무모하기 이를 데 없었다.

여기서 유롬의 상념이 중단되었다. 시커멓고 커다란 아나콘다가 환상처럼 달려들어 유롬을 물어뜯었기 때문이었다.

유롬은 황급히 암석의 벽을 소환하여 아나콘다의 일격을

막은 다음, 상대에게 연거푸 공격 마법을 퍼부었다.

저 멀리에선 소모로가 모래 해일을 일으키며 적과 맞서 싸웠다.

시시퍼 마탑의 마법사들은 모래 해일에 휘말려서 허우적거리는 흑탑의 무투사들을 차근차근 처리했다.

미시적으로만 보면 시시퍼 마탑의 능력이 이그놀리 흑탑을 압도하는 것은 확실했다. 흑탑의 무투사들이 수십 명씩 죽어나갈 때 시시퍼 마탑의 마법사들은 고작 한두 명이 치명상을 입는 수준이었다.

그러나 한 명 두 명 피해가 쌓일수록 시시퍼 마탑의 전력은 점점 줄어들었다.

그에 비해서 이그놀리 흑탑의 무투사들은 아직도 숫자가 많았다.

"끄악!"

방금 또 한 명의 마법사가 하늘색 로브에 피를 토하며 뒤로 날아갔다. 마법사의 가슴팍에는 블랙 라이트닝이 꽂혀서 살갗을 시커멓게 오염시켰다.

"스승님, 정신 차리십시오."

"안 됩니다."

도제생들이 쓰러진 스승의 상처 부위에 치유마법을 퍼부었다.

그래도 이미 이 마법사는 심장까지 오염이 된 터라 회복은 불가능했다. 가슴에 한 방을 얻어맞은 마법사는 숨도 제대로 쉬지 못하고 꺽꺽거리다가 결국 힘없이 고개를 옆으로 떨구었다.

"스승님, 크흐흐흑!"

도제생들이 크게 울부짖었다.

그러는 사이 시시퍼 마탑의 전열에 공백이 생겼다. 동료 마법사들은 그 공백을 메우기 위해서 젖 먹던 힘까지 쥐어짜야 했다.

마법사 가운데 한 명이 울고 있는 도제생들을 향해 고함을 질렀다.

"이런 병신새끼들. 쓰러진 자를 붙잡고 울고 있을 때가 아니다. 어서 완드를 들고 싸우라고, 이 바보들아."

스승의 죽음에 충격을 받았던 도제생들이 다시 정신을 차렸다. 도제생들은 마나를 끌어올려 방어마법진 유지에 집중했다.

한데 또 한 방의 블랙 라이트닝이 시시퍼 마탑 마법사의 얼굴을 강타했다.

"크악."

마법사가 뒤로 뻥 날아가 벌레처럼 몸을 뒤틀었다.

한번 전열이 무너지기 시작하자 걷잡을 수가 없었다. 유롬은 시뻘건 눈으로 쎄숨을 돌아보았다.

"지파장님, 지금이라도 후퇴를 해야 합니다. 지파장님!"

유롬은 쎄숨에게 후퇴 명령을 내려달라고 외쳤다.

한데 쎄숨은 후퇴를 승인하지 않았다. 그저 고집스러운 눈매로 적들만 노려볼 뿐이었다.

Chapter 7

"지파장님!"

유롬이 악을 썼다.

"유롬 사형의 말이 맞습니다. 지파장님, 더 이상은 버틸 수 없습니다. 결단을 내려주십시오."

소모로도 유롬과 뜻을 같이했다.

그래도 쎄숨은 꿈쩍도 안 했다.

쎄숨이 고집스럽게 버티는 동안 시시퍼 마탑의 마법사들 가운데 열댓 명이 또 쓰러졌다. 이제는 마법사들뿐 아니라 후방에서 지원을 맡고 있던 도제생들도 여러 명이 죽었다.

그 사이 이그놀리 흑탑은 무너졌던 탑의 일부를 수리하는 데 성공했다.

쭈웅! 쭝! 쭝! 쭝!

수리된 흑탑의 상층부에서 검은 광선이 날아와 시시퍼 마탑의 방어마법진을 두드렸다. 무투사들을 막기에도 버거운 판에 적의 방어시설까지 복구되자 더는 버틸 재간이 없었다.

"후퇴, 모두 후퇴하라."

부지파장에 불과한 유롬이 지파장의 뜻을 거역하고 단독으로 후퇴 명령을 내렸다. 유롬은 나중에 자신이 큰 처벌을 받는 한이 있더라도 지금은 무조건 후퇴해야 된다고 판단했다.

마법사들이 후퇴 명령에 호응하여 뒤로 물러서려 할 때였다. 쎄숨이 떡갈나무 지팡이를 높이 들었다가 땅바닥에 쾅 내리찍었다.

"후퇴라니? 나 쎄숨은 그런 명령을 내린 적이 없느니라. 저 더러운 흑 진영 놈들이 눈앞에 있건만 그 앞에서 등을 보이겠다고? 어림도 없다. 시시퍼 마탑의 자랑스러운 마법사들이여, 다들 제자리를 지켜라."

쎄숨의 호통에 마법사들이 움찔했다.

"지파장님!"

유롬은 대들기라도 하듯이 쎄숨을 노려보았다.

쎄숨도 이글거리는 안광으로 유롬을 응시했다.

고래 싸움에 새우 등 터진다고, 시시퍼 마탑의 마법사들은 후퇴하지도 못하고 제자리를 지키지도 못했다.

마법사들이 상부의 눈치를 보는 동안 이그놀리 흑탑의 공격은 한층 더 치열해졌다. 시시퍼 마탑의 방어진 곳곳에 구멍이 뚫리기 시작했다. 이제는 쎄숨이 제자리를 지키라고 아무리 독려해도 자리를 지킬 수가 없는 형편이 되었다.

그런데도 쎄숨은 고집을 부렸다.

"안 돼. 뒤로 물러나는 연놈들이 있다면 그런 겁쟁이들은 우리 고체계 애니마 지파에서 쫓아낼 것이니라. 다들 자리를 지키고 더러운 흑 진영 놈들과 맞서 싸워라."

"하아."

쎄숨의 똥고집에 유롬이 포기했다는 듯이 한숨을 쉬었다.

소모로도 쎄숨의 강압적인 독선에 질려 얼굴을 찌푸렸다.

"스승님, 제발!"

씨에나는 안타까워 발만 동동 굴렀다.

그러자 쎄숨이 직접 앞으로 나섰다. 쎄숨은 애니마가 두 번이나 깨진 상태임에도 불구하고 한 번 더 정신력을 끌어올려 애니마를 투영했다.

쎄숨의 마력에 반응하여 땅속 암석들이 우르르 일어났다. 그 암석들이 벼락처럼 쏘아져 나가 이그놀리 흑탑의 무투사들을 공격했다.

쎄숨의 개입 덕분에 마법사들은 겨우 한숨을 돌릴 수가

있었다. 대신 쎄숨의 입술을 뚫고 검붉은 핏물이 주르륵 흘렀다. 쎄숨은 지금 이렇게 대규모 마법을 구현할 몸 상태가 아니었다. 오히려 절대 안정을 취할 때였다.

그 장렬한 모습에 유롬이 머리를 좌우로 흔들었다.

"크으윽. 지파장님, 도대체 왜 이렇게까지 하시는 겝니까? 오래 전에 죽은 제자 때문입니까? 그 아이도 지파장님이 이렇게까지 하시기를 바라지는 않을 겝니다."

"유롬, 그 입 닥쳐라."

유롬이 죽은 제자를 입에 담는 순간, 쎄숨은 광기 어린 눈으로 유롬을 노려보았다.

유롬도 피하지 않고 쎄숨을 노려보았다.

쎄숨이 버럭 역정을 내었다.

"유롬, 네놈이 감히 내 말을 거역해?"

"지파장님."

유롬은 아랫입술을 꽉 깨물었다.

둘이 눈싸움을 하는 동안 이그놀리 흑탑에서 발사된 검은 광선들이 쎄숨이 소환한 암석군을 일제히 두드렸다.

"쿨럭."

쎄숨은 한 번 더 피를 토했다. 쎄숨의 자그마한 몸뚱어리가 크게 휘청거렸다. 쎄숨은 주름 진 손으로 떡갈나무 지팡이를 꽉 잡고 버텼다.

그렇게 쎄숨이 지팡이에 의지하여 악착같이 몸을 다시 일으킬 즈음, 쎄숨의 마법은 완전히 허물어졌다.

"이때다."

"시시퍼 마탑 놈들을 박살 내자."

이그놀리 흑탑의 무투사들은 기다렸다는 듯이 블랙 라이트닝을 난사하여 시시퍼 마탑의 마법방어진을 공격했다. 흑탑의 상층부에서 쏘아지는 검은 광선도 방어진을 펑펑 때렸다. 어느새 무투사들 가운데 일부가 크게 우회하여 마법사들의 퇴로도 차단해 놓았다.

"하! 이제는 늦었구나. 도망치기도 쉽지 않겠어."

유롬의 낯빛이 시커멓게 죽었다.

"젠장."

소모로는 발로 땅을 팍 걷어찼다.

이들 2명은 이그놀리 흑탑의 무투사들보다 쎄숨을 더 크게 원망했다.

'지파장님의 막무가내 복수심 때문에 우리 지파의 모든 제자들이 떼죽음을 당하게 생겼구나.'

'우리가 목을 걸고라도 지파장님의 독선을 막았어야 했는데.'

이런 자책감이 유롬과 소모로를 괴롭혔다.

반전은 그때 터졌다.

꽈릉!

멀쩡하던 하늘에 갑자기 먹장구름이 몰려들었다. 온 하늘을 뒤덮으며 형성된 시커먼 구름은 이내 한 지점을 중심으로 빙글빙글 회전하기 시작했다.

그 회전축으로부터 눈부신 빛이 쏟아졌다.

후왕!

회전하는 먹구름의 중심부에서 쏟아진 빛은 이내 기둥처럼 내려와 이그놀리 흑탑의 핵심 지역을 강타했다.

부와아아악—.

빛의 기둥에 가격을 당한 지역을 중심으로 공기가 무섭게 팽창했다. 반구 형태로 빛이 퍼져나가면서 그 안에 존재하던 모든 흑탑 건물들을 으깨버렸다.

"으아악!"

"피햇!"

이그놀리 흑탑의 무투사들이 반구 형태로 팽창하는 빛을 피해서 미친 듯이 도망쳤다.

빛이 팽창하는 속도에 비하면 무투사들의 도주는 거북이보다 더 느렸다. 눈을 뜨고 볼 수 없는 환한 빛이 이그놀리 흑탑의 무투사들을 집어삼켰다.

Chapter 8

강렬한 빛에 잡아먹힌 자들은 그 즉시 산산이 분해되었다. 근섬유 한 올, 피 한 방울 남기지 못했다.

전투의 초기, 이탄이 천둔의 방패를 폭발시키면서 만들어낸 열폭풍도 물론 무시무시했다. 하지만 조금 전에 흑탑의 무투사들을 학살한 빛의 반구도 결코 이탄이 보여준 무력에 못지않았다.

눈 한 번 깜빡할 사이에 직경 수 킬로미터 영역 안에 있던 흑탑의 무투사들이 전멸했다.

이그놀리 흑탑의 무투사들은 이 끔찍한 한 방에 기가 질렸다.

반면 시시퍼 마탑의 마법사들은 크게 환호했다.

"라웅고 부탑주님이시다."

"저기 하늘 좀 봐. 부탑주님께서 오셨어."

"부탑주님, 만세! 만세!"

마법사들은 손가락으로 하늘을 가리켰다.

도제생들은 두 팔을 번쩍 들고 만세를 불렀다.

마법사들의 말대로였다. 빠르게 회전 중인 먹구름 아래 빛의 기둥이 하늘에서 내려와 지상에 닿았다.

커다란 드래곤 한 마리가 그 빛의 기둥을 타고 나선형으로 빙글빙글 돌면서 지상으로 하강했다.

이 드래곤은 금빛을 띠고 있었다. 크기도 어마어마했다.

피사노교의 신인들이 타고 다니는 미니 드래곤의 크기가 수십에서 수백 미터 수준이라면, 지금 등장한 드래곤은 머리에서 꼬리까지 길이가 수 킬로미터가 넘어서 거의 10 킬로미터에 육박할 정도였다.

미니 드래곤과는 비교도 되지 않는 덩치.

미니 드래곤과는 비교도 할 수 없는 위압감.

먹장구름을 뚫고 내려온 금빛 드래곤은 폐허로 변한 이 그놀리 흑탑의 상공 30 미터 지점에서 사람의 모습으로 폴리모프했다.

라웅고 부탑주.

시시퍼 마탑의 2인자이자, 혈관 속에 절반은 인간의 피가 흐르고 나머지 절반은 드래곤의 피가 흐른다는 용인(龍人)의 등장이었다.

라웅고 부탑주의 등장만으로도 시시퍼 마탑의 마법사들은 사기가 말도 못 하게 솟구쳤다.

게다가 라웅고는 혼자 나타나지 않았다. 라웅고의 뒤를 이어 마탑 소속 다른 지파의 마법사들이 빛의 기둥을 타고 훨훨 날아 내렸다.

하늘색 로브를 펄럭이면서 등장하는 노마법사들은 대부

분 다른 지파의 원로급, 혹은 부지파장급이었다.

"만세! 만세!"

시시퍼 마탑이 자랑하는 주력 마법사들의 등장에 도제생들은 다시 한번 만세를 외쳤다.

반면 이그놀리 흑탑의 무투사들은 얼굴이 잿빛이 되었다.

지금 이그놀리 흑탑은 라쿰과 제롬이 빠진 상태였다. 서열 2위는 오래 전에 흑탑을 떠나 자취를 감추었고, 서열 3위도 소식이 끊겼으며, 서열 5위부터 8위까지는 라쿰의 손에 죽은 지 꽤 되었다.

다시 말해서 이그놀리 흑탑에는 라웅고를 감당할 만한 무투사가 없다는 뜻이었다.

최상급 무투사 6명이 서로의 얼굴을 마주 보았다.

이들 6명은 다행히 조금 전 빛의 반구가 폭발했을 때 땅속으로 재빨리 숨어들어 폭발의 충격에서 벗어났다.

6명의 최상급 무투사들은 고개를 끄덕인 다음, 여섯 방향으로 흩어져 도주했다.

뿔뿔이 흩어지기 전, 이그놀리 흑탑의 최상급 무투사들은 부하들에게 산개 명령을 내렸다.

"흩어져라. 전원 후퇴하여 다음을 기약한다."

"복수는 나중에 해도 늦지 않다. 지금은 각자 흩어져서 목숨을 부지하는 것이 최우선이다."

"흩어졌다가 다시 모일 집결지는 차후에 전달하겠다."

최상급 무투사들은 이렇게 외치면서 사라져 버렸다.

그리고 나자 나머지 잔챙이들, 즉 흑탑의 무투사들은 하이에나 무리를 맞닥뜨린 가젤처럼 사방으로 흩어졌다.

쎄숨이 악을 썼다.

"저놈들을 잡아랏. 단 한 놈도 놓치지 말고 추살하라. 쿨럭, 쿨럭, 쿨럭."

쎄숨은 소리를 지르다 말고 몸을 구부려 각혈을 해댔다.

슈웅―.

라웅고는 순간이동이라도 하듯이 쎄숨의 옆에 나타나더니 그녀의 손을 부드럽게 감싸 쥐었다.

라웅고의 손을 통해 전달된 부드러운 빛이 쎄숨의 아담한 몸을 안락하게 감쌌다. 쎄숨의 입에서 튀어나오던 검붉은 피도 서서히 멈추었다.

라웅고가 쎄숨의 등을 토닥였다.

"스승님, 이제 그만 진정하시지요."

라웅고는 쎄숨을 스승이라 불렀다.

비록 지금은 라웅고가 시시퍼 마탑의 부탑주라는 지고한 자리에 올랐지만, 그 전까지 라웅고는 쎄숨의 제자였다.

Chapter 9

라웅고가 제자였던 무렵, 쎄숨은 그를 무척이나 아꼈다. 당시의 쎄숨은 어쩌면 자신의 목숨보다 라웅고를 더 아꼈을지도 몰랐다.

이 점은 라웅고도 마찬가지였다. 작금의 시시퍼 마탑에서 고집불통 쎄숨을 가장 잘 이해해주는 이가 있다면 바로 라웅고일 것이다.

무소처럼 고집이 센 쎄숨도 라웅고의 말이라면 그런대로 들었다.

쎄숨은 떨리는 손으로 라웅고의 소매를 붙잡았다.

"부탑주님, 저놈들을 잡아 죽여야 합니다. 흑 진영 놈들은 하나도 남김없이 다 찢어 죽여야 한단 말입니다. 쿨럭, 쿨럭."

쎄숨이 분노를 드러내자 다시 입에서 기침과 피가 쏟아졌다.

라웅고는 부드러운 미소로 쎄숨을 안심시켰다.

"걱정 마세요. 저자들은 제가 처리할 것입니다. 그러기 위해서 탑주님의 승인을 받아서 마탑의 주력 마법사들도 데려왔습니다."

"아아, 부탑주님. 결국 해내셨군요. 부탑주님께서 이 늙은이를 위해서 그렇게까지 해주었어요."

쎄숨은 라웅고의 말에 감동한 듯 짓무른 눈가에 눈물을 글썽였다.

한편 유룸은 라웅고의 말을 듣고는 전후 사정을 단번에 깨달았다.

'이런 제기랄! 쎄숨 지파장님이 이번 작전을 실행하기에 앞서서 이미 라웅고 부탑주님과 상의를 했었구나. 아니지. 엄밀하게 말해서 상의 대신 막무가내로 압박을 하셨겠지.'

유룸이 추측한 바는 다음과 같았다.

쎄숨은 남부에서 흑과 백 사이에 불똥이 튀자마자 곧바로 라웅고를 찾아갔을 것이다. 그리곤 이번 기회에 그레브 시로 출전하여 흑 진영을 공격하겠노라고 선포했겠지.

한데 쎄숨의 목표는 자크르나 시돈의 네크로맨서들이 아니었다. 당혹스럽게도 그녀는 흑 진영의 거목인 이그놀리 흑탑을 노렸다.

유룸의 추측한 바에 따르면, 처음부터 쎄숨은 흑과 백 사이에 전면전을 일으킬 계획 아래 이그놀리 흑탑을 지목했을 것이 뻔했다.

라웅고는 나름 온화한 성품이었다. 그런 라웅고가 처음부터 쎄숨의 주장을 승낙했을 리 없었다.

'당연히 부탑주님은 쎄숨 지파장님을 말렸겠지. 하지만 쎄숨 지파장님은 막무가내로 이번 사태를 벌이셨을 게야. 자신의 목숨과, 우리 지파 전체의 목숨을 담보로 라웅고 부탑주님을 협박한 게지.'

눈으로 보지 않아도 훤했다.

"이 늙은이와 고체계 애니마 지파는 무조건 이그놀리 흑탑을 공격할 거예요. 그러니 마탑 차원에서 우리를 도울 것인지, 아니면 우리들이 장렬하게 전사하도록 내버려 둘 것인지는 알아서 결정해요."

아마도 쎄숨은 라웅에게 이렇게 최후통첩을 날렸을 것이다.

'그 결과 라웅고 부탑주님은 어쩔 수 없이 탑주님을 설득하여 개입을 한 것이고.'

유롬은 그제야 조금 전 쎄숨의 행동을 이해할 수 있었다.

조금 전 쎄숨은 광기로 머리가 돌아버린 듯 옥쇄를 각오하고 후퇴를 거부했다.

그런데 그때 쎄숨은 미쳤던 게 아니었다. 그녀는 오로지 라웅고가 나타나기만을 기다리면서 버티고 또 버텼던 것이었다.

결국은 쎄숨의 뜻대로 모든 일이 흘러갔다. 마음이 약한 라웅고는 결국 전쟁에 개입을 했다. 그 결과 시시퍼 마탑의

수뇌부가 직접 나서서 이그놀리 흑탑을 짓뭉개버린 셈이
되었다.

'호전적인 쎄숨 지파장이 우리 시시퍼 마탑을 전쟁의 소
용돌이에 처박았구나. 으으으으.'

유롬은 두 주먹을 불끈 쥐었다.

유롬은 배분으로 따지면 쎄숨의 사제였다.

하지만 쎄숨과 유롬은 나이 차이가 제법 컸다. 어린 시절
엔 쎄숨이 유롬과 소모로를 업어서 키우다시피 했다.

그래서 유롬과 소모로는 쎄숨을 큰누나처럼 생각했다.
아니 어쩌면 어머니처럼 여기고 있는지도 몰랐다.

그동안 쎄숨이 독선적으로 지파를 이끌어도 유롬과 소모
로가 쎄숨의 뜻에 고분고분 따랐던 것은 바로 이러한 인간
관계 때문이었다.

한데 이번에는 쎄숨이 너무 나갔다. 유롬은 더 이상 쎄숨
의 전횡을 참을 수가 없었다.

'다른 것은 다 참을 수 있어. 지파장님이 나에게 목숨을
내놓으라면 기꺼이 내놓을 수 있다고. 하지만 우리 지파의
모든 제자들을 목숨을 미끼로 삼아 라웅고 부탑주님의 굴
복을 이끌어 내다니. 이건 아니야. 내가 비록 쎄숨 지파장
님께 받은 은혜가 산봉우리처럼 클지라도 이런 행위까지
용납할 수는 없음이야.'

유롬은 피가 터질 만큼 입술을 꽉 깨물었다.

유롬의 옆에서는 소모로도 비슷한 생각을 품었다. 늘 푸근하게 미소만 짓던 소모로의 얼굴에도 단단한 각오가 들어섰다.

부지파장들의 결심을 아는지 모르는지, 쎄숨은 라웅고의 손을 꼭 잡은 채 뿔뿔이 흩어져 도망치는 흑탑의 무투사들을 노려보았다.

지금 쎄숨의 눈에는 다른 것은 들어오지 않았다. 쎄숨의 뇌리에는 오래 전에 죽은 애제자의 얼굴만 어른거렸다. 몇십 년 전, 흑 진영의 마수에 걸려서 처참하게 능욕을 당하고 죽은 여제자 말이다.

쎄숨의 성격이 지금처럼 지독하게 변한 것은 바로 그 때부터였다.

한데 세상의 인과라는 것이 참으로 묘해서, 그때 죽은 여제자의 친딸이 지금 시시퍼 마탑에 가입하여 도제생이 되었다.

안타깝게도 쎄숨은 그러한 사실을 꿈에도 몰랐다.

그 도제생의 이름이 헤스티아이며, 그녀가 트루게이스 시에서부터 이탄과 깊은 인연을 맺었다는 사실도 쎄숨은 알 수가 없었다.

제4화
아울 검탑의 위기 I

Chapter 1

"시시퍼 마탑이 전격적으로 남하하여 이그놀리 흑탑을 부쉈단다."

"마탑의 부탑주인 라웅고가 직접 움직여서 이그놀리 흑탑의 머리 위에 재앙급의 마법을 퍼부었단다."

이 충격적인 소식이 언노운 월드 전역을 강타했다.

사람들은 깜짝 놀랐다.

얼마 전, 대륙 남부의 그레브 시에서 제법 큰 전투가 벌어졌다. 자크르의 짐승 무리와 시돈의 네크로맨서들이 합심하여 백 진영의 세력 가운데 하나인 노아의 신전을 무너뜨린 것이 바로 그 사건이었다.

당시만 하더라도 언노운 월드의 주민들 대부분은 '큰일이 터졌구나.' 정도로만 생각했지, 이것이 당장 대륙 전체를 들썩이게 만들 대전쟁으로 확대될 것이라고는 여기지 않았다. 지난 몇십 년간의 평화가 사람들로 하여금 타성에 젖게 만들었다.

한데 불과 며칠 만에 충격적인 소식이 들렸다.

"시시퍼 마탑의 기습 공격에 이그놀리 흑탑이 무너졌단다."

이 소식은 언노운 월드 사람들을 패닉에 빠지게끔 만들었다.

대체 이그놀리 흑탑이 어떤 곳이던가.

그곳은 흑 진영에서 늘 세 손가락 안에 꼽히는 거목이었다. 단연 원톱인 피사노교에 이어서 그 다음으로 명망이 높은 곳이란 말이다.

시시퍼 마탑은 놀랍게도 그 뿌리 깊은 세력을 하루아침에 잿더미로 만들었다.

백 진영의 삼대 세력인 아울 검탑, 시시퍼 마탑, 마르쿠제 술탑 가운데 하나가 주력 병력을 직접 움직여서 흑 진영의 거목을 베어냈으니, 이제 피사노교에서도 이 사태를 그냥 내버려 둘 수는 없었다. 이 대목에서 피사노교가 아무런 대응을 하지 않으면 교단의 체면이 크게 구겨지는 까닭이었다.

피사노교의 총단.

피사노 싯다가 목청을 높여 의견을 구했다.

"우리가 가만히 있으면 분명히 사람들이 입방아를 찧겠지요. 우리 피사노교가 시시퍼 마탑이 두려워서 꿈쩍도 못한다고 떠들어 댈 것 아닙니까? 그게 말이나 되는 소리입니까? 저는 당연히 시시퍼 마탑을 혼내줘야 한다고 생각합니다. 다들 어떻습니까?"

"으으음."

다른 신인들은 각자 팔짱을 끼거나 고개를 숙인 채 싯다의 말을 들었다.

지금 이 자리에는 피사노교의 아홉 신인들 가운데 7명이 모여서 대응책을 의논 중이었다. 신인들은 수십 미터 높이로 뾰쪽 솟은 9개의 원기둥 위에 각자 자리를 잡고 의견을 나누었다.

어떤 신인은 원기둥 위에 앉아서 이야기를 들었다.

또 다른 신인은 팔짱을 끼고 우뚝 서서 다른 신인들을 둘러보았다.

옆으로 비스듬히 누워 있는 신인도 보였다.

불참자는 거의 없었다. 사안이 사안인 만큼, 이번 회의에는 일곱째인 피사노 사브아도 참석했다.

신인들 가운데 첫째인 와핫과 둘째인 이쓰낸을 제외하면

모든 신인들이 전부 모인 셈이었다.

셋째인 쌀라싸가 싸마니야를 돌아보았다.

"여덟째 아우는 어찌 생각하나?"

싸마니야는 비록 피사노교의 형제자매들 가운데 여덟째에 불과하지만, 성격이 진중하여 다른 신인들로부터 높은 신뢰를 받았다. 쌀라싸가 싸마니야의 의견부터 물은 것은 바로 그 때문이었다.

싸마니야는 손으로 턱을 한 번 쓰다듬으면서 복잡한 머릿속을 정리했다. 그리곤 자신의 의견을 밝혔다.

"저도 우리 피사노교가 이번 사태에 대응을 해야 한다고 믿습니다. 다만……."

싸마니야는 말을 하다말고 뜸을 들이면서 싯다에게 시선을 던졌다.

"다만?"

쌀라싸가 싸마니야의 의견을 재촉했다.

싸마니야는 싯다에게 향했던 시선을 쌀라싸에게 돌리면서 말을 이었다.

"다만 저는 시시퍼 마탑이 아니라 다른 곳을 공격해야 한다고 생각했습니다."

"다른 곳이라고? 왜지?"

쌀라싸가 고개를 갸웃했다.

[그러게. 왜일까?]

쌀라싸의 가슴에 박혀 있는 악마종도 뱀으로 이루어진 수염을 일렁거리면서 싸마니야의 의견에 귀를 기울였다.

싸마니야는 다른 신인들의 위압적인 시선을 받고도 눈 하나 깜짝하지 않았다. 싸마니야가 천천히 대답했다.

"따지고 보면 시시퍼 놈들도 엉뚱한 곳에다 화풀이를 한 것 아닙니까? 노아의 신선을 점령한 것은 어디까지나 자크르와 시돈이지 이그놀리 흑탑이 아니었습니다. 그런데도 시시퍼 마탑은 그 둘이 아닌 이그놀리를 쳤습니다. 저는 이런 의외성이 대중들의 공포를 불러일으킨다고 생각했습니다. 그렇다면 우리도 똑같이 앙갚음을 해줘야겠지요."

"오!"

넷째인 아르비아가 무릎을 쳤다.

"그럴듯한데? 역시 싸마니야다워."

일곱째인 사브아는 싸마니야를 향해서 엄지를 치켜세웠다.

오직 싯다만이 별로 표정이 좋지 않았다.

쌀라싸가 싸마니야에게 다시 물었다.

"의외성이 공포를 불러온다? 흐흐흘. 여덟째 아우의 말이 그럴듯하군. 그럼 어디가 좋겠는가? 백 진영 놈들 가운데 어느 곳을 혼내줘야 놈들이 정신을 번쩍 차릴꼬?"

싸마니야는 별 고민 없이 대답했다.

"제 생각에는 아울 검탑이 어떨까 싶습니다."

아울 검탑.

백 진영의 세 봉우리 가운데 하나.

오로지 검 한 자루에 평생을 거는 미차광이들의 집합체.

아울 검탑은 백 진영의 세 봉우리 가운데 가장 세력이 조그만 곳이었다. 하지만 어떤 면에서는 가장 껄끄러운 상대가 아울 검탑이었다.

오래 전, 피사노교의 우두머리인 와힛과 둘째인 이쓰낸이 세상을 뒤덮으며 위세를 떨쳤을 때 그들을 직접적으로 막아낸 이가 바로 아울 검탑의 세 끝인 1검, 2검, 3검이었다.

검주(劍主) 리헤스텐.

검노(劍奴) 우드워커.

검치(劍癡) 방케르.

각각 검의 주인, 검의 노예, 그리고 검에 미친 광인이라 불리는 1검, 2검 3검 때문에 피사노교는 세상을 장악하려는 시도를 멈춰야 했다.

그 후로 와힛과 이쓰낸은 언노운 월드를 떠나서 부정 차원에 들어가 버렸다.

Chapter 2

"그 아울 검탑을 치자고? 흘흘흘. 우리가 아울 검탑을 치면 흑과 백 사이에 곧장 전면전이 벌어지는 셈인데? 흘흘흘."

쌀라싸가 기분 나쁜 웃음을 흘렸다.

"쿡쿡쿡쿡쿡."

다섯째 신인인 캄사도 잇새로 웃음을 터뜨렸다.

"클클클클."

"후후훗."

표독스러운 노파처럼 생긴 아르비아도, 검보라빛 로브를 뒤집어쓰고 있는 싯다도, 우아한 귀부인 같은 사브아도 모두 미소를 지었다. 싸마니야마저 두툼한 입술을 비틀어 미소를 머금었다.

무수히 많은 피가 흐르게 될 대전쟁?

산처럼 쌓일 시체?

너른 평야 위에서 시체를 파먹으려 몰려든 까마귀떼?

피사노교의 신인들이 이딴 것을 두려워할 리 없었다. 신인들 가운데 막내인 티스아가 붉은 검날을 손바닥으로 쓰다듬으면서 뇌까렸다.

"그렇지 않아도 평화가 너무 길었어요. 무려 수십 년간의 평화라니, 이 얼마나 지루한 용어일까요?"

쌀라싸가 티스아의 말에 동의했다.

"흘흘흘. 막내가 모처럼 옳은 말을 하였구나. 지루했지.
그동안의 평화는 참 지루하였어. 흘흘흘흘."

피사노교의 신인들은 지루한 평화를 이제 끝낼 생각이었
다.

"흘흘흘. 시시퍼 마탑의 시건방진 놈들이 먼저 대전쟁의
신호탄을 쏘아 올렸으니, 우리도 거기에 장단을 맞춰주자
꾸나."

이 자리에서 가장 나이가 많은 쌀라싸가 이런 말로 전쟁
을 결정했다.

이 결정은 곧 모든 사도들에게 하달되었다.

사도들은 다시 이 명령을 엄선된 교도들에게만 전달했
다.

피사노교가 보복공격을 감행할 거라는 사실은 극비 중의
극비였다. 따라서 극소수의 핵심 교도들만이 이 중차대한
정보를 전달받았다.

이탄도 네트워크를 통해서 피사노교 수뇌부의 결정 사항
을 전해 들었다. 그것도 싸마니야로부터 직접 연락을 받았
다.

◉ [쿠퍼] 대전쟁이라....... 가슴이 뛰는 단어로군
요.

이탄은 고요 속에 폭풍을 머금은 듯한 말투로 뇌까렸다.
　일견 뜨뜻미지근해 보이는 이탄의 반응이 싸마니야를 흡
족하게 만들었다.

　　◉ [피사노 싸마니야] 역시 너는 검은 드래곤의
　피를 이어받은 나의 아들이로다. 대전쟁이라는 단
　어에 주눅이 들지 않는 너의 모습이 참으로 보기에
　어여쁘구나. 그렇다고 너무 들뜨지 않아서 오히려
　더 믿음직스러워.

　싸마니야의 눈에는 이탄의 모든 행동거지가 예쁘게만 보
이는 모양이었다.
　'마왕과도 같은 이 노친네가 자꾸 왜 이래? 정 들게 말
이야.'
　이탄은 이런 속마음을 감춘 채 겸손하게 대답했다.

　　◉ [쿠퍼] 싸마니야 님, 아니 아버님, 과한 칭찬이
　십니다. 저는 몸 둘 바를 모르겠나이다.

⊗ [피사노 싸마니야] 크허허. 내 칭찬이 과하다고? 전혀 그렇지 않다. 너는 검은 드래곤의 피를 이어받은 내 아들이니 너무 겸손해서도 안 될 것이야. 앞으로는 좀 더 당당하고 오만하게 행동하거라. 으허허허.

싸미니야는 이탄에게 극찬을 퍼부은 다음, 자랑이라도 하듯이 세세한 전쟁 계획까지 알려주었다.

싸마니야가 일러준 이야기 중에는 지금 피사노교의 노리고 있는 대상이 아울 검탑이라는 점도 포함되었다. 싸마니야는 아울 검탑에 대한 총공세가 시작되기까지 불과 닷새만 남았다는 이야기도 덧붙였다. 심지어 그는 피사노교가 아울 검탑을 칠 때 신인들을 몇 명이나 투입할 것인지도 밝혔다.

그런 다음 싸마니야는 마지막으로 피사노교가 아울 검탑을 공격할 때 이탄이 해야 할 임무를 전달했다.

사실 피사노교의 입장에서는 이번 전쟁에 군이 이탄을 동원할 필요는 없었다.

하지만 싸마니야가 군이 이탄을 작전에 끼워 넣었다.

'어떻게든 쿠퍼 녀석에게 전공을 몰아줘야지. 녀석은 장차 열 번째 신인이 되어 우리 피사노교의 미래를 이끌어갈 기둥이 될 게야.'

싸마니야는 이런 생각으로 이탄을 작전에 투입했다.

반면 이탄은 싸마니야의 속마음까지 읽지는 못했다. 그저 이탄은 중요한 정보를 술술 털어놓는 싸마니야가 이해가 되지 않을 따름이었다.

원래 이탄이 가지고 있는 싸마니야의 이미지는 과묵한 마왕이었다. 한데 그 무시무시한 마왕이 최근에 종종 푼수 아빠의 모습을 드러내곤 했다.

'싸마니야 님이 자꾸 이러니까 적응이 안 되잖아. 후우우.'

이탄은 절레절레 고개를 내저었다.

싸마니야도 너무 수다를 떨었다고 생각했는지 황급하게 대화를 마무리 지었다.

> ◎ [피사노 싸마니야] 험험. 내가 너무 말이 길었구나. 오늘 들은 이야기 중에 대부분은 그냥 잊어버려라.

이탄은 눈치가 100단이었다.

> ◎ [쿠퍼] 무엇을 잊으라고 하시는지요? 소자는 오늘 들은 바가 아무것도 없습니다.

◎ [피사노 싸마니야] 크허허. 그래. 그래. 오직 피
사노의 이름으로 다시 전하마.

싸마니야가 너털웃음으로 네트워크를 종료했다.

이탄은 싸마니야 앞에서는 "들은 바가 없다."고 답했지
만, 싸마니야가 전해준 정보들은 이탄의 뇌리에 단단히 틀
어박혔다.

이탄은 곰곰이 생각을 정리했다.

'내가 비록 흑과 백의 대전쟁을 원하기는 했지만, 일이
이렇게 급박하게 전개될 줄은 몰랐구나. 피사노교의 첫 번
째 목표가 아울 검탑이라고? 하! 피사노교도 참 대담하네.
주변의 잔가지부터 정리하는 게 아니라 다짜고짜 핵심 뿌
리부터 찍어버리겠다는 뜻이지?'

이탄은 부인인 프레야와 장인인 피요르드 후작을 떠올렸
다. 아울 검탑에서 이탄이 신경 쓰는 사람은 딱 이 2명이었
다.

이탄은 피사노교와 아울 검탑이 서로 치고받고 싸우는
것을 말릴 생각은 없었다. 오히려 이탄은 전쟁을 바라는 입
장이었다.

하지만 이기적이게도 이탄은 프레야와 피요르드의 안전
을 걱정했다.

'최소한 그들은 다치게 둘 수 없지.'

이탄은 시퍼런 안광을 내뿜었다.

Chapter 3

이번 피사노교의 침공에서 이탄이 맡은 역할은 명확했다. 이탄은 피사노교가 쳐들어오기 전에 아울 검탑의 검수들 가운데 일부를 타 지역으로 유인하는 임무를 맡았다.

사실 이것은 그리 어려운 임무는 아니었다.

피사노교는 아울 검탑을 공격하기 전에 백 진영을 속이기 위해서 다른 곳을 공격하는 척할 예정이었다.

이 가짜 공격 목표는 모레툼 교황청으로 정해졌다.

이유는 두 가지였다.

이번에 시시퍼 마탑이 이그놀리 흑탑을 공격할 때 모레툼 교단이 큰 도움을 주었다. 전쟁터에서 모레툼의 신성력이 휘황찬란하게 솟구치는 장면을 본 목격자가 한둘이 아니었다.

그러므로 피사노교가 모레툼 교단을 공격한다면, 그것은 명분이 서는 일이었다. 이그놀리 흑탑의 복수를 해준다는 명분 말이다.

피사노교가 모레툼 교단을 공격하는 두 번째 이유는 그 곳의 규모가 딱 적당하기 때문이었다.

모레툼 교단은 백 진영의 여러 세력들 중에서 몇 손가락 안에 꼽히는 곳이었다. 그렇다고 백 진영의 삼대세력처럼 막강하지는 않았다.

피사노교의 입장에서 모레툼 교단은 비교적 안전하게 공략을 하면서도 나름 생색을 충분히 낼 수 있는 먹이였다.

통통하게 살이 오른 적당한 먹이.

따라서 피사노교가 모레툼 교단을 노리는 척하면, 백 진영의 세력들은 피사노교의 속임수에 넘어갈 확률이 높았다.

일단 외견상으로 그럴듯해 보이기 때문이었다.

실제로도 피사노교는 세상 사람들을 속이기 위해서 최대한 은밀하게 상당수의 병력을 모레툼 교황청 인근으로 이동시켰다. 피사노교의 진짜 목표는 아울 검탑이지만, 모레툼 교단을 노리는 척 속임수를 쓴 것이다.

이탄은 피사노교에서 차려놓은 식탁에 포크 하나만 얹으면 그만이었다.

모레툼 교황청에서는 이탄이 은화 반 닢 기사단 소속 요원으로 피사노교의 정보망에 은밀히 침투해 있는 것으로 알고 있었다.

비록 지금은 은화 반 닢 기사단이 잠수를 탄 상태지만, 그래도 이탄과는 드문드문 연락이 되었다.

이탄은 추심 기사단의 하비에르 조장을 통해서 피사노교의 정보를 은밀히 흘렸다.

─ 긴급 보고 ─

1. 얼마 전 시시퍼 마탑에서 전폭적인 기습공격을 통해 남부의 이그놀리 흑탑을 공격했음.

2. 피사노교 내부에서 이 사태를 내버려 둘 수 없다는 의견이 모아짐.

3. 피사노교에서는 백 진영에 보복 공격을 계획함.

4. 보복 목표로 여러 세력들이 논의되었는데, 그 가운데 모레툼 교황청이 포함되었음.

5. 이번 이그놀리 흑탑이 무너질 때 은화 반 닢 기사단의 49호 요원이 개입한 것이 이유임.

6. 철저한 대비 필요.

7. 교황청이 피사노교로부터 대대적인 공격을 받을 수 있으므로 백 진영의 지원 요청 필요.

8. 전체 추기경 회의에서 다른 어떤 사안보다 긴급히 논의 바람.

이탄은 1 페이지짜리 긴급 보고서를 작성하여 하비에르의 손에 쥐여주었다.

"뭣? 피사노교가 우리 교황청을 노린다고?"

하비에르가 화들짝 놀라서 레오니 추기경에게 이탄의 보고서를 올렸다.

레오니 추기경도 소스라치게 놀랐다.

지금 레오니를 포함한 모레툼 교단의 추기경들은 비크 교황을 탄핵하고 그 뒤처리를 하느라 정신이 없던 중이었다. 그 와중에 은화 반 닢 기사단까지 지하로 잠적해 버리는 바람에 레오니는 이만저만 골치가 아픈 게 아니었다.

"이게 대체 무슨 소린가요? 시시퍼 마탑이 이그놀리 흑탑을 공격할 때 은화 반 닢 기사단의 49호 요원이 동원되었다니요? 49호 요원이라면 이탄 신관이잖아요."

레오니가 하비에르에게 따지듯 물었다.

애꾸눈 하비에르가 심각하게 답변했다.

"추기경님, 제가 부하들을 시켜서 알아본 결과, 이탄 신관의 보고는 사실인 것 같습니다. 이탄 신관은 은화 반 닢 기사단의 퀘스트를 수행하느라 시시퍼 마탑의 도제생 신분을 위장 신분으로 가지고 있습니다. 그러므로 이탄 신관이 이번 남부 전투에 본의 아니게 끼어들었을 가능성이 높습니다."

"으으음. 그런가요?"

"네. 그렇습니다. 또한 추심 기사단의 정보망에 따르면 이그놀리 흑탑에서 전투가 벌어질 당시 그 일대에서 모레툼 님의 신성력이 강하게 발현되었다고 합니다."

"신성력이요?"

레오니가 눈을 동그랗게 떴다.

하비에르는 힘차게 고개를 주억거렸다.

"네, 추기경님. 전쟁터에서 발현된 신성력이 어찌나 대단했던지 수십 킬로미터 밖에서도 또렷하게 느껴질 정도라고 했습니다."

"하아. 그렇다면 이 긴급 보고서는 신빙성이 높네요. 교황청을 수복할 당시를 회상해 봐요. 당시에 이탄 신관이 보여준 신성력은 정말 까무러칠 정도였다니까요."

얼마 전 레오니 추기경이 추심 기사단을 이끌고 교황청으로 진격했을 때였다. 그때 이탄은 선봉에 서서 교황청을 공략했다.

그러다 모레툼이 이탄의 몸을 빌려 현신하면서 레오니의 쿠테타는 한 방에 성공했다.

물론 모레툼의 현신은 어디까지나 이탄이 조작한 한 편의 사기극이었으나, 레오니와 하비에르는 그 사실을 꿈에도 몰랐다.

레오니가 이탄의 긴급 보고서를 손에 쥐고 벌떡 일어났
다.

"안 되겠군요. 전체 추기경회의를 다시 소집해야겠어요.
피사노교의 대대적인 공격이 코앞에 들이닥쳤으니 만사 제
쳐놓고 대응책부터 세워야죠."

레오니는 딱딱하게 굳은 표정으로 집무실을 박차고 나갔
다.

Chapter 4

그날 오후, 모레툼 교황청에서는 다시 한번 전체 추기경
회의가 개최되었다. 이 회의에서 레오니 추기경은 이탄의
긴급 보고서를 공개했다.

"헉! 피사노교가 쳐들어온다고요?"

"우리 교황청에 말입니까?"

추기경들이 자지러졌다.

지금 모레툼 교단의 전력은 역대 최악이었다.

첫째, 은화 반 닢 기사단이 잠적했다.

둘째, 수호기사단은 도미니크 추기경을 따라서 멀리 떠
났다.

그러니까 지금 모레툼 교황청이 믿을 수 있는 전력은 레오니 추기경이 지휘하는 추심기사단밖에 없었다.

한데 추심기사단만으로 피사노교를 막는다는 것은 계란으로 바위치기였다. 추기경들은 똥줄이 타들어 갔다.

"이 사태를 어쩌면 좋겠습니까? 추기경 여러분들이 지혜를 모아주십시오."

누군가 이렇게 외쳤다.

추기경들이 하나둘 혀를 놀렸다.

"일단 시시퍼 마탑에 도움을 청합시다. 우리 요원이 시시퍼 마탑을 도와서 이그놀리 흑탑을 멸망시켰다지 않습니까? 그러니까 시시퍼 마탑에서도 당연히 우리를 돕겠지요. 그게 마땅한 도리가 아닙니까?"

"어디 시시퍼 마탑 하나만으로 되겠습니까? 상대는 피사노교의 악마들이에요. 시시퍼 마탑뿐 아니라 아울 검탑과 마르쿠제 술탑에도 도움 요청을 보냅시다."

"맞아요. 3개의 탑을 전부 동원해야 겨우 피사노교의 악마들을 막을 수 있다니까요."

"예전에 내가 듣기로는 은화 반 닢 기사단이 아울 검탑의 99검과 깊은 인연을 맺어 놓았다더라고요. 그 인맥을 동원하지 않고 뭐합니까? 이럴 때 쓰라고 평소에 인맥 관리를 하는 것 아닙니까?"

"어디 그뿐입니까? 은화 반 닢 기사단에서는 마르쿠제 술탑과도 협력 관계를 맺었다고 했어요."

"그 방면으로 아주 뛰어난 요원이 있다던데……. 몇 호 요원이라고 했더라? 하여간 그 요원이 마르쿠제 술탑주의 손녀와 친해졌다는 보고서를 읽은 적이 있어요."

추기경들은 머리에 떠오르는 대로 방안을 제시했다.

레오니가 추기경들의 이야기를 듣고 있다 보니, 모든 이야기의 핵심은 은화 반 닢 기사단의 49호, 즉 이탄 신관에게 집약되었다.

'이탄 신관님은 정말 대단한 사람이구나.'

레오니는 새삼스레 이탄의 탁월함에 혀를 내둘렀다.

그러는 사이 추기경들은 다음과 같은 결론을 내렸다.

—— 전체 추기경 회의 결정 사항 ——

첫째, 임시 지휘사령부를 구성한 뒤, 그 책임자 자리를 레오니 추기경에게 맡긴다.

둘째, 모레름 교황청의 이름으로 백 진영의 주요 세력들에게 최대한 도움을 요청한다.

셋째, 추심기사단을 중심으로 방어에 집중한다.

넷째, 잠적한 은화 반 닢 기사단과 수호기사단에게 피사노교의 침공 사실을 알리고 복귀를 종용한다.

다섯째, 은화 반 닢 기사단과 수호기사단의 복귀자들에 대해서는 죄를 묻지 않기로 할 것이며, 이 사실을 즉각 그들에게 알린다.

여섯째, 교단의 핵심인 추기경들이 위험에 빠지면 모레룸 교단의 역사가 끊길 수 있으니 가급적 추기경들은 교황청에서 멀리 떨어진 안가에 은신한다.

이상의 내용이 한 장의 문서로 만들어졌다.

추기경들은 위 문서의 하단부에 지장을 찍어서 문서가 효력을 발휘할 수 있도록 승인해주었다.

문서의 여섯 번째 조항이 다소 비겁해 보이기는 했다. 이 때문에 문서를 읽은 사람들 가운데 일부는 수군거리기도 하였다.

하지만 어쨌거나 이 문서는 전체 추기경 회의에서 결정된 것이므로 교법에 버금가는 효력을 지녔다. 비록 뒤에서는 수군거릴지언정 앞에서 이 결정을 반대할 만큼 용기가 넘치는 성직자는 없었다.

그날 밤, 교황청 소속 성직자들은 여기저기로 바쁘게 통신을 보냈다. 당연히 시시퍼 마탑과 아울 검탑, 그리고 마르쿠제 술탑은 통신 대상에 포함되었다.

모레툼 교황청에서는 이들 삼대세력 외에도 평소 친하게 지냈던 백 진영 세력들에게 모두 다 통신을 연결하여 공식적으로 도움을 요청했다.

이처럼 모레툼 교단에서 호들갑을 떨다 보니 백 진영의 이목이 자연스럽게 모레툼 교단으로 쏠렸다.

"피사노교의 악마들이 모레툼 교단을 지목했다며?"

"그 악마들이 보복 차원에서 모레툼 교단을 박살 낸다고 했다더라고."

이와 같은 소문이 백 진영 상층부에서 은밀하게 떠돌았다.

멀리 떨어진 피사노교 총단에서도 백 진영의 수상쩍은 움직임을 감지했다.

"으하하하하. 역시 쿠퍼가 일을 잘 하고 있구나. 우리가 아울 검탑을 무사히 박살 내고 나면, 그 가운데는 쿠퍼의 공이 클 것이야. 음홧홧홧홧!"

싸마니야는 커다란 대전에 앉아서 호탕하게 웃었다.

"장인어른, 한 번만 도와주십시오."

이탄이 피요르드 후작을 찾아가서 도움을 청했다.

피요르드 후작은 이탄이 모레툼 교단의 성기사라는 사실을 알지 못했다.

하지만 쿠퍼 가문이 모레툼 교황청과 친분이 깊다는 사실은 이미 피요르드도 알고 있던 바였다.

피요르드 후작은 선뜻 이탄의 요청을 받아들였다.

"당연히 도와야지. 내 그동안 사위에게 미안했던 적이 한두 번이 아니었다네. 그런데 이렇게라도 도울 기회를 주니 고맙구먼."

이탄은 장인의 호쾌한 대답에 가슴이 찌릿했다.

물론 이탄은 피요르드가 쿠퍼 가문을 적극적으로 도울 것이라 믿었다. 하지만 이 정도로 호쾌하게 응할 줄은 미처 몰랐다.

이탄은 괜히 코끝이 찡해져서 검지로 콧방울을 슥슥 비볐다.

"장인어른, 고맙습니다."

이탄이 피요르드에게 고개를 꾸벅 숙였다.

피요르드는 그날로 아울 검탑에 연락을 넣었다.

마침 아울 검탑에서는 모레툼 교단으로부터 공식적인 지원요청을 받은 상태였다.

모처럼 검수들이 한자리에 모여서 회의를 개최했다. 검소한 리넨 소재의 무복을 입은 검의 구도자들은 각자의 방석에 앉아서 회의장 중앙을 바라보았다.

살짝 단이 진 회의장 중심부에는 4라는 숫자의 방석이 놓여 있었다. 이 방석에 앉은 늙수그레한 노인이 바로 아울 검탑의 서열 4위인 아울4검이었다.

아울4검은 곧바로 본론에 들어갔다.

"아울99검이 도움을 요청했더군. 하니 99검의 동기들이 그를 돕는 게 보기가 좋지 않겠는가?"

"4검님의 말씀이 옳습니다."

아울4검 주변의 몇몇 구도자들이 입을 모아 아울4검의 말에 동의했다.

Chapter 5

아울4검은 90번대 숫자가 적힌 방석들로 시선을 주었다.

"좋아. 그러면 아울90검부터 시작하여 90번 대 구도자들이 애를 좀 써주지."

아울4검이 지목한 90번대 구도자들이란, 아울90번부터 시작하여 아울98검까지 총 9명이었다.

아울90검이 대표로 대답했다.

"4검님의 말씀을 따르겠습니다."

아울4검이 말을 계속 이었다.

"좋아. 그래도 90번대 검수들만 보내면 좀 그렇겠지? 모레툼 교단에서는 우리 아울 검탑이 낮은 서열들의 검수들만 지원해줬다고 서운해 할 게야. 뭐, 돈에 환장한 고리대금업자 녀석들이 서운해하건 말건 나는 별로 개의치 않는다만, 그래도 아울99검과 쿠퍼 가문의 요청에는 신경이 좀 쓰이는구나."

아울4검은 이 대목에서 말을 잠시 끊은 뒤, 검수들의 어깨 너머로 시선을 주었다.

"일전에 우리 검탑의 재정이 어려워졌을 때 쿠퍼 가문에서 도움을 주었다지?"

아울4검이 검수들 뒤쪽의 배석자들을 향해서 물었다.

"그렇습니다."

검수들 뒤에 공손하게 시립해 있던 중년 사내가 허리를 반쯤 숙이며 대답했다. 이 중년 사내는 아울 검탑의 예산처장인 살라루였다.

살라루는 아울 검탑의 정식 검수는 아니지만, 그래도 예산을 총괄하는 책임자였다. 그래서 중요한 회의에 배석할 의무를 지녔다.

살라루뿐 아니라 다른 처장들도 모두 살라루 옆에 일렬로 늘어서서 구도자들의 회의에 배석했다.

처장들은 오직 배석만 가능할 뿐, 회의석상에 직접 끼어

들 자격은 없었다. 처장들의 역할은 검의 구도자들이 질문
했을 때 답변을 하는 것이었다.

살라루의 답을 들은 뒤, 아울4검은 다시 고개를 돌렸다.

"다들 들었다시피 우리 아울 검탑은 쿠퍼 가문에게 은혜
를 입었다는군. 그러니 어찌 우리가 그 은혜를 저버리겠는
가. 18검, 자네가 90번대 구도자들을 이끌고 한 번 모레툼
교황청에 다녀올 수 있겠는가?"

아울4검은 18이라는 숫자가 적힌 방석을 보면서 은근하
게 권유했다.

아울18검은 얼굴이 말처럼 길고 표정이 진중한 노인이었
다. 18검은 선배 검수인 아울4검의 권유에 선선히 따랐다.

"그러지요. 제가 다녀오겠습니다."

"좋군."

아울4검이 무릎을 쳤다.

검의 구도자들은 원래 검에 대한 깨달음을 추구하는 데
만 몰두해 있어 개인적이고 폐쇄적이었다. 따라서 검수들
은 긴 회의를 좋아하지 않았다.

아울4검의 입에서 "좋다."는 말이 나오자 구도자들이 주
섬주섬 일어섰다. 이것으로 회의가 종료된 것이었다.

아울4검도 검수들을 딱히 말리지 않았다.

검의 구도자들은 각자 목례를 나눈 뒤, 자신들의 방으로

돌아갔다.

정보처장인 칼루사가 오늘의 회의 결과를 글로 닦아 한 장의 명령서를 만들었다. 칼루사는 이 명령서를 아울4검에게 보여주어 승인을 받은 뒤, 전체 검탑에 공표했다.

명령서의 내용은 다음과 같았다.

—— 명 령 서 ——

1. 이번 지원 임무는 아울18검에게 모든 지휘권을 부여한다.

2. 아울18검의 지휘 아래 아울90검부터 아울98검까지를 모레툼 교단에 파견하여 혹시 모를 피사노교의 공습에 대비한다.

3. 아울99검은 자발적으로 모레툼 교단으로 가겠다고 요청하였으며, 검탑에서는 이 요청을 공식적으로 승인한다.

4. 이번에 파견되는 검수들의 도제생들도 경험을 쌓을 겸 스승들과 함께 모레툼 교단으로 파견한다.

5. 파견 시작 시각은 내일 새벽 6시이다.

6. 파견기간은 최대 180일 이내에서 아울18검의 판단에 따라 결정한다.

이상의 명령서에 따르면, 피요르드 후작과 그 딸인 프레야도 모레툼 교황청으로 파견을 나가도록 되어 있었다.

이는 이탄이 미리 예상했던 바였다.

다음 날인 9월 30일 새벽 6시.

아울18검을 필두로 하여 아울90검부터 98검까지 10명의 검수가 모레툼 교황청으로 출발했다.

검수들의 뒤에는 이들로부터 검술을 사사 받는 도제생들이 뒤따랐다.

아울99검인 피요르드 후작은 이미 전날에 모레툼 교황청에 도착하여 대기 중이었다.

하지만 이탄은 함께하지 않았다.

공식적으로 이탄은 검수나 마법사가 아니라 상인이었다. 따라서 피요르드는 이탄으로 하여금 모레툼 교황청 근처에 얼씬도 하지 못하게 막았다.

"사위는 괜히 위험에 휘말릴 생각은 하지도 말게."

피요르드가 이렇게 말해주자 이탄은 오히려 기뻤다.

어차피 피사노교의 진짜 목표는 모레툼 교황청이 아니었다. 이탄은 가짜 목표나 지키면서 허송세월하고 싶지 않았다.

피요르드 후작과 달리 레오니 추기경은 이탄에게 교황청

으로 들어와 달라고 요청했다. 추심기사단 입장에서 이탄은 실로 중요한 전력이기 때문이었다.

이탄은 레오니의 말을 듣는 척만 했을 뿐, 실제로는 모레툼 교황청으로 가지 않았다.

"내가 서 있을 곳은 피가 튀는 전장이지 모레툼 교황청이 아니야."

이탄은 이런 말로 자신이 서 있을 위치를 정하였다.

선혈이 낭자하게 흐를 전쟁터를 떠올리자 이탄의 가슴이 절로 두근거렸다. 이탄은 혀를 내밀어 입술을 싸악 핥았다.

전쟁터에 나서기 전, 이탄은 은화 반 닢 기사단의 무복도 아니고, 피사노교의 사도 복장도 아닌 제3의 복장을 차려입었다.

제3의 복장이 의미하는 바는, 이번 전쟁에서 이탄은 흑의 편도, 그렇다고 백의 편도 들지 않겠다는 뜻이었다.

준비가 모두 끝나자 이탄이 발길을 옮겼다.

이탄이 향한 곳은 아울 산맥 중심부였다.

태곳적 창조주가 뾰족한 검들을 지상에 거꾸로 꽂아 넣은 것처럼 생긴 이 험준한 산맥의 중심부에 아울 검탑이 위치해 있었다.

Chapter 6

10월 1일 밤 11시.

쩌저저적!

아울 산맥 상공 한복판에서 시퍼런 낙뢰가 한 발 떨어졌다.

"어라?"

이탄은 높은 나뭇가지 위에 드러누워 있다가 벌떡 일어섰다. 그러면서 질겅질겅 씹고 있던 나뭇잎도 퉤 뱉었다.

저 낙뢰가 의미하는 바를 이탄은 잘 알고 있었다.

저 낙뢰를 시작으로 무수히 많은 번개가 내리치면서 소규모 공간이동 마법진이 발동할 것이다.

그 마법진에 의해서 피사노교가 자랑하는 마도전함 함대가 저 높은 밤하늘에 우르르 등장할 테고, 그 마도전함들이 다시 대규모 공간이동 마법진을 발동하여 피사노교의 대군을 이곳 아울 산맥에 폭탄 드랍(Drop)하리라.

대규모 병력의 폭탄 드랍이야말로 피사노교가 세운 필승 전략이었다.

한데 시간이 달라졌다. 이탄이 싸마니야로부터 귀띔을 받은 디―데이는 분명히 오늘이 아니라 내일이었다. 하여 이탄은 자정을 넘어 새벽녘에 피사노교의 총공세가 시작될 것이라고 예상했었다.

"한데 어째 피사노교의 공격 개시 시각이 몇 시간 앞당겨진 모양이네."

이탄은 혀로 입술을 싹 핥았다.

쩌적! 쩌적! 쩌적! 쩌저저적!

이탄이 지켜보는 가운데 낙뢰가 점점 더 많이, 그리고 점점 더 짧은 간격으로 떨어졌다. 그렇게 낙뢰가 무수히 떨어지면서 지상뿐 아니라 먹구름 쪽에도 하얗게 백열 현상이 생겨났다.

이탄은 의미심장한 눈빛으로 하늘을 올려다보았다.

이윽고 먹장구름 속 하얀 광휘 안에서 시커먼 전함들이 하나둘 모습을 드러내었다.

시체를 담는 관을 연상시키는 시커먼 함체에, 옆면에 새겨진 은빛 문자들.

이것은 영락없는 피사노교의 마도전함이었다.

이탄은 오래 전에 마도전함을 타본 기억을 떠올렸다. 예전에 동차원에서 특수부대를 편성하여 피사노교로 쳐들어갔을 때, 마르쿠제가 원활한 위장침투를 위하여 특수부대원들에게 저 마도전함을 내주었다.

다른 한편으로 이탄은 부정 차원에서 전투에 투입했던 마도전함들도 머릿속에 그렸다.

"두 전함을 나란히 비교해보니까 확실히 차이가 보이는 군. 부정 차원의 전함이 더 강력하고 기동성도 좋아. 거기에 비하면 피사노교의 함대는 손봐야 할 곳이 많은 것 같아."

이탄은 이런 말로 피사노교의 전함을 깎아내렸다.

이탄쯤 되니까 이런 혹평을 할 수 있는 것이다. 언노운 월드의 백 진영과 동차원의 수도자들에게 피사노교의 검은 함대는 공포 그 자체였다.

뎅뎅뎅뎅뎅! 뎅뎅뎅뎅뎅!

마도전함 수백 척이 상공에 등장한 순간, 아울 검탑에 비상 알람이 울렸다.

"비상! 비상!"

우렁찬 고함 소리도 터져 나왔다.

각자의 방에서 명상 중이던 검의 구도자들이 검자루를 손에 움켜쥐고서 검탑 밖으로 뛰쳐나왔다.

때는 이미 늦었다.

쭈웅! 쭈웅! 쭈웅! 쭈웅!

수백 척의 마도전함들은 지상으로 휘황찬란한 빛을 쏘았다. 그 빛이 가로 세로로 엮이면서 아울 검탑 앞마당에 어마어마한 크기의 마법진을 그렸다.

이것은 6개의 꼭짓점을 가진 육망성을 기반으로, 그 주변에 뿔 달린 악마종들을 기호화하여 그려 넣은 마법진이 었다.

육망성 형태의 마법진이 완성되자 눈을 뜨고 볼 수 없는 빛의 폭풍이 휘몰아쳤다. 시뻘건 빛의 향연 속에서 공기가 부와아악 부풀었다. 그리곤 팽창한 공기 속에서 희미하게 군단의 모습이 드러났다.

처음에는 군단의 모습이 홀로그램처럼 비현실적으로 보였다.

하지만 팽창했던 공기가 가라앉고 폭발적으로 터져 나왔던 빛이 사그라지자 상황이 바뀌었다. 비현실적이던 홀로그램이 어느새 현실이 되어버렸다. 무려 수십 킬로미터 영역에 걸쳐서 펼쳐져 있는 육망성 마법신 위로 수만 명, 혹은 그 이상의 어마어마한 대군이 등장한 것이다.

피사노교의 등장!

아울 검탑의 위기는 그렇게 시작되었다.

아울4검이 검탑 창문을 통해 이 어마어마한 광경을 내려다보고는 입술을 지그시 깨물었다.

"허어, 피사노교로구나."

하얀 수염을 기른 노인이 옆에서 아울4검의 말을 받았다.

"우리가 속았군요. 피사노교가 모레툼 교황청을 칠 것이라는 이야기는 아무래도 거짓이었나 봅니다."

"으으음. 그런가."

아울4검이 알쏭달쏭한 표정으로 혀를 찼다.

하얀 수염의 노인은 고개를 주억거렸다.

"아무래도 우리가 놈들의 거짓 작전에 넘어간 듯합니다. 아마도 피사노교 녀석들은 우리의 시선을 모레툼 교단으로 돌려놓은 뒤, 이곳을 노렸겠지요."

하얀 수염 노인의 이름은 마제르.

그는 아울 검탑에서 아홉 번째 위치에 자리매김한 강자였다.

마제르가 아울9검이라고 해서 그가 꼭 아울 검탑에서 아홉 번째로 강하다는 뜻은 아니었다. 아울 검탑의 구도자들은 누가 얼마나 더 강한지 불분명했다. 검에 대한 깨우침에 따라 강한 순서도 하루아침에 뒤바뀌곤 했다. 그러니까 아울9검인 마제르가 오히려 아울4검보다 더 강할지도 몰랐다.

어쨌거나 확실한 점 하나는, 피사노교에서 선정한 최우선 척결자들의 명단 안에 마제르의 이름이 분명히 들어 있다는 사실이었다.

옆에서 아울6검이 마제르의 말을 받았다.

"흥! 놈들에게 속았다고 해봤자 우리 검탑의 전력에서 90번대 검수들만 빠진 것 아니겠소? 피사노의 악마들이 죽여 달라고 여기까지 찾아왔으면 목을 쳐주면 그만이지."

이 말과 함께 아울6검은 탑에서 휙 뛰어내렸다.

아울6검은 뒷짐을 지고 창문 너머로 홀연히 점프한 뒤, 땅바닥에 가볍게 착지했다. 아울6검의 손에는 어느새 1.6미터 길이의 검 한 자루가 들려 있었다.

"우리도 가세."

아울4검이 6검의 뒤를 따랐다.

"후우—."

마제르는 숨을 한 번 짧게 끊어서 내쉰 다음, 애병을 쭉 뽑았다.

마제르의 검이 살아 있는 생명체처럼 웅웅웅 울었다. 마제르는 잘 벼린 검날을 눈으로 훑은 뒤, 검집을 버렸다.

"오늘 내가 살아남는다면 너를 다시 검집에 넣어주마."

마제르는 덤덤한 목소리로 중얼거린 다음, 검집도 없는 맨 검을 손에 쥐고서 검탑 밖으로 나갔다.

Chapter 7

아울 검탑은 99명의 검수들로 이루어진 소규모 집단이었다. 여기에 도제생들의 숫자를 모두 더해 봤자 1,000명도 되지 않았다.

그렇게 구성원들의 숫자는 작았으나 세상 그 누구도 아울 검탑을 가벼이 보지 못했다. 피사노교도 아울 검탑, 시시퍼 마탑, 마르쿠제 술탑 가운데 아울 검탑을 가장 신경 썼다.

물론 피사노교의 신인들에게 가장 까다로운 적수를 고르라면 단연 마르쿠제 술탑을 꼽을 것이다. 신비로운 술법으로 중무장한 마르쿠제 술탑은 구름 속의 드래곤처럼 그 종적을 찾기도 어려웠다.

만약 피사노교의 신인들에게 가장 공략하기 힘든 적수를 고르라면 단연 시시퍼 마탑이 손꼽힐 것이다.

시시퍼 마탑의 마법사들이 펼쳐내는 광역마법에 잘못 걸리면 피해가 이만저만 큰 것이 아니었다. 또한 시시퍼 마탑은 피사노교의 대규모 공간이동을 무력화시킬 방법이 한두 가지가 아니었다.

하지만 피사노교의 신인들이 최후의 적수로 인정하는 상대는 마르쿠제 술탑이나 시시퍼 마탑이 아니었다. 다름 아닌 아울 검탑이었다.

지금으로부터 수십 년 전, 피사노교는 거의 온 세상을 점령할 뻔했다. 당시 피사노교의 으뜸인 와힛은 그야말로 마신과도 같은 존재였다. 피사노교의 제2신인인 이쓰낸도 와힛에 못지않은 천재 흑마법사였다.

그 시대를 살았던 피사노교의 교도들은 와힛과 이쓰낸이 힘을 합치면 언노운 월드에서 당할 자가 없을 것이라 확신했다.

실제로도 시시퍼 마탑의 전대 탑주가 와힛의 손에 목숨이 끊겼다.

마르쿠제 술탑의 2인자였던 부탑주는 이쓰낸에 의해 죽었다.

그리하여 언노운 월드와 동차원을 통째로 장악하겠다는 피사노교의 원대한 꿈은 결국엔 이루어지는 듯했다.

바로 그 타이밍에 아울 검탑의 1, 2, 3검이 나섰다. 검주 리헤스텐과 검노 우드워크, 검치 방케르가 등장한 순간, 전세가 바뀌었다.

피사노교의 제1신인인 와힛은 쌀라싸와 싯다, 그리고 싸마니야의 도움을 받아 백 진영의 수뇌부들과 정면으로 맞부딪쳤다.

아울1검인 리헤스텐과 마르쿠제 술탑주, 그리고 시시퍼 마탑의 현재 탑주가 힘을 합쳐서 이들 4명의 신인들과 싸웠다.

그로부터 수십 킬로미터 떨어진 또 다른 전장에서는 제2신인인 이쓰낸과 제4신인 아르비아, 제5신인 캄사가 힘을 합쳤다.

백 진영에서는 아울2검인 우드워크와 아울3검인 방케르, 그리고 시시퍼 마탑의 부탑주인 라웅고가 출격하여 이쓰낸 무리를 상대했다.

결과는 무승부.

무승부의 원인은 분명 아울1, 2, 3검 때문이었다.

물론 마르쿠제나 시시퍼 마탑주 등도 충분히 강했다. 하지만 검주 리헤스텐이 와힛을 정면에서 붙잡아두지 못했더라면 나머지 전력만으로는 결코 피사노교의 신인들을 감당하지 못했을 것이다.

이웃 전장에서의 결과도 마찬가지였다. 검노 우드워크와 검치 방케르가 마녀 이쓰낸을 악착같이 붙잡아두지 못했더라면 백 진영의 미래는 어두웠다.

하늘과 땅이 무너지는 듯했던 이 마지막 전투를 끝으로 와힛과 이쓰낸은 홀연히 세상에서 사라져버렸다.

그리고 10여 년에 걸친 자잘한 전쟁을 끝으로 지난 세기의 대미를 장식했던 흑과 백 사이의 대전쟁도 막을 내렸다.

마지막 전쟁 당시 쌀라싸를 비롯한 피사노교의 신인들은 아울 검탑의 무서움을 온몸으로 느꼈다.

피사노교가 아울 검탑을 최우선적으로 공격한 것도 바로 이 때문이었다.

당연히 피사노교에서는 아울 검탑을 만만히 보지 않았

다. 피사노교의 신인들은 오늘 밤 이 강력한 적수를 세상에서 지워버리겠다는 각오로 교의 전력을 총동원했다.

당장 투입된 전력만 보아도 피사노교의 각오가 엿보였다.

제3신인인 피사노 쌀라싸.

제4신인인 피사노 아르비아.

제8신인인 피사노 싸마니야.

제9신인인 피사노 티스아.

이들 4명의 신인들이 선봉에 섰다.

이 가운데 쌀라싸와 티스아가 아울 검탑의 중앙을 맡았다.

아르비아는 동쪽을 담당했다.

마지막으로 싸마니야는 아울 검탑의 서쪽을 공략하기로 미리 입을 맞춰 놓았다.

한편 제6신인인 피사노 싯다와 제7신인인 피사노 사브아는 아울 검탑 북쪽의 협곡에 진을 치고 매복했다.

와힛과 이쓰낸을 제외하면, 오늘 피사노교는 7명의 신인들 가운데 서열 5위인 피사노 캄사를 제외한 모든 신인을 총동원하였다. 그만큼 아울 검탑을 이 땅에서 멸망시키겠노라는 피사노교의 의지는 확고했다.

전쟁은 곧 시작되었다.

쿠르르릉.

피사노교의 교도들이 대규모 공간이동을 통해서 아울 검탑 앞에 등장한 것과 동시에, 그 대군의 중앙에서 초거대 마차가 모습을 보였다.

자그마한 산봉우리를 옮겨 온 듯한 크기의 초거대 마차 1층에는 나체의 여인 16명이 각기 다른 자세를 취하고 있었다. 그녀들은 몸에 실오라기 한 올 걸치지 않았으되, 오로지 목에만 녹색 줄을 착용했다.

마차의 2층에는 나체의 뚱보들이 동서남북 네 방향을 향해서 책상다리를 하고 앉았는데, 이 뚱보들이 어찌나 뚱뚱했던지 비계로 가득한 뱃살이 허벅지를 지나 마차 2층 바닥에 닿을 정도였다.

뚱보들의 위쪽, 초거대 마차의 꼭대기인 3층에는 단정해보이는 노인이 홀로 앉아서 지그시 눈을 감고 있었다.

노인은 하얀 백발을 뒤로 가지런히 빗어 넘겼다. 몸에는 금색과 녹색의 천을 둘렀다.

이 노인이야말로 당대의 피사노교를 선두에서 이끌고 있는 쌀라싸였다.

쌀라싸의 온몸에서는 보는 것만으로도 숨이 턱 막히는 위압감이 철철 흘렀다. 그 위압감 때문에 쌀라싸의 주변 공간은 온통 일그러졌다. 덕분에 외부에서 보면 아지랑이가 쌀라싸의 주변을 뒤덮은 것처럼 보였다.

또한 이 아지랑이 주변에는 얼핏얼핏 꽈배기 모양의 문자, 즉 만자비문들이 나타났다가 다시 사라졌다.

Chapter 8

쌀라싸는 등장과 동시에 눈을 게슴츠레 떴다. 쌀라사의 눈꺼풀 속에서 초록색 동공이 활짝 열렸다.

쌀라싸가 양손을 살짝 위로 들었다.

그 가벼운 손동작 한 방에 끔찍한 흑마법이 구현되었다.

아울 검탑 앞을 뒤덮고 있던 파릇파릇한 풀들이 스르륵 형태 변형을 하더니 병사들이 된 것이다.

"잠시 대기하라."

쌀라싸가 자신이 소환한 녹색의 병사들에게 정지 명령을 내렸다.

녹색의 병사들이 제자리에 우뚝 섰다.

백 진영에서는 풀빛 옷을 입은 쌀라싸의 병사들을 녹마병(綠魔兵), 즉 녹색 옷을 입은 악마의 병사들이라 불렀다.

녹마병들은 기본적으로 흑체술을 익혔기에 몸놀림이 신

속했다. 몸뚱어리도 철갑을 두른 듯 단단했다.

이러한 녹마병들이 쌀라싸의 손짓 한 방에 무려 수만 명이나 생성되었다.

쌀라싸의 소환마법은 여기서 끝나지 않았다. 쌀라싸가 허공에 손가락을 휘젓자 이번에는 기다란 갈댓잎이 말을 탄 장수들로 변했다.

녹마병들을 부리는 장수, 즉 녹마장(綠魔將)의 등장이었다.

녹색 피부에, 회색 말을 타고 회색 갑옷을 걸친 녹마장들은 기다란 무기를 머리 위로 들어서 흥흥 휘두르며 아울 검탑을 향해서 내달렸다.

"자, 또 나와라."

쌀라싸가 나직한 독백과 함께 한 번 더 손을 움직였다.

이번에는 아울 검탑 인근의 숲속을 돌아다니는 쥐들이 쌀라싸의 흑마법에 걸려서 반응했다. 이 쥐들은 흑마법사의 일종인 녹마사(綠魔師)들로 변했다.

쌀라싸가 소환한 녹마사들은 머리에 녹색 모자를 쓰고, 등에 녹색 망토를 둘렀으며, 거대한 회색 쥐에 올라탄 모습들이었다.

이것이 바로 쌀라싸의 위용이었다. 손가락 하나로 백만 마병을 거뜬히 일으켜 세우고, 숨을 한 번 후우 불어서 십만 기마대를 만들어낸다는 마군 중의 마군.

달리 '검록의 마군'이라 불리는 쌀라싸!

아울 검탑의 입장에서는 피사노교의 대군만 해도 감당하기 어려운 판국이었다. 그런데 여기에 더해서 쌀라싸가 소환한 녹마병과 녹마장, 녹마사들까지 상대하려면 여간 버겁지 않았다.

"아울 검탑 놈들을 세상에서 지워라."

드디어 쌀라싸의 명이 본격적으로 떨어졌다.

사사사삭.

녹마병들이 땅에 몸을 낮게 깔고는 S자를 그리며 진격했다. 그 장면을 하늘에서 내려다보면 마치 녹색 물결이 아울 검탑을 향해서 달려드는 것 같았다.

우두두두두.

녹마병들 사이사이에서는 녹마장들이 힘차게 말을 달렸다.

뒤뚱 뒤뚱 뒤뚱.

마지막으로 녹마사들은 흉측한 거대 쥐의 등에 올라타 녹마장들의 뒤를 따랐다.

"으으윽. 저게 다 뭐야?"

이 어마어마한 마병들의 진격에 아울 검탑의 도제생들은 바짝 긴장했다. 몇몇 도제생들은 긴장감을 이기지 못하고 적진을 향해 뛰쳐나가려고 들었다.

바로 그 때 아울6검이 나섰다.

"저놈들은 인간이 아니니라. 검록의 마군 쌀라싸가 초목을 병사로 바꾼 것에 불과하지. 그러니 너희들이 저 마병들을 아무리 베어죽여도 소용이 없다. 쌀라싸가 다시 초목을 병사로 만들면 그만이니까."

아울6검은 후배들과 제자들을 가르치듯이 설명했다. 그리곤 1.6 미터 크기의 검을 허공으로 휙 던졌다.

촤라라락!

아울6검의 검은 허공에 떠오르는 것과 동시에 부채꼴 모양으로 분열했다.

아니, 이것은 부채꼴 모양이 아니었다. 한 방향뿐 아니라 모든 방향으로 검이 분열하면서 마치 수백 자루의 검으로 이루어진 꽃다발과 같은 모양이 되었다.

아울6검은 자신이 깨우친 이 검술에 '검의 꽃'이라는 풍류 넘치는 이름을 붙여주었다.

"가라."

아울6검이 검지와 중지를 모아서 적진을 가리켰다.

그러자 꽃꽂이를 해놓은 듯한 수백 자루의 검들이 아울6검이 가리킨 방향을 향해서 퓨퓨퓨퓻 쏘아져 나갔다.

좀 더 엄밀하게 말하자면, 직접 검이 쏘아진 것은 아니었다. 검에 어려 있던 검기가 검의 모양을 띤 채 전방으로 쏘아졌다.

한데 아울6검이 만들어낸 검의 꽃에서는 한 번만 검기가 방출되지 않았다. 검 한 자루 한 자루에서 여러 개의 검기들이 꼬리에 꼬리를 물고 연달아 쏘아졌다.

수백 자루의 검으로부터 각각 수백 개가 넘는 검기가 쏘아지다 보니, 이 검기들만 다 합쳐도 능히 수만 개가 넘었다.

쏴아아아아―.

수만 명의 적병들을 향해서 수만 개의 검기가 소낙비처럼 쏟아져 내렸다.

"와아아아!"

"역시 아울6검님이시다."

온 하늘을 뒤덮은 검기의 향연에 아울 검탑의 도제생들은 크게 환호했다.

녹마병들이 뱀처럼 몸을 뒤틀어 쏟아지는 검기를 피했다.

녹마병들의 움직임은 실로 신속했으나, 하늘에서 떨어지는 검기가 워낙 많았다.

"케엑."

결국 몇몇 녹마병들은 검기에 목이 관통되어 바닥에 픽 꽂혔다.

"크왓!"

또 다른 녹마병들은 등에 검기에 뚫려 땅바닥에 푹 쓰러졌다.

그렇게 죽은 녹마병들은 푸시식 소리를 내면서 하얀 연기로 변했다. 녹마병들이 죽은 자리엔 누렇게 변한 풀 잎사귀가 나뒹굴었다.

한편 녹마장들은 머리 위로 무기를 들고는 풍차처럼 빙글빙글 회전시켜서 쏟아지는 검기를 막았다. 녹마장의 중병기과 아울6검의 검기가 맞부딪치면서 콩 볶는 듯한 소리가 시끄럽게 울렸다.

그러는 동안 녹마사들은 중얼중얼 주문을 외웠다. 그런 다음 허공을 향해서 완드를 쭉 뻗었다.

녹마사들의 완드로부터 뿜어진 빛이 서로 중첩되어 보호막을 만들었다. 녹마병들은 그 보호막에 의지하여 더욱 속력을 높였다.

하늘에서 무수히 떨어지는 검기들은 녹마사들의 보호막에 막혀서 더 이상 녹마병들의 목을 베지 못했다.

제5화
아울 검탑의 위기 II

Chapter 1

아울6검이 다시 한번 검지와 중지를 앞으로 뻗었다.

검의 꽃으로부터 쏘아진 검기들이 허공에서 응집되어 꽃봉오리를 하나 만들었다. 온통 검기로 이루어진 이 꽃봉오리가 둥실 둥실 날아서 녹마사들 머리 위로 이동했다.

녹마사들은 마법에 능했지만, 행동이 굼뜬 것이 약점이었다. 그들은 아울6검의 꽃봉오리가 둥실 날아오는 광경을 보고서도 재빨리 도망치지 못했다.

검기로 이루어진 꽃봉오리는 녹마사들의 머리 위에서 그대로 폭발했다.

퓨퓨퓨퓨퓻!

꽃봉오리에서 쏘아진 검기의 파편들이 폭죽이 터지듯이 지상을 휩쓸었다.

"케에엑."

녹마사들은 검기의 파편에 관통을 당해서 무수히 죽어나갔다. 녹마사들이 죽은 자리에는 쥐의 시체만이 흉측하게 나뒹굴었다.

"와아아아, 아울6검님 만세."

아울 검탑의 도제생들은 다시 한번 아울6검의 화려한 검술에 매료되었다.

그러느라 도제생들은 보지 못했다. 자신들의 발밑이 부글부글 끓어오르면서 용암으로 변해가는 과정을 전혀 느끼지도 못하였다.

도제생들이 아울6검의 화려한 검술에 취해 환호하는 사이, 그들의 발밑은 펄펄 끓는 열탕으로 변했다.

서쪽 구역에서 시작된 열기는 빠르게 대지를 잠식하면서 아울 검탑으로 다가왔다. 땅거죽이 우글우글 녹아서 질퍽한 용암으로 변했다.

아울 검탑의 도제생들은 용암 속에 발이 쑥 빠지자 비로소 사태의 심각성을 알아차렸다.

"어어엇? 이게 뭐야?"

"아악, 뜨거워."

검탑의 도제생들이 평범한 자들일 리 없었다. 도제생들은 위기를 느끼자마자 곧바로 허공으로 뛰어올랐다.

그 반응들이 무척 민첩했다.

만약 지금 펼쳐진 용암 마법이 땅을 용암으로 바꾸는 선에서 그쳤더라면 아울 검탑의 도제생들은 단 한 명도 죽지 않았을 것이다. 그저 발바닥에 화상을 조금 입는 정도에서 끝났을 게 분명했다.

하지만 이건 그저 그런 용암 마법이 아니었다. 이것은 싸마니야가 직접 펼친 용암 악어의 소환술이었다.

크왁!

싸마니야가 소환한 용암 악어는 크기를 헤아릴 수 없이 거대한 아가리를 쩍 벌리면서 땅 속에서 튀어나왔다. 그리곤 아울 검탑 도제생들을 아가리 안에 와르르 쓸어 담았다. 도제생들이 제아무리 재빨리 점프한다 하더라도 이 거대한 용암 악어의 아가리에서 벗어나기란 불가능했다.

용암 악어의 아가리 속에 들어간 도제생들은 최후의 발악이라도 하는 심정으로 검을 휘둘렀다. 그들은 검기로 둥그런 검막을 만들어서 몸을 보호했다.

그때 마제르가 나섰다.

아울9검 마제르는 공간에 대해서 깊이 있게 천착해온 검의 구도자였다. 그가 깨우친 검도가 그의 검에는 고스란히 녹아 있었다.

마제르의 검이 공간을 'Λ'자 모양으로 갈랐다.

그 공간 안에는 용암 악어의 거대한 주둥이가 놓여 있었는데, 마제르의 검에 의해 그 주둥이의 끝이 'Λ'자 모양으로 깎여 나갔다.

용암 악어의 주둥이 위쪽에 뾰족하게 깎이면서 하늘 방향으로 구멍이 뻥 뚫렸다. 용암 악어의 아가리 속에 갇혀 있던 도제생들은 그 즉시 전력을 다해 날아올랐다.

마제르의 시기적절한 도움 덕분에 대부분의 도제생들은 무사히 탈출했다.

물론 도제생들 중에 10여 명 정도는 탈출에 실패했다. 그들은 용암 악어의 아가리 속에서 온몸이 활활 타 잿더미로 변했다.

꾸어어어어억!

주둥이가 잘린 용암 악어가 난폭한 괴성과 함께 땅 속으로 다시 첨벙 뛰어들었다. 그 바람에 사방으로 용암이 튀었다.

아울 검탑의 검수들은 능숙하게 검막을 둘러서 용암을 튕겨내었다. 아울 검탑 주변에도 마법진과 검진이 발동하면서 용암으로부터 탑을 방어했다.

용암 악어는 용암으로 이루어진 피를 철철 흘리면서 고

통스럽게 몸을 뒤틀더니, 마제르를 향해서 아가리를 쩍 벌리고 달려들었다.

그 순간, 싸마니야가 나타났다.

"그만 돌아오너라. 저들은 네 상대가 아니다."

싸마니야는 높은 허공에 둥실 떠서 음울하게 중얼거렸다.

"헉!"

아울 검탑의 검수와 도제생들이 아연실색한 눈으로 싸마니야를 올려다보았다.

그럴 수밖에.

검수들과 도제생들의 눈에 비친 싸마니야는 마왕, 그 자체였다.

싸마니야의 키는 무려 10미터가 훌쩍 넘었다. 거칠게 산발한 싸마니야의 머리카락은 하늘을 향해서 흩날리는 화염과도 같았다. 싸마니아의 두 눈은 붉은 별을 박아 넣은 듯했다. 싸마니야의 음성은 우레를 연상케 했다.

특히 싸마니야의 머리 양쪽에 길게 돋아난 두 갈래의 뿔이 압권이었다. 뾰족한 뿔의 끝에서는 검은색 화염이 불길하게 타올랐다.

마왕 싸마니야가 허공에 높이 떠서 아울 검탑의 검수들을 굽어보았다.

"으윽. 피사노 싸마니야로구나."

아울4검이 싸마니야를 알아보았다.

지난 세기, 흑 진영과 백 진영이 치열하게 맞서 싸울 당시 아울4검은 싸마니야와 몇 차례나 격돌했었다.

결과는 아울4검의 패배.

아울4검은 혼자 힘으로 싸마니야를 이긴 적이 단 한 차례도 없었다.

아울4검이 싸마니야를 향해 으르렁거리는 동안, 싸마니야도 부리부리한 눈으로 아울 검탑의 검수들 면면을 훑어보았다.

"크허허. 이거, 이거, 반가운 얼굴들이 좀 보이는구먼."

싸마니야가 웃자 그의 뒤통수에 결합한 악마종이 혀를 날름거렸다. 눈과 코가 없는 이 악마종은 혀를 날름거려서 공기 중에 퍼져 있는 기세를 감지했다. 그리곤 그 기세를 분석하여 적들의 강하고 약함을 파악했다.

[킥킥킥. 저기 저 검기로 꽃봉오리를 만든 인간족 녀석은 제법 강하군, 하지만 조금 전에 용암 악어의 주둥이를 날려 버린 녀석이 조금 더 강해. 키키킥.]

악마종이 키득거리면서 싸마니야에게 정보를 전달했다.

Chapter 2

싸마니야도 악마종의 의견에 동의했다.

[지난 세기의 전쟁 때에도 아울4검보다는 아울6검이나 아울9검이 더 까다로웠지. 특히 아울9검 마제르가 유독 눈에 띄었어. 그런데 역시 세월이 지나도 그 순위는 변함이 없네. 아니, 오히려 더 격차가 벌어진 것 같구먼.]

싸마니야는 적들의 무력 수준을 평가한 뒤, 갑자기 혀를 찼다.

[쯧쯧쯧. 그래 봤자 검주 리헤스텐과 비할 바는 아니지. 아울9검이 제법 강해졌다지만, 예전의 그 괴물 늙은이와는 비교도 할 수 없어.]

싸마니야는 리헤스텐을 괴물 늙은이라고 불렀다.

그럴 만도 한 것이, 아직까지도 싸마니야는 가끔씩 리헤스텐의 꿈을 꾸곤 했다. 그 괴물과도 같은 늙은이가 꿈에 나타날 때면 싸마니야는 늘 진저리를 치곤했다. 왜냐하면 싸마니야가 꿈속에서 제아무리 수단 방법을 가리지 않고 발광을 해봤자 리헤스텐의 검 한 방에 목이 잘리기 때문이었다.

리헤스텐의 검은 그만큼 무서웠다. 리헤스텐의 검은 도저히 막지 못할 절대성을 지니고 있었다.

싸마니야가 잠시 리헤스텐을 떠올리며 진저리를 칠 때였다.

"내가 다녀오리다."

아울9검인 마제르는 아울4검에게 양해를 구한 다음, 허공으로 둥실 떠올랐다. 마제르는 이내 싸마니야와 같은 높이로 부상하여 눈을 마주했다.

싸마니야가 비릿하게 웃었다.

"푸흣. 마제르, 너 하나로 되겠나?"

마제르가 빙그레 웃음으로 답했다.

"허허허. 싸마니야 님을 상대하는데 어찌 이 늙은이 하나로 되겠소이까? 당연히 도움이 필요하지요."

마제르의 말이 떨어지기 무섭게 아울8검이 훌훌 날아올랐다.

"싸마니야 님, 오랜만에 다시 뵙소이다."

아울8검은 옆으로 넓적하게 생긴 노인이었다.

아울8검은 '지키는 검'이라는 별칭으로 불렸다. 지난 세기 흑과 백이 치열하게 싸울 때 아울8검이 유독 철벽방어에 강점을 드러냈기에 이러한 별칭이 붙은 것이다.

그 후 아울8검은 수십 년이 넘도록 방어 검술에만 깊이 있게 파고들었다. 그 결과 아울8검이 작정을 하고 수비에 나서면 아울1, 2, 3검이 아니면 쉽게 뚫지 못할 거라는 평가를 받을 정도였다.

싸마니야와 결합한 악마종은 싸마니야의 뒤통수에서 다시 한번 기다란 혀를 날름거렸다.

[키키키킥. 상판대기가 넓적한 녀석은 아울9검이라는 녀석보다 많이 약하군. 하지만 철벽처럼 탄탄해 보이기는 해. 아마도 저 둘이 힘을 합쳐서 공격과 수비를 각자 전담하면 꽤나 골치 아플 게야. 킥킥킥.]

악마종은 싸마니야를 놀리듯이 뇌까렸지만, 사실 이것은 싸마니야에게 경각심을 주어 미리 대비를 하게끔 충고한 것이었다.

싸마니야가 입꼬리를 피식 비틀었다.

[그래. 네 판단이 정확하겠지. 하지만 그래서 뭐? 나는 싸마니야다.]

싸마니야의 자신감은 하늘을 찌를 듯했다.

싸마니야가 허공에서 두 주먹을 쾅! 맞부딪치자 그 사이에서 시커먼 화염이 줄줄이 새어나왔다. 싸마니야의 양쪽 어깨 위에는 2개의 서로 모양의 문자가 은은하게 떠올랐다.

〈꺼지지 않는〉
〈영원히 지워지는〉

이것이 싸마니야가 발현한 꽈배기 모양의 문자가 가진

의미였다.

우락부락해 보이는 외모와 달리 싸마니야는 만자비문 가운데 2개를 깨우친 천재였다.

싸마니야가 깨달은 2개의 비문 가운데 〈꺼지지 않는〉은 쌀라싸의 권능인 〈화형을 시키는〉에 뒤지지 않는 무서운 수법이었다.

비록 지금은 싸마니야의 수준이 쌀라싸보다 뒤처지기는 하지만, 시간이 조금만 더 흐르면 싸마니야는 쌀라싸를 뛰어넘을 만했다.

하지만 싸마니야의 진짜 무서움은 〈영원히 지워지는〉에 있었다.

〈영원히 지워지는〉은 10,000개나 되는 만자비문들 중에서도 최상위권에 속하는 문자였다. 영구 소멸을 의미하는 이 비문이 제 위력을 발휘하는 순간, 이것을 감당해낼 만한 존재는 필멸자들 중에는 없었다.

신격 존재, 혹은 마격 존재가 아니라면 〈영원히 지워지는〉은 감히 감당할 수 없는 절대 권능이었다.

다만 싸마니야는 아직까지 이 2개의 비문을 자유롭게 사용하지는 못했다.

대신 싸마니야의 주특기는 삭막의 악마종을 소환하는 것이었다.

"나와라."

싸마니야가 허공에서 두 팔을 활짝 벌렸다.

이윽고 땅거죽을 뚫고서 매캐한 유황 연기가 미친 듯이 뿜어졌다. 그 유황은 싸마니야의 등 뒤로 적란운처럼 크게 솟구치더니, 이내 어마어마한 크기의 거인으로 돌변했다.

사람의 시야로는 형체를 다 알아보기 힘들 정도로 거대한 이 유황 거인이 바로 삭막의 악마종이었다.

태고 시절, 거인족의 일종이었던 유황 거인은 격변의 시기를 거치면서 부정 차원으로 이주하였으며, 그때부터 삭막의 악마종이라는 이름을 얻었다.

이 무서운 악마종이 싸마니야의 소환에 응해서 이 땅에 강림했다.

삭막의 악마종, 즉 유황 거인은 강림과 동시에 거대한 손을 허공으로 쭉 뻗더니 단숨에 아울8검과 아울9검을 쓸어갔다.

상대가 손을 뻗는 모습은 마치 매캐한 뭉게구름이 바람을 타고 우르르 덮쳐오는 듯했다. 그 어디를 둘러보아도 유황 구름을 피할 곳은 없어 보였다.

아울9검이 아울8검을 힐끗 곁눈질했다.

"부탁드립니다."

마제르의 요청에 아울8검이 힘차게 고개를 주억거렸다.

"그래. 방어는 내가 맡을 터이니 9검님은 공격에만 치중하시게."

말이 떨어지기 무섭게 아울8검은 면이 넓적한 검 두 자루를 뽑아서 양손에 나눠 쥐었다. 아울8검의 검날이 어찌나 넓었던지 검이 아니라 방패처럼 보였다. 아울8검은 이 특별한 검을 붕붕붕 회전시켜 아울9검의 앞에 검막을 둘러주었다.

검기로 이루어진 방어막, 즉 검막은 아울 검탑의 검수들이 방어용으로 즐겨 사용하는 검술이었다.

검수들뿐 아니라 도제생들도 누구나 검막을 사용할 줄 알았다.

하지만 아울8검의 검막은 일반적인 검막과는 차원이 달랐다. 이 얇은 검막 안에는 아울8검이 평생을 노력해온 검술의 정화가 깃들어 있었다.

아울8검은 오래 전부터 아울9검인 마제르와 유독 친하게 지냈다. 두 검수는 검술에 대한 철학을 서로 의논하면서 발전해 왔으며, 덕분에 아울8검도 공간에 대한 남다른 깨우침을 얻었다.

아울9검인 마제르가 유독 공간에 대한 이해가 깊었기 때문에 아울8검도 자연스럽게 그 영향을 받은 셈이었다.

그 결과 아울8검은 얇은 검막 안에 공간의 힘을 욱여넣는 데 성공했다.

지금 아울8검이 두른 검막은 사실 그냥 검막이 아니었다. 이 얇은 막 안에는 다른 공간이 한 겹 삽입되었다.

따라서 외부에서 무지막지한 공격이 아울8검의 검막을 찢고 들어온다고 하더라도, 그 공격은 아울8검의 몸을 때리는 것이 아니라 다른 공간으로 굴곡되어 사라져버리게 마련이었다.

Chapter 3

아울8검은 이 특수한 검막을 완성한 이후로 큰 자부심을 느꼈다.

'상대가 설령 마왕 싸마니야라 할지라도 내 검막을 뚫지는 못하리라.'

지금 아울8검의 두 눈은 이와 같은 자신감으로 환하게 빛났다.

마제르도 아울8검의 검막 안에 삽입된 공간의 힘을 느꼈다.

'역시 아울8검이시다. 전쟁터에서 내 등을 맡길 만해.'

마제르는 든든한 마음으로 일체의 방어는 배제했다. 오로지 공격에만 집중했다.

슈각!

마제르의 검이 눈 깜짝할 사이에 전면으로 뻗어서 유황 거인의 손을 베어내었다.

본래 유황은 기체라 검으로 베어봤자 별 소용이 없었다. 그래야 정상이었다.

하지만 마제르는 유황이 아니라 유황이 가득 찬 공간 자체를 뚝 잘라서 떼어내었다. 그 바람에 유황 거인의 손목도 썽둥 잘려나갔다.

손을 잃은 뒤에도 유황 거인은 공격을 멈추지 않았다. 손을 잃은 유황 거인의 팔이 아울8검의 검막을 세차게 내리쳤다. 그 모습이 마치 하늘에서 뭉게구름이 폭포수처럼 쏟아지는 듯했다.

그러자 이번에는 아울8검의 검막이 이적을 일으켰다. 유황으로 이루어진 거대한 팔은 아울8검의 검막에 닿자마자 눈 녹듯이 사라져버렸다.

사실은 이 현상은 유황 거인의 팔이 녹은 게 아니었다. 검막에 닿은 거인의 팔 부위가 차례로 다른 공간으로 이동한 것이었다.

다만 다른 사람들의 눈에는 유황 거인의 팔뚝이 프라이 팬 위에 던져진 버터처럼 녹아버리는 것처럼 보였다.

[꾸어어어어.]

유황 거인이 거칠게 울부짖었다.

그렇게 유황 거인이 고통에 겨워 고개를 뒤로 젖힌 순간이었다.

"하압─."

마제르가 벼락처럼 몸을 날렸다.

마제르가 휘두른 검은 하늘에서 땅까지 수직으로 공간을 가로질렀다. 그리곤 유황 거인과 싸마니야를 한꺼번에 세로로 쪼갰다.

공간이 양단되는 순간, 싸마니야는 자신의 가슴께에서 두 주먹을 부딪쳤다.

투쾅! 화르르륵~.

싸마니야의 주먹 사이에서 방출된 화염이 폭발적으로 솟구쳐서 마제르를 뒤덮었다.

마제르의 검이 싸마니야를 세로로 쪼갠 것과, 싸마니야의 화염이 마제르를 덮친 것은 거의 동시였다.

이 가운데 마제르의 공격은 악마종에 의해서 무산되었다. 공간이 둘로 잘린 찰나, 싸마니야의 뒤통수에 달라붙어 있는 악마종이 두 공간을 다시 이어 붙였다.

악마종의 도움 덕분에 싸마니야는 몸이 두 조각으로 나뉘지 않았다. 대신 싸마니야의 머리부터 배꼽까지 살갗이 살짝 베여서 핏물이 일직선으로 조금 배어나왔다.

싸마니야는 악마종의 능력을 믿은 듯, 제자리에서 꿈쩍도 하지 않았다. 그저 콧잔등에서 또르륵 흘러내린 피 한 방울을 혀로 삭 핥았을 뿐이었다.

그러는 사이 싸마니야의 화염 공격이 마제르를 둘러쌌다.

아울8검이 기다렸다는 듯이 나섰다.

"9검님, 방어는 내게 맡기시게."

아울8검은 자신만만하게 외친 다음, 검막을 우산처럼 크게 펼쳐서 마제르를 보호했다.

싸마니야의 화염은 아울8검의 검막에 부딪친 순간 그대로 다른 공간으로 넘어갔다. 검막으로 공간을 분리해내는 권능 덕분에 아울8검은 싸마니야의 공격을 무력화시킨 것처럼 보였다.

아니었다.

싸마니야의 화염이 검막에 막혀서 엉뚱한 공간으로 빨려나가는 동안, 싸마니야의 진짜 권능인 '영원히 지워지는'이 발현되었다.

이 권능에 노출된 순간 아울8검의 검막은 지우개로 지우기라도 한 것처럼 사사삭 사라지기 시작했다. 그리고 그렇게 뻥 뚫린 구멍을 통해서 싸마니야가 방출한 화염이 넘실넘실 파고들었다.

화르륵! 화르르륵!

검붉게 타오르는 화염 안에는 〈꺼지지 않는〉이라는 권능이 탑재되었다.

"하압."

마제르는 소매에 불이 붙자 재빨리 검을 휘둘러 진공상태를 만들었다.

원래 불은 공기가 차단되면 꺼지게 마련.

한데 싸마니야의 불꽃은 진공 속에서도 거침없이 타올랐다.

"큭. 지독하구나."

마제르가 재빨리 검으로 소매를 잘라내었다.

그러자 이번에는 불꽃이 더욱 크게 뻗어서 마제르를 에워쌌다.

마제르는 가로 세로로 연달아 공간을 베면서 불구덩이 속에서 탈출했다.

싸마니야의 화염은 그런 마제르를 악착같이 쫓아오면서 계속해서 넓게 번져나갔다. 그와 동시에 화염은 아울8검도 덮쳤다.

"이이익."

아울8검이 다시 한번 주변에 검막을 둘렀다.

이번에도 만자비문의 권능이 아울8검의 검막에 구멍을

뻥 뚫어놓았다. 그 구멍을 통해서 꺼지지 않는 불꽃이 거침없이 달려들었다.

아울8검과 마제르는 연거푸 후퇴할 수밖에 없었다. 싸마니야의 불꽃에 조금이라도 몸이 스친다면 그 즉시 온몸에 타버릴 것이기 때문이었다.

결국 아울13검까지 나섰다.

아울13검은 여성 검수로, 물의 기운을 검에 담는 검술로 유명했다. 아울13검이 검으로 원을 그리자 원의 테두리로부터 물의 기운이 물씬 쏟아져 나왔다. 싸마니야의 화염과 아울13검의 검기가 부딪치면서 치이이익! 수증기가 피어올랐다.

결과는 싸마니야의 압승.

싸마니야가 방출한 화염은 아울13검의 검기마저 거침없이 태웠다.

대신 그 틈을 타서 아울8검과 마제르는 무사히 안전한 곳까지 피신했다.

아울8검이 다시금 검막을 일으켰다. 마제르는 검을 세 번 휘둘러서 싸마니야를 공격했다. 공간이 네 조각으로 잘렸다.

싸마니야와 결합한 악마종이 혓바닥을 날름거려 잘린 공간을 다시 이어 붙였다. 덕분에 싸마니야는 무사했지만, 그의 몸에서 세 줄기의 핏물이 생기는 것까지 막지는 못했다.

마제르가 공격을 퍼부으면 악마종이 그 공격을 막았다.

싸마니야가 화염을 집중하면, 아울8검과 아울13검이 힘을 합쳐서 방어에 나섰다.

피사노교의 여덟 번째 신인과 아울 검탑이 자랑하는 세 검수의 전투는 쉽게 끝나지 않았다, 허공에서 살벌한 공방전이 계속되었다.

Chapter 4

서쪽 하늘에서 싸마니야가 치열한 전투를 벌이는 동안, 지상에서의 전쟁도 한층 격화되었다.

녹마장들은 아울6검이 날린 검기를 막으면서 목숨을 돌보지 않고 돌격했다. 녹마사들도 광역 방어마법으로 아울6검의 공격을 방어했다. 그러는 동안 헤아릴 수 없이 많은 녹마병들이 땅에 낮게 몸을 깔고 아울 검탑을 향해서 밀려들었다.

이 모든 적들을 아울6검 혼자서 막을 수는 없었다. 결국 아울6검의 제자들이 나서서 스승을 도왔다.

지금까지보다 더 많은 검기들이 소낙비처럼 쏟아졌다.

하늘에서 떨어진 검기가 쌀라싸의 녹마병들을 죽였다. 녹마장들을 말에서 떨어뜨렸다.

한편 아울5검도 힘을 보탰다.

"우아아압!"

아울5검은 우렁찬 기합을 터뜨렸다. 그와 함께 3미터나 되는 대검을 번쩍 들었다가 대지에 내리찍었다.

쩌저저저적!

아울5검의 대검이 박힌 부위를 중심으로 땅이 뒤집어졌다. 땅거죽이 폭발하면서 그 속에서 대지의 속성을 띤 검기가 고슴도치 가시처럼 솟구쳤다.

"케엑."

"크악."

아울5검의 검기에 찔려서 녹마병들이 떼거지로 죽었다. 땅에 쓰러진 녹마병들은 이내 말라비틀어진 풀로 변했다.

쌀라싸는 녹마병들이 죽어서 쓰러진 숫자만큼 다시 녹마병들을 불러일으켰다.

쌀라싸가 괜히 검록의 마군이라 불리는 것이 아니었다. 쌀라싸의 손짓 한 방에 초목의 대군이 다시 일어나 아울 검탑을 향해 달려들었다.

"으윽, 정말 지독하구나."

"도저히 상종 못 할 마군이로다."

아울 검탑 검수들은 쌀라싸의 끔찍한 흑마법에 기가 질려 얼굴 근육이 굳었다.

문제는 적이 쌀라싸 한 명이 아니라는 점이었다.

붉은 갑옷을 입고, 붉은 머리카락을 휘날리는 여검수 한 명이 쌀라싸의 옆에서 치고 나와 아울 검탑을 향해 달려들었다.

진격의 티스아.

흑 진영의 검수들 가운데 단연코 넘버 1.

피사노교의 서열 9위이자, 아울 검탑의 검수들과 검으로 맞싸울 수 있는 몇 안 되는 존재가 드디어 출격했다.

고오오오옹!

진격의 티스아가 붉은 대검을 들고 앞으로 치고 나오는 순간, 그녀를 중심으로 핏빛 검기가 태풍처럼 일어났다.

"티스아 님께서 출격하신다."

"갈려 나가기 싫으면 모두 비켜라."

피사노교의 사도들이 황급히 깃발을 휘둘렀다. 녹마병들과 녹마장, 녹마사들은 부랴부랴 길을 열어주었다.

티스아는 한번 출격하면 적군과 아군을 가리지 않고 모조리 쓸어버리는 것으로 유명했다. 또한 티스아는 전쟁터에 나서는 바로 그 순간부터 멈추지도 않고 뒤로 물러서지도 않는 여인이었다.

쿠콰콰콰—.

티스아가 발을 내디딜수록 그녀의 주변에는 붉은 태풍이 점점 더 거세게 불었다. 태풍을 구성하는 바람 한 올 한 올이 모조리 티스아의 핏빛 검기였다.

태풍의 반경은 처음에는 수백 미터였으나, 이어서 1 킬로미터, 2 킬로미터, 3 킬로미터, 조금 뒤에는 10 킬로미터까지 확대되었다.

티스아의 공격 반경이 이처럼 어마어마한 탓에 녹마장과 녹마병, 녹마사들은 티스아를 위해서 단순히 길만 열어주는 정도가 아니라 아예 중앙을 그녀에게 내준 채 좌우로 갈라져서 아울 검탑의 측면을 공격해야만 했다.

그에 맞춰서 아울6검도 측면으로 이동했다.

아울6검은 특성상 녹마병과 같이 다수의 적들을 상대하는 데 적합했다. 대신 아울6검은 티스아처럼 단 한 명을 요격하는 데는 효율성이 떨어졌다.

아울6검이 측면으로 움직이는 대신, 검탑에서는 티스아를 막기 위해서 아울 7검을 내보냈다.

아울4검의 시선을 받은 뒤, 아울7검이 소매를 탁탁 털면서 앞으로 나왔다.

"이제야 내가 나설 차례인가?"

아울7검이 칼칼한 음성으로 중얼거렸다.

아울7검은 등이 굽은 꼽추노인이었다. 아울7검이 둥글게 흰 검 두 자루를 허리춤에서 뽑자 무시무시한 살기가 휘몰아쳤다.

아울7검은 아울 검탑의 검수들 가운데 가장 잔혹하기로 악명이 높았다. 만약 아울7검이 아울 검탑 소속이 아니었다면 그는 흑 진영의 마인으로 오해를 받았을 것이다. 그만큼 아울7검의 검은 잔인했다.

그 아울7검이 출격하여 티스아의 태풍 속으로 뛰어들었다.

태풍과 충돌하기 직전, 아울7검은 둥글게 흰 검 두 자루의 손잡이를 찰칵! 맞물려서 둥그런 환으로 만들었다. 그런다음 아울7검은 그 환을 앞으로 던졌다.

끼야아아앙—.

환이 회전을 하면서 끔찍한 소리가 울렸다. 아울7검이 던진 환은 폭발적으로 날아오르더니 티스아의 태풍과 정면으로 맞부딪쳤다.

둥그런 환은 짙은 핏빛 태풍을 가르며 태풍의 내부로 파고들었다. 그 상태에서 환은 무서운 속도로 회전하면서 주변의 모든 것들을 빨아들였다. 심지어 태풍 그 자체도 흡수해버리려고 들었다.

티스아가 뿜어내는 가공할 검기가 환이 만들어낸 흡입력 속으로 모조리 빨려들었다.

티스아는 그 모습을 보고서도 전혀 주눅 들지 않았다. 진격의 티스아라는 별명에 걸맞게 그녀는 눈 한 번 깜빡이지 않고 더욱 과감하게 전진했다.

콰콰콰콰콰!

티스아의 주변을 맴도는 핏빛 태풍은 점점 더 거세졌다.

아울 검탑의 정면부에서 티스아와 아울7검이 무섭게 충돌하는 동안, 측면에서는 아울6검과 일부 검수들, 그리고 도제생들이 연신 검기를 날려서 녹마병들을 상대하는 중이었다.

서쪽 하늘에서 벌어지는 싸마니아와 마제르 등의 혈투도 시간이 갈수록 점점 더 치열해졌다.

그러는 동안 아울 검탑의 동쪽 방면에서는 피사노교의 서열 4위인 아르비아가 공격을 개시했다.

아르비아는 체구가 작은 노파였다. 그러나 아르비아가 즐겨 사용하는 애병은 길이가 무려 3미터나 되는 육중한 핼버드였다.

아르비아는 성격도 불과 같아서, "백 진영에서 성격이 고약한 노파 중에 쎄숨이 있다면 피사노교에는 아르비아가 있다."는 소리가 나돌 정도였다.

Chapter 5

아르비아는 조금 전까지만 하더라도 검탑의 동쪽에 위치한 벼랑 위에 서서 다른 신인들의 활약을 지켜보던 중이었다.

그러다 무슨 생각이 들었는지 아르비아가 핼버드를 번쩍 치켜들었다.

아르비아가 무기를 위에서 아래로 내리찍자 두툼한 핼버드 날에서 회색 아지랑이 같은 것이 튀어나와 전면으로 쏟아졌다.

이 회색 아지랑이의 정체는 다름 아닌 만자비문.

비록 아르비아의 깨우침은 이탄의 만자비문처럼 온전한 뜻과 힘을 가지지는 못하였으나, 그래도 어쨌거나 아르비아는 부정 차원 인과율의 일부를 끌어다 쓸 수 있는 신인이었다. 아르비아가 발휘한 만자비문의 권능은 단숨에 허공을 가로지르며 날아들더니 아울 검탑의 동쪽 측면을 내리깎았다.

쿠왕!

검탑 일각에서 요란하게 폭발이 터졌다. 아울 검탑의 측면 부위는 굉음과 함께 허물어졌다. 시시퍼 마탑에서 우정의 표시로 아울 검탑에 깔아주었던 방어마법진도 아르비아의 핼버드를 한 방에 허물어졌다.

마법진의 길게 찢어진 부위에는 회색 빛깔의 아지랑이가 달라붙어서 방어 기능을 사각사각 갉아먹었다. 그 모습이 마치 미세한 회색 벌레들이 방어마법진을 잠식하고 있는 것처럼 보였다.

이에 대항하여 마법진이 자동복구 기능을 발동했다.

"크흥. 어림없는 수작."

아르비아는 한 번 더 핼버드를 들었다가 강하게 내리찍었다.

지금 아르비아가 서 있는 벼랑은 아울 검탑으로부터 무려 10킬로미터 이상 떨어진 원거리였다.

하지만 아르비아와 같은 초인들에게 이 정도 거리쯤은 아무것도 아니었다. 아르비아의 공격은 눈 깜짝할 사이에 방어마법진을 찢고서 안으로 파고들더니 아울 검탑 측면을 재차 내리찍었다.

"이런! 동쪽도 그냥 내버려둘 수 없겠구먼. 누군가 저 마녀를 막아주면 좋겠는데……."

아울4검이 말꼬리를 흐리며 뒤를 돌아보았다.

"4검님, 제가 상대하겠습니다."

아울10검이 자원했다.

아울10검은 눈썹이 유난히 길고 미려하게 생긴 중년 사내였다.

"그래주겠는가?"

아울4검이 미소로 아울10검의 출전을 허락했다.

아울10검은 길이가 길고 끝이 뾰족한 검을 허리춤에서 뽑아들고는 하늘로 훌훌 날아올랐다.

그러자 아울4검은 아울10검이 서 있던 곳 뒤편으로 시선을 던졌다. 거기에는 아울 검탑의 20번대의 검수들이 자리했다.

아울4검이 20번대 검수들에게 턱짓을 했다.

검수들은 아울4검의 몸짓만 보고도 의미를 알아차렸다.

[걱정 마십시오. 아울4검님.]

[저희들이 10검님을 보필하겠습니다.]

아울20검과 21검이 다른 검수들이 듣지 못하게 뇌파로 대답했다.

아울20검을 시작으로 아울29검에 이르기까지 총 10명의 검수들은 동쪽 하늘로 빠르게 몸을 날렸다. 이들 10명의 검수들은 아울10검을 도와서 피사노 아르비아를 처단하는 것이 목적이었다.

아울4검이 아울10검에게 10명이나 되는 후배 검수들을 붙여준 이유는 아울10검이 미덥지 못해서가 아니었다. 오히려 아울10검은 아울6검이나 아울7검, 그리고 아울9검을 제외하면 오늘 이 자리에 있는 검수들 가운데 가장 강한 편이었다. 그는 오히려 아울4검보다도 더 강했다.

그럼에도 불구하고 아울4검이 아울10검에게 보조를 10명이나 붙여준 이유는 하나였다.

"아울10검은 절대 다치면 안 되지."

아울4검이 무겁게 중얼거렸다.

아울4검의 말마따나 아울10검은 절대로 다치면 안 되는 사람이었다. 그는 아울 검탑의 다음 세대를 이끌어갈 중요한 후계자이기 때문이었다.

오래 전 아울1검인 검주 리헤스텐은 아울10검을 제자로 받아들여 직접 검을 가르쳤다. 비록 1년뿐인 가르침이었지만, 그 이후로 아울10검은 은연중에 아울 검탑의 후계자로 낙점을 받았다.

뿐만 아니라 아울10검은 검탑의 동료나 후배들로부터도 강한 신뢰를 받을 만큼 성격도 원만했다.

그러니까 아울4검은 혹시라도 아울10검이 잘못 될까 봐 미리 보조를 붙여주어 대비를 해둔 셈이었다.

아울 검탑으로부터 조금 떨어진 나뭇가지 위.

이탄은 가느다란 가지 위에 뒷짐을 지고 서서 흥미진진하게 전투 장면을 지켜보았다. 이탄은 심심풀이로 전투의 승패를 예측해보았다.

"싸마니야 님과 싸우는 이가 아울9검과 아울8검인가? 그 옆의 여검수는 검탑에서 서열이 어찌 되는지 잘 모르겠네? 어쨌거나 서쪽 하늘에서의 전투는 양측의 전력이 엇비슷한 것 같아."

이탄은 서쪽 전투는 무승부라고 예측했다.

그런 다음 이탄이 동쪽으로 시선을 돌렸다. 그곳에서는 잘생긴 중년 사내가 길고 뾰족한 검을 우아하게 휘둘러 아르비아를 공략하는 중이었다. 중년 사내의 옆에서는 10여 명의 검수들이 정교한 검진을 발동하여 아르비아의 손발을 묶었다.

"아르비아가 밀리는구나. 피사노교에서 지원을 하지 않는다면 아르비아는 얼마 지나지 않아 패퇴하겠는걸."

이탄은 동쪽 전투는 아울 검탑의 손을 들어주었다.

이어서 이탄은 티스아와 아울7검 사이의 전투를 살폈다.

아울7검이 날린 환은 유사—블랙홀처럼 주변의 모든 검기를 빨아들이며 티스아를 효과적으로 묶어두었다.

이 장면까지만 보면 아울7검이 여유롭게 티스아를 상대하는 것처럼 보였다.

그런데도 이탄은 티스아의 승리를 점쳤다.

"헤에~. 이쪽은 이미 결론이 났네. 다른 변수가 개입하지만 않는다면 앞으로 20분 안에 티스아가 승기를 잡겠어."

마지막으로 이탄은 쌀라싸와 아울6검 사이의 전투를 평가했다.

"이쪽도 쌀라싸의 승리. 확실히 피사노교의 신인들 가운데 쌀라싸가 가장 세구나. 그 다음 강자는 싸마니야 님이고."

물론 이탄이 매긴 순위에서 와힛과 이쓰낸은 열외였다.

Chapter 6

잠시 후, 이탄의 예측이 정확하게 맞아떨어졌다.

싸마니야와 마제르 사이의 전투가 팽팽하게 계속되는 가운데 아르비아는 핼버드를 수평으로 휘두른 다음, 뒤로 풀쩍 물러섰다.

"마녀야, 어딜 도망치느냐?"

아울10검이 아르비아를 바짝 따라붙으며 검을 종횡으로 그었다.

"크윽, 큭."

그때마다 아르비아는 계속 후퇴했다. 아르비아의 상반신

에는 이미 크고 작은 상처가 가득했다.

아울10검은 무표정하게 검을 휘두르면서 아르비아를 압박해 들어갔다.

아르비아가 만자비문의 권능을 햄버드에 싣기라도 할 때면, 아울20검부터 29검까지 10명의 검수들이 검진을 펼쳐서 아르비아의 시도를 무력화시켰다.

"치잇. 이런 시건방진 놈들."

그때마다 아르비아는 분통을 터뜨릴 수밖에 없었다.

아르비아가 연신 뒷걸음질을 치는 사이, 티스아는 단 한 번의 폭발적인 진격으로 아울7검을 꺾었다.

처음에는 티스아의 핏빛 태풍이 아울7검의 블랙홀 속으로 모조리 빨려들어 소멸하는 것처럼 느껴졌다.

그러던 한 순간, 티스아는 반경 10 킬로미터가 넘는 핏빛 태풍을 한 점에 압축하여 적을 찔렀다.

파삭!

달걀껍질 부서지는 듯한 소리가 울렸다. 아울7검이 만들어낸 유사―블랙홀은 티스아의 일격을 견디지 못하고 와장창 깨졌다.

아울7검의 환에도 금이 쩌저적 갔다가 푸스스 부서져 내렸다.

"크왁! 우웨에엑."

아울7검이 피를 토하며 무너졌다.

그 즉시 아울14검과 아울15검이 날아와 아울7검을 부축했다.

사실 아울14검과 15검은 진즉부터 아울7검을 도울 기회만 엿보던 중이었다.

그러나 아울7검의 유사—블랙홀 스킬은 워낙에 파괴적이어서 그들도 돕기가 쉽지 않았다. 아울7검의 유사—블랙홀은 적뿐만이 아니라 동료들의 검기도 모조리 흡수하는 까닭이었다.

결국 아울14검과 아울15검은 티스아에 의해서 유사—블랙홀이 깨진 이후에나 전투에 개입할 수밖에 없었다.

티스아가 한 점에 집약했던 핏빛 태풍을 다시 넓게 퍼뜨렸다. 횡횡횡 몰아치는 태풍이 아울14검과 아울15검을 와락 덮쳤다.

"이익!"

아울14검이 검을 크게 휘둘러 태풍의 결을 베었다.

그 사이 아울15검은 아울7검을 부축하여 퇴로를 뚫었다.

아울19검이 추가로 끼어들어 선배들을 도왔다.

티스아는 3명의 검수들을 상대로도 전혀 겁먹지 않았다. 티스아가 만들어낸 핏빛 태풍은 3명의 검수들을 한꺼번에 공략하며 앞으로 진격했다.

한편 쌀라싸도 승부수를 띄웠다.

쌀라싸의 손가락 끝에서 검록색 편린이 반짝거렸다. 쌀라싸는 그 손가락으로 아울6검을 가리켰다.

이 검록색 편린은 〈화형을 시키는〉이라는 의미를 가진 만자비문이었다. 나비처럼 부드럽게 날아간 검록색 편린이 아울6검의 머리 위에 둥실 떠 있는 검의 꽃에 내려앉았다.

그 순간 검의 꽃이 검록색 불길로 화르륵 타올랐다.

"뭣이?"

아울6검이 깜짝 놀랐다.

사실 이건 상식을 벗어나는 일이었다. 아울6검의 머리 위에 떠 있는 검의 꽃은 실체가 있는 꽃이 아니었다. 이것은 수만 가닥의 검기가 꽃봉오리처럼 모여서 만들어진 무형의 기운이었다.

한데 쌀라싸가 쏘아낸 검록색 편린은 물질이 아닌 무형의 기운마저 불태울 수 있는 모양이었다.

아울6검이 만들어낸 검기가 촛농처럼 녹았다. 허공에서 뚝뚝 떨어지는 액체는 불길할 정도로 진한 검록색을 띠고 있었다.

검록색 편린에 의하여 검의 꽃이 녹아버리자 녹마장과 녹마병, 녹마사들을 막을 재간이 없었다. 수만 명이 넘는 쌀라싸의 군대는 해일처럼 밀려들어 아울 검탑의 검수들을 직접 공격했다.

이제 아울 검탑에서도 원거리 공격에 의존할 수 없었다.

"젠장!"

아울4검이 입술을 꽉 깨물었다.

아울4검은 손수 검을 뽑아 선두에서 달려드는 녹마병들의 머리를 베어내었다.

아울4검의 뒤를 이어서 아울 검탑의 검수들이 차례로 뛰쳐나갔다. 그들은 녹마병들과 직접 맞붙어 싸웠다.

백병전이 시작되자 쌀라싸가 히죽 웃었다.

쌀라싸를 태운 초거대 마차가 아울 검탑을 향해서 쿠르릉 굴러갔다. 쌀라싸는 마차 위에서 손을 슬쩍 들었다.

그러자 하늘에 떠 있던 피사노교의 마도전함들이 일제히 광선을 쏘았다.

쭈웅! 쭝! 쭝! 쭝! 쭝!

미친 듯이 날아가는 광선들이 아울 검탑의 검수들을 공격했다. 도제생들의 심장에 구멍을 내주었다.

그와 동시에 피사노교의 사도들도 출전했다.

사실 이들 사도들이야말로 피사노교의 주력이었다. 사도들은 녹마병들이 인해전술로 먼저 밀고 간 뒤를 따라 여유롭게 진격했다.

사도들 가운데는 싸마니야의 맏아들인 소리샤도 포함되

었다.

"이 전투에서 내 실력을 똑똑히 각인시켜드려야지. 싸마니야 님께 이 소리샤가 쿠퍼 녀석보다 더 낫다는 사실을 똑똑히 보여드려야 해."

소리샤는 어금니를 꽉 물었다.

그 시각, 먼 나뭇가지 위에서 이탄이 소리샤를 포착했다.

"훗. 죽을 자리를 찾아서 왔구먼."

이탄은 음산하게 뇌까렸다.

최근에 소리샤는 사사건건 이탄의 발목을 잡았다. 처음에는 소리샤가 이탄을 은근히 견제하는 정도였지만, 갈수록 도를 넘었다.

이탄은 그 꼴을 너그러이 보아줄 만큼 호락호락한 언데드가 아니었다.

"마침 전쟁 중이잖아. 이 와중에 소리샤 한 명이 슥삭 지워진다고 해서 누가 이상하게 생각하겠어?"

마침내 이탄이 나뭇가지에서 내려왔다.

스르륵.

은신의 가호를 펼쳐지자 이탄의 몸은 투명하게 변했다. 이탄은 은신 상태에서 전장에 스며들었다.

Chapter 7

화르륵! 화르륵!

아울 검탑의 검수 2명이 연달아 검록색 화염에 휩싸였다.

"끄아아악."

"앗 뜨거. 끄아악."

검의 구도자들은 원래 고통에 익숙한 자들이었다.

그런 검수들도 검록색 편린은 견디지 못했다. 그들은 잇새로 비명을 터뜨리며 제자리에서 나뒹굴었다.

이내 검수들의 몸이 흐물흐물 녹아 흘렀다. 검록색 편린에 스치면 몸이 활활 타서 잿더미로 변하는 것이 아니라 촛농처럼 녹아버렸다.

이것이 오히려 더 고통스러웠다. 이것이 오히려 더 무서웠다.

이와 같은 일들이 전쟁터 곳곳에서 벌어졌다. 아울 검탑의 검수들이 녹마장과 녹마병들을 무수히 베어 넘기며 혈로를 뚫으면, 어디선가 검록색 편린이 나비처럼 날아와 그들의 머리나 어깨에 내려앉았다.

검록색 편린에 살짝 닿기라도 하면 그것으로 끝.

아울 검탑의 검수들이 아무리 애를 써도 쌀라싸의 만자

비문을 당해낼 수는 없었다.

하지만 검록색 편린보다 더 큰 문제는 녹마병들이었다. 아울 검탑의 검수들이 녹마병들을 쓰러뜨리면, 쌀라싸는 쓰러진 숫자보다 더 많은 녹마병들을 다시 일으켜 세웠다. 쌀라싸가 초거대 마차 위에서 손을 한 번 내저을 때마다 아울 검탑 주변의 풀들이 녹색의 마병으로 변해서 아울 검탑을 향해 달려들었다.

아울 검탑의 입장에서 보면, 죽여도 죽여도 적의 숫자가 줄지 않는 셈이었다.

"이런 미친!"

아울4검의 눈이 시뻘겋게 변했다.

아울4검은 초조한 듯 자꾸 뒤를 돌아보았다.

그러는 와중에도 쌀라싸와 티스아는 갈수록 무섭게 공격해 들어왔다. 쌀라싸가 주름 진 손을 뻗을 때마다 검록색 화염이 무섭게 타올랐다. 티스아가 일으킨 핏빛 태풍에 휘말려서 검탑의 도제생들이 무수히 쓰러졌다.

"안 된다. 안 돼."

"으아아악. 이 악마야, 차라리 나를 죽여라."

검록색 화염에 휘감겨 죽는 제자들을 보면서 그 스승들이 발을 굴렀다. 핏빛 검기에 관통당해 고꾸라지는 제자들을 보면서 비통해하는 스승들이 늘었다.

아울 검탑은 백 진영에서 세 손가락 안에 꼽히는 곳이었다.

하지만 이러한 아울 검탑에서도 쌀라싸와 티스아를 막을 만한 검수는 흔치 않았다. 공간에 대한 깨달음을 얻은 아울 9검, 혹은 아울6검이나 아울7검, 아니면 아울10검 정도는 되어야 피사노교의 신인들을 겨우 상대할 만했다.

그런데 이들 검수들은 모두 다른 신인들을 상대하느라 눈코 뜰 새 없이 바빴다.

아울9검인 마제르는 싸마니야에게 발이 묶였다.

아울7검은 조금 전 티스아에게 크게 당해서 전투 불능 상태에 빠졌다.

아울10검은 아르비아를 상대로 좋은 모습을 보여주고는 있지만, 그래도 동쪽 전투에서 발을 빼기는 불가능했다. 아울10검이 전장을 옮기는 순간, 검탑의 동쪽이 다시 위태로워질 게 뻔했다.

결국 아울 검탑은 측면에서는 버텼지만 정면에서부터 허물어지기 시작했다.

그 선봉에 쌀라싸가 서 있었다.

쌀라싸는 혼자 힘으로 아울4검과 아울6검, 그 밖에 검탑의 상위권 검수들을 통째로 밀어붙이는 괴력을 보여주었다.

쌀라싸는 쉴 새 없이 초목을 병사로 바꾸어 진격시키고, 검록색 편린들을 뿌렸다.

그럴 때마다 아울 검탑에서는 비명이 난무했다. 쌀라싸의 녹마병 소환과 검록색 편린은 정말 상대하기 까다로운 조합이었다.

수만 명의 녹마병들을 막아내려면 아울6검과 같이 광역 공격에 능한 검수가 검기를 비처럼 퍼부어야 했다.

한데 아울6검이 녹마병들에게 손을 쓰려 할 때마다 검록색 편린이 날아와 아울6검을 방해했다.

아울6검과 아울4검이 검록색 편린들을 떨쳐내려고 정신을 쏟으면, 그 사이에 수만 대군이 밀려와 아울 검탑의 검수들을 밀어붙였다.

전쟁이 격화될수록 아울 검탑은 위태로워졌다. 검탑에서는 이제 도제생들뿐 아니라 검수들도 하나둘 쓰러지기 시작했다. 큰 부상을 입고 후방으로 호송되는 검수들도 여럿이 나왔다.

반면 녹마병들은 죽어도 그만이었다. 쌀라싸는 녹마병의 숫자가 줄어든 만큼 새로운 녹마병들을 일으켜 세웠기 때문이다.

이 끔찍한 검록의 마군 앞에서 아울 검탑은 무기력했다.

보다 못해 마제르가 서쪽 전장을 이탈하여 쌀라싸를 공

격하려고 들었다.

"흥. 어딜 가려고?"

그럴 때면 싸마니야가 만자비문을 동원하여 마제르를 압박했다.

싸마니야의 권능이 어찌나 위협적이었던지 마제르와 아울8검, 아울13검이 전력을 다하고도 상대하기 버거웠다.

그러는 동안 피사노교에서는 사도들마저 전장에 직접 투입했다. 피사노교에서 출전시킨 자들은 주로 전투에 특화된 호교사도와 교리사도, 혹은 잠행사도들이었다.

악한 힘에 물든 사도들이 온몸에 핏빛 구체를 방어막처럼 두른 채 아울 검탑의 검수들에게 달려들었다.

사도들이 몸에 두르고 있는 핏빛 구체의 정체는 블러드 쉴드(Blood Shield: 피의 방어막)였다. 아울 검탑 검수들이 검에서 오러를 줄줄이 뿜어내어 공격해도 블러드 쉴드가 적의 공격력의 태반을 흡수해 내었다.

이 뛰어난 방어마법 덕분에 사도들은 공격에만 집중할 수 있었다.

피사노교의 사도들 가운데 일부는 독을 사용했다. 사도들이 극독이 함유된 안개, 즉 배놈 포그(Venom Fog)를 퍼뜨리자 아울 검탑의 검수들을 단숨에 중독되었다.

사도들 가운데 또 일부는 스턴(Stun: 충격) 마법으로 검수들을 멈칫하게 만든 뒤, 하급 악마종들을 소환하여 괴롭혔다.

검보라빛 로브를 입은 사도들이 활약을 펼치면서부터 전세는 피사노교 쪽으로 급격하게 기울었다.

"안 되겠다. 검탑으로 후퇴하여 저 악마들을 막자."

아울4검이 목청을 높였다.

아울 검탑의 검수들은 1차 저지선을 포기하고 언덕 위로 조금씩 후퇴하면서 싸웠다.

"검탑 놈들이 후퇴한다."

"놈들을 쫓아가서 멸망시켜버리자."

피사노교의 사도들이 용기백배하여 소리쳤다. 사도들과 녹마병, 녹마장들은 후퇴하는 검수들을 쫓아서 아울 검탑 쪽으로 물밀 듯이 진격했다.

Chapter 8

채앵! 채앵! 챙!

언덕을 따라 올라가면서 병장기 부딪치는 소리가 난무했다. 그 사이사이에서 욕설과 비명이 들렸다. 물러나는 적을 뒤쫓으면서 피사노교의 사도들은 점점 더 사기가 충천했다. 그러던 중 몇몇 사도들은 유독 눈에 띄는 전공을 세우기도 하였다.

대표적인 사례가 바로 소리샤였다.

소리샤는 이번 기회에 신인들의 눈도장을 확실하게 받아야 한다고 생각했기에 자신의 몸을 돌보지 않고 용맹하게 전진하여 적들을 해치웠다.

소리샤의 형제인 술라드나 코투, 밍니야 등이 교리사도인 것과 달리, 소리샤는 가장 전투력이 뛰어나다는 호교사도였다. 소리샤는 자신의 실력을 뽐내기라도 하는 것처럼 식물 계열의 하급 악마종을 소환하여 검수들의 발목을 붙잡고, 그 위에 폭발 마법을 퍼부어 아울 검탑의 검수들과 도제생들을 학살했다.

또한 소리샤는 마나 드레인(Mana Drain: 마나 고갈)까지 적절히 섞어 써줘서 아울 검탑의 검수들을 곤혹스럽게 만들었다.

소리샤의 다채로운 공격 조합은 아울 검탑에 제법 큰 피해를 입혔다.

"크하하하. 죽어랏. 죽어."

소리샤가 얼굴과 몸에 피를 잔뜩 묻힌 채 통쾌하게 웃었다.

피 냄새에 잔뜩 흥분한 탓인지 소리샤는 자신의 등 뒤에 죽음의 신이 다가왔다는 사실을 깨닫지 못했다.

소리샤가 동료들과 떨어져서 홀로 적진 깊숙이 파고들었을 때였다.

마침 아울 검탑의 검수들은 소리샤를 상대할 여력이 없었다.

소리샤는 검수들이 아닌 도제생들을 대상으로 대규모 학살 마법을 퍼부었다. 부정 차원의 식물계 악마종들을 소환하여 도제생들의 발을 묶은 다음, 공기를 폭발시켜 학살하는 것이야말로 소리샤가 가장 선호하는 공격 패턴이었다.

콰앙! 쾅! 쾅!

소리샤 주변의 공기가 연달아 폭발하면서 주변의 시야가 차단되었다. 그 속에서 검탑의 도제생들의 집단으로 쓰러졌다. 시끄러운 폭음만 가득할 뿐, 그 폭발 속에서 어떤 일이 벌어지는지 잘 보이지도 않았다.

"옳거니."

이탄이 쾌재를 불렀다.

마침 이탄은 외부의 시선을 차단할 기회만 노리던 중이었다.

그런데 소리샤 스스로 그 기회를 만들어 주었다. 이탄은 병아리를 노리는 솔개처럼 단숨에 소리샤의 뒤를 덮쳤다.

"헙?"

소리샤가 섬뜩한 느낌을 받았을 때는 이미 늦었다. 이탄은 우악스럽게 상대의 뒷목을 붙잡고는 목뼈를 으스러뜨렸다.

"케엑."

소리샤가 황급히 블러드 쉴드에 마나를 추가 공급했다. 목뼈가 으스러지는 와중에도 이렇게 대응을 하는 것을 보면 확실히 소리샤는 뛰어난 실력자였다. 다만 이탄에게 찍힌 것이 소리샤의 불운일 따름이었다.

어쨌거나 소리샤의 주변으로 핏빛 구체가 우르릉 일어났다.

피사노교의 블러드 쉴드는 상대방의 생명력과 마나를 흡수하여 시전자의 생명력을 보강하는 것이 특징이었다. 또한 블러드 쉴드는 무척 끈적끈적하고 밀도가 높아서 그 자체가 뛰어난 방어구 역할을 했다. 따라서 이 핏빛 쉴드를 깊이 있게 익힌 흑마법사를 죽이기란 여간 어렵지 않았다.

한데 피사노교가 자랑하는 블러드 쉴드도 이탄 앞에서는 무력했다.

이탄은 얇은 종잇장을 찢는 것처럼 손쉽게 블러드 쉴드를 찢었다. 그런 다음 소리샤의 어깨를 붙잡아 그대로 뭉그러뜨렸다.

'끄아악!'

목뼈가 부러진 상태에서 어깨까지 떨어져 나가자 그 고통이 장난이 아니었다. 소리샤는 있는 힘껏 비명을 질렀다.

아니, 지르려고 했다.

소리샤의 목소리는 입 밖으로 새어나오지 않았다. 이탄이 어느새 소리샤의 입을 손으로 틀어막았기 때문이었다.

거기에 더해서 이탄은 농밀한 안개로 주변을 덮었다.

이것은 포그 레코드(Fog Record: 안개 기록).

이탄이 그릇된 차원에서 피우림 대선인에게 배워온 술법이 살짝 변형된 형태로 구현되었다. 이탄이 일부러 법력 대신 마나로 구동한 탓에 술법 특유의 위력은 발휘되지 않았다. 그래도 이 짙은 안개는 외부의 시선을 차단하는 데는 효과적이었다.

이탄은 더 이상 외부의 눈치를 살피지 않고 계획한 일을 실행에 옮겼다. 이탄이 소리샤를 땅에 패대기친 다음, 그 위에 타올랐다.

거칠게 엉덩방아를 찧은 순간, 소리샤는 공간이동 마법으로 이 위기를 벗어나려 시도했다.

이탄은 그 시도마저 사전에 차단했다. 이탄이 손을 휘젓자 소리샤가 허공에 그린 마법진이 엉망으로 헝클어졌다.

결국 소리샤는 도망도 치지 못하고 이탄의 밑에 깔렸다.

"쿨럭."

소리샤가 피를 한 모금 토했다.

그 핏덩이가 이탄의 억센 손에 막혀서 소리샤의 콧구멍 속으로 역류했다. 소리샤는 쿨럭 쿨럭 기침을 하면서 적의 얼굴을 올려다보았다.

투명하던 적이 아주 살짝 본 모습을 드러내었다.

'허억? 네놈은!'

소리샤의 동공이 찢어질 것처럼 확대되었다.

그 동공에 이탄의 얼굴이 흐릿하게 맺혔다. 소리샤의 눈에 맺힌 이탄은 악마처럼 웃고 있었다.

소리샤가 발버둥을 치려는 찰나, 이탄이 그의 귓가에 입술을 대고서 나직하게 속삭였다.

"그러니까 선을 넘지 말았어야지."

"으읍!"

소리샤가 무슨 말인가를 하려고 들었다.

이탄은 듣지 않았다.

"이제 그만 가라."

이탄은 소리샤의 안면을 손바닥으로 꾹 눌러서 뭉개버렸다.

콰직.

소리샤의 두개골이 으스러지면서 허연 뇌수가 탁 터졌다. 이탄의 손바닥은 뻘건 핏물과 허연 뇌수로 범벅이 되었다.

이탄은 상대의 뒤통수를 뚫고 땅바닥에 박혔던 손을 다시 뽑아서 소리샤의 옷에다 슥슥 닦았다.

"이제 첫 목표를 달성했으니 다음 행동에 나서볼까?"

이탄은 짙은 안개 너머로 밀려드는 녹마병들을 향해서 중얼거렸다.

이탄은 아울99검의 사위인 동시에 아울 검탑의 재정을 운용하는 책임자였다. 그런 측면에서 보면 이탄은 아울 검탑과 한 식구나 다름없었다.

하지만 다른 한편으로 이탄은 피사노 싸마니야의 아들(?)이자 피사노교에서 사도의 직위를 부여받은 핵심 전력이었다.

다시 말해서 이탄은 흑과 백 양쪽에 양다리를 걸친 셈이었다.

Chapter 9

"그러니까 내가 어느 한쪽 편만 들 수 있나. 사실 나는 굳이 피사노교를 적대할 마음은 없단 말이지. 나중에 피사노교 내부에도 나만의 지부를 하나 세울 생각인데 왜 적대를 하겠어?"

솔직히 이탄은 중립을 지키고 싶은 심정이었다.

하지만 지금은 균형이 너무 한쪽으로 기울었다. 이대로 그냥 내버려두면 아울 검탑은 폭삭 망할 것 같았다.

이탄이 혀를 찼다.

"에구구, 안 되겠다. 아울 검탑이 망하지 않도록 살짝만 거들어 줘야지. 싸마니야 님이 눈치채지 못할 만큼 아주 살짝만."

츠츠츠츠츠.

이탄이 의지를 일으키자 포그 레코드가 넘실넘실 퍼져나가 일대를 뒤덮었다.

아울 검탑의 도제생들은 무섭게 달려드는 녹마병들에게 밀려서 자신도 모르게 짙게 낀 안개 속으로 후퇴했다.

쌀라싸의 녹마병들과 녹마장들도 후퇴하는 적들의 뒤를 쫓다 보니 자연스럽게 포그 레코드 속으로 진입했다.

이탄은 기다렸다는 듯이 녹마병들에게 손을 썼다.

뻐버벙!

강한 타격음과 함께 녹마병 서너 명이 뒤로 나자빠졌다. 그들 모두 이탄의 손짓에 몸이 터져버렸다.

이탄은 예전에 동차원에서 녹마병들을 상대한 경험이 있었다.

지금은 비록 이탄이 그때처럼 괴물수라를 선보일 수 없

지만, 그렇다고 해서 방법이 전혀 없는 것은 아니었다. 이탄은 비행법보를 구동하여 안개 속을 저공비행하면서 녹마병들을 맨손으로 부수고, 찢고, 또 터뜨렸다.

이처럼 이탄이 맹활약을 펼치는 데도 주변에서는 이탄을 주목하는 자가 없었다. 포그 레코드로 만들어낸 특별한 안개가 사람들의 시각뿐 아니라 청각이나 감각마저 차단한 덕분이었다.

이탄은 마음 놓고 활개를 쳤다.

무수히 많은 녹마병들이 이탄에 의해 처참하게 으스러졌다. 녹마장이나 녹마사들도 마찬가지였다. 이탄은 녹마장을 마주치면 상대를 말과 함께 좌우로 찢어버렸다. 녹마사들이 걸리면 그들을 거대 쥐와 함께 으깼다.

이탄이 살육의 잔치를 활발하게 벌일수록 포그 레코드의 영역도 점차 확대되었다. 이탄은 꽤 넓은 영역을 돌아다니면서 아울 검탑에 도움을 주었다.

그럼에도 불구하고 전체적인 전황은 피사노교가 압도적으로 좋았다. 피사노교가 신인들을 대거 투입하여 포위 공격을 퍼붓자 그 위력은 산을 허물고 강줄기를 틀어버릴 정도로 무시무시했다.

제아무리 아울 검탑이 백 진영의 삼대세력 가운데 하나라고 해도 단독으로는 피사노교의 전력을 막을 수가 없는 것이다.

아울4검이 핏발 선 눈으로 전황을 지켜보았다.

그러는 가운데 아울 15검이 피를 토하며 고꾸라졌다.

아울30검과 31검도 무수히 많은 적들을 맞아 고군분투하다가 결국 싸늘한 시체가 되어 땅바닥에 드러누웠다.

이 밖에도 다수의 검수들이 피해를 보았다.

도제생들은 말할 것도 없었다. 녹색 화염이 타오르고, 녹색 마병들이 날뛰면서 아울 검탑의 주변은 생지옥으로 변했다.

"크으윽. 아니야. 이건 아니라고."

아울4검이 괴롭게 머리를 가로저었다. 아울4검은 기적을 바라기라도 하는 사람처럼 지속적으로 뒤쪽 하늘만 돌아보았다.

기적은 쉽게 이루어지지 않았다.

"크악."

아울4검의 코앞에서 또다시 검탑의 중요 검수들이 고꾸라졌다.

아울 검탑의 오랜 역사에 종지부를 찍으려는 듯, 쌀라싸는 초거대 마차 위에서 몸을 일으켰다.

"흘흘흘. 가라. 가서 검탑 놈들의 마지막 숨통을 끊어버려라. 흘흘흘흘."

쌀라싸가 손을 뻗어 검탑을 지목하자 초거대 마차에 타고 있던 비계덩이들이 출전했다. 그들은 축 늘어진 가슴살과 뱃살을 징그럽게 출렁거리면서 서로를 끌어안더니, 그대로 한 몸이 되어버렸다.

말로만 한 몸이 된 게 아니라, 진짜로 비계덩이들의 살이 녹아서 엉겨 붙고 근육이 합쳐지면서 한 덩이의 거대한 고기가 되었다.

그 고깃덩어리가 우르르릉 구르기 시작했다.

육중하게 굴러오는 고깃덩어리에 휘말리면 그것으로 끝장.

비계에 파묻힌 아울 검탑의 검수들은 그대로 고기의 일부가 되어 눈물을 줄줄 흘렸다.

일단 고깃덩어리가 본격적으로 구르기 시작하자 점점 더 많은 숫자의 검수들이 비계 속에 파묻혔다. 그와 비례하여 고깃덩어리의 크기는 점점 더 확대되었다.

이 기괴한 흑마법에 아울 검탑의 검수들이 이빨을 갈았다.

"이런 사악한 놈들."

검수들은 오러를 길게 휘둘러 고깃덩어리를 베었다. 검을 일직선으로 뻗어서 고깃덩어리를 찌르기도 하였다.

다 소용없었다. 눈덩이처럼 부푼 고깃덩어리는 검수들의 오러에 베이고도 꿈쩍도 하지 않았다. 오히려 더욱 빠르게 구르면서 점점 더 많은 검수들을 흡수했다.

고깃덩어리는 아울 검탑의 검수들만 노리는 게 아니었다. 이 징그러운 덩어리는 앞에 거치적거리는 모든 생명체들을 다 잡아먹었다. 이를 테면 녹마병이나 녹마장들까지도 거침없이 끌어들여 고기의 일부로 편입시켰다.

조금 더 시간이 흐르자 고깃덩어리 표면에는 수백 개의 머리통이 박혀서 악다구니를 써댔다. 수백 개가 넘는 팔다리가 파묻혀서 발버둥 쳤다.

그렇지 않아도 아울 검탑은 수세에 몰린 상황이었다. 거기에 더해서 이런 끔찍한 흑마법까지 더해지자 아울 검탑 검수들의 사기는 급격히 저하되었다.

"제기랄."

아울4검이 발을 쾅 굴렀다.

아울4검은 분노를 폭발시키듯 앞으로 튀어나갔다. 그리곤 검집마저 버린 채 양손으로 검의 손잡이를 꽉 움켜쥐었다.

아울4검이 노리는 대상은 직경 수십 미터까지 부푼 고깃덩어리였다. 아울4검의 검에서 거의 100미터에 달하는 오러가 휘황찬란하게 타올랐다. 아울4검은 그 오러로 고깃덩어리를 양단해버릴 요량이었다.

Chapter 10

그 전에 쌀라싸가 개입했다.

"그러면 안 되지."

쌀라싸가 부드럽게 손을 앞으로 뻗었다.

쌀라싸의 손끝에서 검록색 편린이 나비처럼 사뿐히 떠올랐다. 그 편린이 폴폴 날아와 아울4검의 앞을 막아섰다.

검록색 편린은 느린 듯 보였으나 실제로는 벼락처럼 빨랐다. 쌀라싸의 손을 떠난 편린이 어느새 아울4검과 맞부딪쳤다.

아울4검은 쌀라싸의 공격이 얼마나 무서운 수법인지 잘 알았다.

그래도 아울4검은 피하지 않았다.

"이야압."

오히려 아울4검은 우렁찬 기합과 함께 검록색 편린을 오러로 내리쳤다.

좌악—.

검록색 편린이 둘로 잘렸다. 그렇게 두 동강 난 편린이 갑자기 화르륵 타오르면서 아울4검의 온몸을 뒤덮었다.

"크으윽."

아울4검은 전력으로 검막을 일으켜서 검록색 편린을 맞

받아쳤다.

비록 아울4검이 이 자리에 있는 검수들 가운데 최고의 실력자는 아니라고 하지만, 그래도 그가 만들어낸 검막이 그렇게 호락호락할 리는 없었다. 아울4검은 놀랍게도 쌀라싸가 날린 검록색 편린을 뒤로 밀쳐낸 다음, 거대하게 부푼 고깃덩어리를 향해서 재차 오러를 내리그었다.

"흘흘흘. 제법이구나. 어디 한번 또 받아보아라."

쌀라싸가 한 번 더 손바닥을 앞으로 뻗었다.

쌀라싸의 손끝에서 방출된 검록색 편린이 땅바닥에 낮게 깔리면서 날아가 아울4검의 다리를 공략했다.

안타깝게도 아울4검은 고깃덩어리를 베는 데만 집중하느라 검록색 편린을 제대로 보지 못했다.

화르륵! 화륵!

검록색 편린 2개가 어느새 아울4검의 무릎 부위에 달라붙어 세차게 타올랐다.

부정 차원의 기운을 듬뿍 머금은 이 사악한 불길은 일단 발화하면 절대로 꺼지지 않는다. 아울4검의 무릎 부위로부터 시작된 검록색 화염은 아울4검의 허벅지를 타고 올라와 어느새 상체까지 집어삼켰다.

"크와악."

아울4검이 불길 속에서 거칠게 포효했다.

아울4검은 몸에 붙은 불을 끄려고 노력하지 않았다. 그는 이대로 목숨을 내던질 요량인 듯 전력을 다해서 고깃덩어리를 베는 일에만 집중했다.

때마침 고깃덩어리는 아울4검을 향해서 정면으로 굴러오는 중이었다.

번쩍!

아울4검이 휘두른 검이 비대한 고깃덩어리를 향해서 날아갔다.

이 검술 하나에 아울4검의 평생이 녹아 있었다. 아울4검이 깨우친 모든 깨달음이 포함되어 있었다.

하늘 꼭대기에서 출발하여 지상까지 떨어져 내린 검기가 커다란 고깃덩어리를 세로로 쪼갰다. 고깃덩어리에 흡수되어 비참하게 울부짖던 검탑의 검수들과 도제생들은 그제야 흑마법의 속박으로부터 풀려나 편안하게 숨을 거두었다.

그즈음 아울4검의 몸뚱어리는 검록색의 불길 속에서 촛농처럼 문드러지기 시작했다. 아울4검은 그런데도 표정이 평온했다.

'허어. 이렇게 죽는 것도 나쁘지는 않구나. 이 늙은이의 한 몸을 바쳐서 우리 검탑 후배님들의 영혼을 일부나마 구해줄 수 있다면 그것으로 다행이로다.'

아울4검은 이렇게 위안을 삼았다.

오늘 아울 검탑이 활활 타오르고 이 자리에 있는 검수들이 모두 도륙을 당한다고 하더라도 아울 검탑의 역사가 끊어지는 것은 아니었다.

'아울1검, 2검, 그리고 3검님이 건재하신 이상 검탑의 맥은 계속 이어질 수밖에 없으리라.'

아울4검은 반드시 그리 되리라 믿었다.

'다만 아쉬운 것은 우리의 계획이 어긋났다는 점이로다. 쯧쯧쯧. 어쩌다 이리 되었는지. 쯧쯧쯧.'

아울4검은 마지막으로 한 번 더 뒤쪽 하늘을 올려다보면서 아쉽게 혀를 찼다.

바로 그 때였다.

콰창!

하늘 꼭대기로부터 눈부신 빛의 기둥이 작렬했다. 수직으로 내리꽂힌 빛의 기둥은 지상에 닿자마자 동심원을 그리며 온 사방으로 퍼져나갔다.

파파파파팡!

빛의 파동이 물결처럼 퍼져나가면서 피사노교의 사도들을 휩쓸었다.

파동에 휘말리자마자 음차원의 마나가 뚝뚝 끊겼다. 파동에 휘말리자 녹마병들의 소환이 취소되어 다시 초목으로 돌아갔다. 녹마장들을 태운 말들은 땅바닥에 머리를 처박고 쓰러졌다. 말이 쓰러질 때 녹마장도 함께 숨이 끊겼다.

녹마사들도 뒤로 벌렁 나자빠져서 다시는 일어나지 못했다. 녹마사를 태운 거대 쥐 또한 한 줌의 재가 되어 푸스스 흩어졌다.

한바탕 빛의 파동이 휩쓸고 지나간 자리엔 흑 진영의 사악한 힘은 단 한 톨도 남아나지 못했다.

빛의 파동은 피사노교의 사도들에게도 영향을 미쳤다.

"크으윽."

사도들이 고통스럽게 손으로 얼굴을 감싸며 후퇴했다.

심지어 아울4검의 몸을 녹이던 검록색의 화염도 힘을 잃고 약화되었다. 한 번 불이 붙으면 절대 꺼지지 않는다는 불이 기세를 잃은 것이다.

"오오오!"

아울4검이 감격스러운 눈으로 뒤쪽 하늘을 올려다보았다.

이미 아울4검은 양팔이 녹아내리고 두 다리를 잃었지만, 그래도 검록색 편린이 꺼진 덕분에 목숨만은 건졌다.

휘황찬란하게 빛나는 하늘 꼭대기로부터 금빛에 휩싸인 드래곤이 날아 내렸다. 온통 골드 빛깔의 비늘로 뒤덮인 드래곤은 빛의 기둥을 따라 나선형으로 빙글빙글 회전하면서 지상으로 하강했다.

골드 드래곤의 길이가 어찌나 길었던지, 그 머리로부터 꼬리까지 눈으로 더듬어 올라가는 데도 시간이 꽤 걸렸다.

얼추 길이만 따져도 10 킬로미터 안팎.

이 거대한 골드 드래곤의 정체는 다름 아닌 라웅고 부탑주였다. 시시퍼 마탑의 2인자라 불리는 바로 그 라웅고 말이다.

"허! 라웅고 부탑주잖아."

이탄이 안개 속에서 흠칫했다.

제6화
피사노교의 위기

Chapter 1

이탄을 감싸고 있는 안개는 빛의 파동에 노출되고도 사라지지 않았다.

이건 당연한 일이었다. 포그 레코드는 흑마법이 아니라 북명의 술법이기에 라웅고의 빛에도 영향을 받지 않았다.

"딱 이 타이밍에 라웅고 부탑주가 나타난다고? 하하. 이게 우연일 리는 없고, 설마 시시퍼 마탑에서 오늘의 이 사태를 예상했나? 이 한밤중에 피사노교가 아울 검탑을 기습 공격할 것이라 예상했던 거야?"

이탄은 눈매를 가늘게 좁혔다.

이탄의 독백에 대답이라도 하듯이 하늘 꼭대기에서는 백

진영의 병력들이 우수수 쏟아져 나왔다.

라웅고를 시작으로, 시시퍼 마탑 열두 지파의 지파장들이 차례로 등장했다. 지파장들 뒤에는 하늘색 로브를 입은 마법사들이 떼거지로 모습을 보였다.

시시퍼 마탑의 마법사들 가운데는 이탄의 스승인 쎄숨, 그리고 사저인 씨에나도 포함되었다.

대신 이번에는 도제생들은 나타나지 않았다. 오늘 전투가 흉험할 것이 뻔하기 때문에 마법사들만 전쟁터에 투입한 모양이었다.

시시퍼 마탑의 전격적인 등장은, 미리 준비되어 있지 않다면 불가능한 일이었다.

"이런. 시시퍼 마탑은 피사노교의 진짜 목표가 모레툼 교황청이 아니라 아울 검탑임을 미리 알고 있었구나. 그게 분명해."

이탄은 그제야 돌아가는 상황을 파악했다.

"그렇다면 혹시?"

이탄은 재빨리 고개를 돌려서 아울 검탑 검수들의 표정을 살펴보았다.

대부분의 검수들은 멍한 얼굴이었다.

"오호라. 검수들은 전혀 몰랐나 보구나. 아니, 전부 다 몰랐던 것은 아니네. 아울4검은 시시퍼 마탑이 나타날 것을 미리 알고 있었나 봐."

이탄의 말대로였다. 아울4검은 라웅고를 향해서 '이렇게 늦게 나타나면 어쩌자는 거요? 마탑이 늦는 바람에 우리 검탑의 피해가 너무 크지 않았소.' 라는 항의를 하듯이 입술을 벙긋거렸다.

라웅고가 아울4검을 향해서 고개를 까딱 숙였다.

미안하다는 표시였다.

이탄은 아울4검과 라웅고 사이에 오가는 몸의 대화를 목격하고는 손바닥으로 자신의 이마를 딱 쳤다.

"와아! 진짜 이거였어? 백 진영에서 오히려 역으로 덫을 놓은 거야? 피사노교를 잡기 위해서 아울 검탑 전체를 미끼로 삼았다고? 와아아!"

이탄은 진심으로 혀를 내둘렀다. 그는 백 진영의 철두철미한 계략에 감탄을 금할 수가 없었다.

사실 피사노교를 덫으로 유인하는 것은 쉽지 않은 일이었다. 백 진영에도 근미래 예지 스킬을 가진 예언자들이 있듯이, 피사노교 안에는 미래를 점칠 수 있는 신탁사도들이 다수 포진해 있었다.

그러니 평범한 함정으로 피사노교를 속이기란 불가능했다.

"피사노교를 진짜로 속이려면 우선 신탁사도들부터 속여야 하잖아? 그런데 그게 가능하다고?"

이탄은 놀라다 못해 황당하기까지 했다.

"이거야 원, 시시퍼 마탑에서 무슨 특수한 마법이라도 부려서 미래를 뿌옇게 흐려놓기라도 했나? 아니면 시시퍼 마탑에는 예언자들을 속일 수 있는 비법이라도 있나? 도대체 어떻게 한 거지?"

이탄은 믿기지 않는다는 듯이 뇌까렸다.

그러다 문득 이탄의 생각이 다른 곳에 미쳤다.

"가만 있자."

이탄이 곰곰이 생각해 보니까 피사노교도 미래를 혼탁하게 만들었을 것 같았다.

피사노교는 모레툼 교황청을 공격할 것처럼 연막작전을 펼친 다음, 실제로는 아울 검탑을 공격했다.

한데 백 진영의 예언가들이 피사노교의 계획을 미리 읽었다고 치자. 그렇다면 그 전략은 무산될 것이 뻔했다.

"그러니까 피사노교에서도 뭔가를 행했겠지. 백 진영 쪽에서 피사노교의 작전을 눈치채지 못하도록 미래를 뿌옇게 흐려놓았을 거야. 그런데 백 진영에서는 한 술 더 떠서 그 피사노교를 오히려 함정에 끌어들였네."

이것이야말로 언노원 월드를 쥐락펴락하는 거대 세력들의 실력이라고 생각하자 이탄의 온몸에 전율이 돋았다.

"와아! 와아아!"

이탄은 연신 탄성만 질렀다.

그나저나 이게 끝일 리는 없었다. 이탄은 '만약에 백 진영에서 아울 검탑을 미끼로 던져서 피사노교를 덫으로 끌어들인 것이라면, 시시퍼 마탑만 왔을 리 없잖아.'라고 판단했다.

"조금만 기다려 보라고. 분명히 마르쿠제 술탑도 나타날 거야."

이탄은 예언이라도 하듯이 중얼거렸다.

그 예측이 딱 맞았다. 이탄의 말이 떨어지기 무섭게 하늘 꼭대기에서 우렁찬 드래곤의 울음소리가 들렸다.

꾸어엉, 꾸어엉, 꾸어엉—.

하늘을 뒤흔드는 듯한 포효는 연달아 세 번이나 터져 나왔다. 이어서 머리가 3개인 삼두 드래곤이 구름 아래로 머리를 내밀더니, 커다란 날개를 펄럭이며 하강했다.

삼두 드래곤의 뿔 사이에는 마르쿠제 대선인이 팔짱을 끼고 우뚝 서 있었다. 마르쿠제는 오만한 눈빛으로 피사노교의 신인들을 굽어보았다.

삼두 드래곤의 뒤를 이어서 사천왕을 비롯한 마르쿠제 술탑의 상위 술법사들이 줄줄이 등장했다.

구름을 타고 하강하는 수천 명의 술법사들의 모습은 실로 역동적이었다.

"역시 마르쿠제 술탑도 수뇌부들이 총출동했구나."

이탄은 술법사들 가운데 익숙한 얼굴 몇 명을 발견했다. 그 가운데는 마르쿠제의 혈육인 비앙카 공주도 포함되었다.

"마르쿠제!"

서쪽 하늘 아래서 싸마니야가 크게 으르렁거렸다.

지난번에 피사노교의 총단이 동차원의 술법사들로부터 기습 공격을 받은 이후로 싸마니야는 마르쿠제에게 갚아야 할 빚이 생겼다.

Chapter 2

"마르쿠제. 오늘은 도망치지 말고 한번 끝장을 보자꾸나."

싸마니야가 한달음에 날아와 마르쿠제를 향해 손을 뻗었다. 싸마니야의 손끝을 타고 회색의 꽈배기 모양의 문자가 어른거렸다.

"껄껄껄껄. 싸마니야 님은 여전히 팔팔하시구려."

마르쿠제는 삼두 드래곤의 머리 위에 우뚝 서서 법력을 잔뜩 끌어올렸다. 마르쿠제의 의복이 세차게 펄럭거렸다.

그에 맞서는 싸마니야의 머리카락도 하늘을 향해서 거칠게 솟구쳤다.

"싸마니야 님, 한창 신나게 싸우다 말고 어디를 가는 게요?"

싸마니야의 뒤에서 마제르가 쫓아왔다. 마제르는 검으로 공간을 찢으며 날아와 싸마니야를 공격했다.

싸마니야는 오른손에 〈꺼지지 않는〉이라는 권능을 휘감아 마제르를 향해 뻗었다. 그와 동시에 왼손에는 〈영원히 지워지는〉이라는 권능을 일으켜서 마르쿠제에게 쏘았다.

아울8검이 재빨리 마제르의 앞에 공간의 검막을 둘러서 방어를 해주었다. 아울13검도 검을 휘둘러 물의 기운을 잔뜩 불러일으켰다.

2명의 검수가 방어를 전담해주는 동안, 아울9검인 마제르는 전력을 다해 싸마니야의 문자 공격을 파훼했다.

이처럼 아울8검과 마제르, 그리고 아울13검이 싸마니야의 오른손을 붙잡아 두는 사이, 마르쿠제는 무시무시한 술법을 연거푸 내뻗어 회색 빛깔의 문자를 후려쳤다.

쿵! 쿵! 쿵!

둔탁한 굉음이 연달아 터졌다.

강자들로부터 협공을 받다 보니 마왕 싸마니야도 버거움을 느꼈다.

"큭!"

싸마니야가 입술을 꽉 깨물었다.

싸마니야와 결합한 악마종이 혀를 길게 내밀어 싸마니야
에게 음차원의 마나를 지원해 주었다.

덕분에 싸마니야는 다시 활기를 찾고는 마제르와 마르쿠
제를 향해서 한 번 더 만자비문의 권능을 발휘했다.

마제르와 마르쿠제도 감히 만자비문의 힘을 쉽게 볼 수
는 없었다.

"하아압!"

마제르와 아울8검은 공간의 힘을 최대한 끌어내어 꺼지지
않는 불꽃을 가둬두려고 애썼다. 거기에 더해서 아울13검은
물의 기운을 이용하여 초고온의 열기를 막아주었다. 세 검수
가 힘을 합쳐야 비로소 싸마니야의 공격을 버틸 만했다.

"흐어어. 역시 싸마니야 님은 대단하시구려."

마르쿠제가 감탄했다. 마르쿠제는 지금까지 쌓아온 술
법을 총동원하여 싸마니야가 발동한 소멸의 권능을 옆으로
흘려보냈다.

삼두 드래곤은 회색 문자가 두려운 듯 연신 날개를 퍼덕
이며 뒤로 피하려고 들었다.

마르쿠제가 서쪽 하늘에서 싸마니야를 붙잡아두는 동안,
라웅고 부탑주는 금빛 비늘을 번쩍이며 쌀라싸에게 달려들
었다.

지금까지 여유롭던 쌀라싸의 얼굴이 딱딱하게 굳었다.

쌀라싸는 검록색 편린을 수도 없이 쏘아내어 라웅고를 요격하려 했다.

하지만 라웅고가 마법의 힘으로 공간을 왜곡하고 빛의 파동을 일으키자 검록색 편린은 단 한 개도 라웅고에게 닿지 않았다.

쌀라싸는 라웅고가 주기적으로 터뜨리는 빛의 파동을 무척 두려워했다.

"크으윽, 젠장! 저 용인 녀석이 언제 이러한 신적 권능을 깨우쳤단 말인고?"

쌀라싸가 불안한 듯 입술을 씰룩거렸다.

피사노교의 신인들에게 부정 차원의 인과율이 허락되었다면, 이와 반대로 용인족에게는 정상 차원의 인과율인 언령이 허락되었다. 지금 라웅고가 사용하는 빛의 파동은 바로 그 언령의 힘을 품고 있었다.

'정화.'

라웅고가 사용하는 언령의 정체는 다름 아닌 '정화'였다. 모든 사악한 기운을 해체해버리는 절대적 권능 말이다.

때문에 '정화'는 각종 신성력과도 비슷한 효과를 내었다. 그리하여 '정화'라는 언령을 깨우친 언령의 주인은 피사노교의 마인들에게는 천적이나 다름없었다.

실제 무력은 라웅고보다 마르쿠제가 더 강할지 모르지

만, 피사노교의 신인들 입장에서는 마르쿠제보다 라웅고가 훨씬 더 부담스러운 적이었다.

쾅차창—.

라웅고가 한 번 더 '정화'의 권능을 터뜨렸다.

그 즉시 쌀라싸가 일으켜 세웠던 녹마병들이 10,000명 단위로 해체되었다. 쌀라싸가 라웅고를 향해서 쏘아내었던 세 가닥의 검록색 편린도 '정화'에 노출된 즉시 허무하게 불똥이 되어 사라졌다. 심지어 쌀라싸를 보필하던 사도들도 '정화'의 언령을 버티지 못하고 뿔뿔이 도망쳤다.

"크으윽, 제기랄."

쌀라싸가 초거대 마차 위에서 풀쩍 뛰어올라 뒤로 물러섰다.

비단 쌀라싸만 힘겨워하는 것이 아니었다. 전쟁터에 나서면 물러설 줄 모른다는 진격의 티스아도 빛의 파동을 견디지 못하고 피투성이가 되었다. 티스아가 만들어 내었던 핏빛 태풍은 조금 전 '정화'의 빛에 노출되자마자 갈가리 찢어져버렸다.

그래도 티스아는 쌀라싸처럼 스스로 물러서지는 않았다. 그녀는 두 다리를 땅바닥에 꽉 박아 넣은 채 어금니를 꽉 물고 버텼다.

우르릉! 우르릉!

티스아의 검에서 일어난 핏빛 검기가 촘촘한 그물이 되어 라웅고의 권능으로부터 주인을 지켰다.

티스아와 결합한 악마종도 부정 차원의 힘을 끌어와 티스아의 심장과 뇌를 '정화'의 빛으로부터 지켜주었다.

한편 이탄은 흥미진진한 눈빛으로 라웅고를 관찰했다.

'허어어, 라웅고 부탑주가 언령을 깨우쳤구나. 저 빛의 파동이 어떤 권능을 가진 언령인지는 모르겠으나, 파동의 근간을 이루는 힘이 정상세계의 인과율에 닿아 있다는 점은 분명해.'

이탄은 라웅고 부탑주와 만난 경험이 있었다. 예전에 이탄이 은화 반 닢 기사단의 퀘스트를 수행할 때 가졌던 만남이었다.

하지만 그 당시는 이탄이 언령에 대해서 잘 모를 때라 라웅고의 진짜 실력을 알아보지 못했다.

'이거 좀 탐이 나는데? 라웅고의 언령을 배우고 싶은데 뭔가 묘수가 없을까? 그냥 가르쳐 달라고 하면 당연히 거절을 하겠지?'

이탄이 속으로 군침을 삼켰다.

이탄은 원래 욕심이 크지 않은 편이었다. 어린 시절부터 이탄은 그저 생존만을 바랐을 뿐 무언가에 욕심을 부릴 처지가 아니었다.

그런데 모레툼의 신관이 된 이후로 이탄은 은화에 집착하게 되었다.

이어서 이탄은 술법에 집착했다.

그러다 최근에는 부정 차원의 인과율과 정상세계의 인과율에 큰 관심을 두었다.

이탄이 군침을 흘리며 바라보는 가운데 라웅고는 한 번 더 언령을 사용했다. 라웅고가 황금빛 아가리를 활짝 벌리자 그 속에서 빛의 파동이 터져 나왔다.

Chapter 3

콰차창—.

빛의 파동은 단번에 지상을 휩쓸고 지나갔다.

그 파동에 휩쓸리면서 피사노교의 병력들은 궤멸적인 피해를 입었다. 사도들이 픽픽 고꾸라졌다. 쌀라싸는 아예 수백 미터 밖까지 도망쳤다. 심지어 하늘에 떠 있던 마도전함들도 추락할 것처럼 출렁거렸다.

그나마 티스아는 열심히 버텼다.

하지만 티스아 혼자서 라웅고의 언령을 감당하기란 불가능했다. 이것은 라웅고가 압도적으로 강해서가 아니었다.

상성 상 티스아가 불리했다.

쌀라싸가 카랑카랑한 음성으로 악을 썼다.

"싯다, 사브아. 너희들은 대체 어디에 있는 게냐? 더 이상 매복이나 하고 있을 때가 아니다. 어서 나와서 우리를 도와라."

쌀라싸가 2명의 신인들을 추가로 불러냈다.

한데 두 신인들이 매복하고 있던 산악지대는 이상하리만치 조용했다. 쌀라싸는 속이 바짝 탔다.

'으으으. 싯다와 사브아가 힘을 보태지 않으면 전황이 우리에게 너무 불리해. 대체 이놈들은 어디서 뭘 하는 게야?'

쌀라싸는 분노로 머리가 터질 것 같았다.

쌀라싸가 전세를 정확히 판단했다.

지금 아울 검탑 동편에서는 아르비아가 적 검수들에게 밀려서 연신 뒷걸음질을 치는 중이었다.

서쪽 하늘에서는 싸마니야가 마르쿠제와 마제르, 아울8검 등 막강한 적들을 맞아서 고군분투하고 있었다.

그런데 지금 싸마니야의 얼굴에는 힘겨워하는 기색이 역력했다.

그럴 만도 한 것이, 싸마니야는 원래 아울8검과 마제르, 그리고 아울13검을 상대로 대등하게 싸우던 상황이었다. 그 위에 마르쿠제까지 힘을 보태자 당연히 싸마니야가 불리할 수밖에 없었다.

마지막으로 쌀라싸와 티스아는 라웅고의 언령을 상대하는 것만으로도 기진맥진이었다.

피사노교의 신인들만 열세에 놓인 것이 아니었다. 피사노교의 사도들도 마르쿠제 술탑의 술법사들, 시시퍼 마탑의 마법사들, 그리고 아울 검탑 검수들의 연합 공격을 받아서 급격히 위축되었다.

시간이 갈수록 피사노교의 피해는 점점 더 늘어날 게 뻔했다. 이탄은 머리카락을 벅벅 긁었다.

"아우 쌍. 이건 계획에 없었는데. 이러다 피사노교의 싹이 마르겠어. 그럼 피사노교로부터 내가 받아내야 할 빚은 누가 갚을 거냐고."

이탄은 '장차 빚을 받아내기 위해서라도 지금은 피사노교를 도울 수밖에 없겠구나.' 라고 마음을 고쳐먹었다.

처음에 이탄은 이번 전쟁에 적당히만 개입하여 아울 검탑의 명맥이 끊어지지 않도록 백 진영의 편에 설 요량이었다.

한데 상황이 돌변하여 피사노교를 돕지 않으면 곤란해졌다.

"휴우우, 어쩔 수 없지. 일이 꼬였으니 피사노교의 사도 노릇을 해줄 수밖에."

이탄이 낮게 투덜거렸다.

"후으읍, 후우—."

이탄은 들숨과 날숨을 한 번씩 교대했다. 그러면서 이탄은 (진)마력순환로에서 정상적인 마나를 거둬들였다. 대신 (진)마력순환로의 내부를 음차원의 마나로 가득 채웠다.

콰콰콰콰—.

(진)마력순환로를 따라서 음차원의 마나가 도도히 흘렀다.

마나를 전환하는 것과 동시에 이탄은 죽은 사도의 시체로부터 로브를 벗겨서 몸 위에 걸쳤다.

얼굴에 로브를 푹 눌러쓰고 온몸에서 사악한 기운을 줄줄 뿜어내는 이탄의 모습은 누가 보아도 피사노교의 사도 그 자체였다.

이것만으로도 충분히 강해 보이는데, 이탄은 그 위에 한 가지 흑마법을 더했다.

푸화확!

이탄이 오른손 엄지를 쓰다듬자 그 엄지손톱 밑에 새겨져 있던 말의 해골 모양의 문신에서 어둑한 빛이 터졌다.

이것은 리콜 데쓰 호스(Recall Death Horse: 사령마 소환).

이탄이 피사노교의 보고에서 습득한 흑마법이 완벽한 형태로 재현되었다.

어둑한 빛이 이탄의 발밑에 퍼진다 싶더니, 뼈로 이루어진 사령마가 으스스하게 일어나 이탄을 등에 태웠다.

사령마는 일반 말보다 머리가 하나 더 클 뿐 아니라 위압감도 엄청났다. 시시퍼 마탑의 마법사들은 단지 사령마를 올려다보는 것만으로도 숨이 턱 막히는 기분이었다.

또한 사령마의 주변 수백 미터 영역에는 죽음의 기운, 즉 데쓰 필드(Death Field)가 형성되었다.

이 데쓰 필드 내에서는 모든 언데드들의 힘과 속도가 50퍼센트나 증가하는 것이 특징이었다.

"이럇!"

이탄이 사령마의 고삐를 잡아당겼다.

펑!

이탄과 사령마가 동시에 검푸른 연기로 변해서 흩어졌다.

이탄이 다시 모습을 드러낸 곳은 시시퍼 마탑의 마법사들이 뭉쳐 있는 한복판이었다.

"으왁."

"피사노교의 사도 놈이닷."

"놈을 공격해."

하늘색 로브를 입은 마법사들이 일제히 완드를 들어 이탄을 지목했다. 뾰족한 완드 끝에서 벼락이 튀어나왔다. 폭풍이 몰아쳤다. 얼음 화살이 발사되었다.

퍼엉!

이탄과 사령마는 다시 한번 검푸른 연기가 되어 유령처럼 사라진 다음, 20 미터 밖에서 불쑥 모습을 드러내었다.

이탄은 공간이동과 동시에 손을 휘둘러 땅바닥을 내리쳤다.

꽈릉!

땅거죽에서 벼락 터지는 소리가 울렸다.

간철호의 마법인 어쓰퀘이크(Earthquake: 지진) 작렬!

음차원의 마나를 바탕으로 구현된 어쓰퀘이크는 지면을 타고 쏜살같이 전파하더니, 시시퍼 마탑의 마법사들 발밑에서 거창하게 폭발했다.

지축이 강하게 뒤흔들렸다. 지저 깊은 곳의 맨틀이 움직였다. 땅이 쩍쩍 갈라지고 곳곳에 크래바스가 형성되었다.

"으헉?"

시시퍼 마탑의 마법사들은 발밑이 갑자기 푹 꺼지자 순간적으로 패닉 상태에 빠졌다.

Chapter 4

쎄숨이 재빨리 반응했다.

쎄숨이 육중한 지팡이로 땅을 내리치자 땅속의 광맥이 우르르 일어나 넓은 금속판으로 변했다.

수백 미터가 넘는 크기의 금속판이 마법사들의 발밑을 지탱해주었다. 만약 쎄숨이 제때에 대응을 해주지 않았더라면 꽤 많은 마법사들이 땅의 틈새로 굴러 떨어져 죽거나 크게 다쳤을 뻔했다.

'역시 제법이시네.'

이탄이 속으로 웃었다.

이탄은 시시퍼 마탑의 마법사들을 몰살시킬 마음은 없었다. 하지만 이대로 그냥 내버려 뒀다가는 피사노교가 너무 불리했다.

이탄은 쎄숨이 마법사들의 발밑에 금속판을 만들어주는 바로 그 타이밍에 손을 썼다. 이탄의 오른손이 수평 방향으로 길게 허공을 갈랐다. 이탄의 몸속에서 방출된 음차원의 마나가 전면에 커다란 유령의 손을 만들었다.

이른바 고스트 핸드(Ghost Hand)라 불리는 흑마법이 발휘되었다.

원래 피사노교의 고스트 핸드는 두 가지 기능을 갖추었다.

첫째, 이 세계가 아닌 유령들의 세계에 접촉하여 그 세계 속에 물건을 보관했다가 꺼내는 기능.

둘째, 적의 마나를 갈취하는 마나 드레인의 기능.

이번에 이탄이 사용한 고스트 핸드의 용도는 두 번째였다. 이탄은 수십 미터 크기의 반투명한 손을 만들어서 마나 드레인 마법을 구현했다.

"끄아아악!"

반투명한 유령의 손이 훑고 지나가는 순간, 수십 명의 마법사들이 외마디 비명과 함께 고꾸라졌다.

이탄의 흑마법 한 방에 그들의 마나가 쭉 빨려나갔다.

물론 마나를 읽은 마법사들 중에 씨에나는 포함되지 않았다. 이탄은 일부러 씨에나를 피해서 고스트 핸드를 구현했다.

마법사들이 우르르 주저앉자 쎄숨이 분노했다.

"이런 사악한 종자를 보았나."

쎄숨은 이빨을 뿌드득 갈면서 떡갈나무 지팡이로 이탄을 지목했다.

땅 속에서 튀어나온 금속 덩어리가 뾰족한 창 모양으로 변해서 이탄을 공격했다.

이탄이 만일 만금제어의 권능을 사용한다면 저 창들은 즉각 방향을 돌려서 오히려 쎄숨에게 날아갔을 것이다.

하지만 이탄은 만금제어를 자제했다. 그 권능을 사용했다가 자칫 정체를 들킬까 봐 우려했기 때문이었다.

대신 이탄은 쎄숨을 향해서 손바닥을 쭉 내밀었다.

번쩍!

이탄의 손바닥이 태양광을 반사시켰다. 휘황찬란한 빛 속에서 온갖 환상이 일어나 쎄숨의 정신을 공략했다.

라이트 오브 어블리비언(Light of Oblivion: 망각의 빛)이라 불리는 고난이도의 흑주술이 최종 완성 형태로 등장한 것이다.

"끄윽."

쎄숨은 황급히 도리질을 했다.

지금 쎄숨 눈앞에는 아무것도 보이지 않았다. 온통 백색인 세상 속에서 쎄숨의 사랑하는 제자가 사악한 무리들에 의해서 능욕을 당하는 모습이 보였다.

쎄숨이 입을 벙긋거렸다.

'안 된다. 어서 도망쳐. 안 돼. 안 돼.'

쎄숨은 이렇게 소리치고 싶었다. 한데 벙어리가 된 듯 입 밖으로 목소리가 새어나오지 않았다. 쎄숨은 미쳐버릴 것만 같았다.

쎄숨이 환각에 사로잡히자, 백발의 노마법사가 그녀를 돕기 위해 훌훌 날아왔다.

'이런, 이번에는 아시프 학장님이네.'

이탄은 속으로 쓴웃음을 삼켰다.

아시프 학장은 시시퍼 마탑을 지탱하는 12명의 지파장

가운데 한 명이자 도제생 후보들을 가르치는 학장이었다.

예전에 이탄이 시시퍼 마탑에 도제생 후보로 들어갔을 당시, 아시프 학장은 이탄에게 무척 잘 해주었다.

이탄도 그 기억 때문에 아시프에게 모질게 손을 쓰기 힘들었다.

물론 아시프의 경우는 달랐다. 아시프는 이탄의 정체를 모르기에 마음 놓고 최강의 마법을 퍼부었다.

아시프가 지팡이를 휘젓자 갈라진 땅의 틈새에서 지하수가 무섭게 분출되어 허공을 뒤덮었다. 그 물줄기는 이내 물로 이루어진 코뿔소의 모습을 갖추었다.

우두두두두.

어깨 높이만 수십 미터에 이르는 코뿔소가 이탄을 향해서 돌격했다.

이탄은 아시프의 소환수를 보자마자 그릇된 차원의 리노 일족을 떠올렸다.

"쳇. 상대가 리노 일족이라면 뿔이라도 뽑거나 비늘이라도 벗기겠지. 저놈은 온통 물로 이루어져 있으니까 해치워 봤자 영양가가 전혀 없잖아."

이탄은 반쯤 농담 삼아 이렇게 뇌까렸다.

그러는 사이 이탄의 사령마는 물의 코뿔소를 향해서 마주 달려 나갔다.

사령마가 본격적으로 움직이자 주변 수백 미터 영역을 뒤덮고 있던 데쓰 필드가 함께 이동했다.

그 영향을 받아서 땅 위에 나뒹굴고 있던 시체들이 주섬 주섬 일어섰다.

피를 뚝뚝 흘리며 일어선 자들 중에는 피사노교도들도 있었지만, 아울 검탑의 검수들이나 도제생들, 그리고 시시퍼 마탑의 마법사들도 일부 포함되었다. 그들이 일제히 언데드가 되어 되살아나는 장면은 보기만 해도 소름이 쫙 돋았다.

"커허어, 이런 못된 놈을 보았나. 네가 감히 맑은 영혼을 오염시켜 저주받을 언데드로 만들었더냐? 이야아압."

아시프는 이탄의 행동에 분노한 듯 전력을 다해서 지하수를 끌어왔다. 그 차가운 물줄기가 또 한 마리의 코뿔소가 되어 이탄을 향해 달려들었다.

그게 끝이 아니었다.

아시프가 두 번째 코뿔소를 소환하는 사이, 덩치가 큰 근육질의 사내가 허공에서 뚝 떨어지면서 이탄을 방패로 후려쳤다.

수사슴처럼 뒤통수에 뿔이 달린 이 사내의 이름은 파이션이었다.

마운틴족인 파이션은 시시퍼 마탑 열두 지파 가운데 워메이지(War Mage: 전투 마법사) 계열 탱커계 지파장이었다.

워 메이지들은 말 그대로 전쟁에 미친 마법사들이었다.

그 가운데 탱커계 워 메이지는 가장 치열한 전쟁터에 단신으로 뛰어드는 것으로 유명했다. 말 그대로 온몸으로 적의 정면을 막아내는 것이 바로 탱커계 워 메이지의 역할인 것이다. 따라서 탱커계 마법사들은 마법사가 아니라 전사나 다름없었다.

파이션은 그러한 탱커계 마법사들의 정점에 서 있는 자.

그는 당연히 일말의 두려움도 없이 이탄의 앞을 가로막았다. 그리곤 스파이크 쉴드(Spike Shield: 가시 방패) 마법으로 이탄의 안면을 내리찍었다.

Chapter 5

문제는 이탄도 치고받는 육탄전을 미치도록 좋아한다는 점이었다.

"크하!"

이탄이 입을 활짝 벌리고 웃었다. 이탄의 입 속에서 이빨들이 하얗게 드러났다.

이탄은 뾰족뾰족하게 가시가 돋은 상대의 마법 방패를 맨주먹으로 마주 후려쳤다.

파이션의 스파이크 쉴드에 박힌 가시 하나하나는 그 안에 벼락의 기운이 잔뜩 농축되어 있는 치명적 무기였다. 어지간한 사도들은 이 가시에 부딪치는 즉시 감전사를 당할 정도로 무서웠다.

한데 이탄은 아무런 거리낌 없이 그 마법 방패와 충돌했다.

빠카캉!

파이션의 방패와 이탄의 맨주먹이 충돌한 순간, 스파이크 쉴드에서 눈부신 벼락이 튀어나와 이탄과 사령마를 뒤덮었다.

그럼에도 이탄은 눈 하나 깜짝 안 했다. 이 정도 벼락쯤은 이탄이 이룬 금강체를 뚫을 수 없었다.

오히려 스파이크 쉴드가 망가졌다. 파이션이 만들어낸 마법 방패는 이탄과 충돌한 즉시 폭발하면서 뒤로 튕겨나갔다.

꽈앙!

마나로 이루어진 마법의 방패가 폭발하면서 그 여파가 파이션의 온몸을 후려쳤다.

"크읍?"

파이션이 두 눈을 부릅떴다.

스파이크 쉴드와 연결되어 있던 파이션의 오른팔은 바람이 잔뜩 들어간 풍선처럼 부풀었다. 파이션은 이대로 팔근육에 힘을 꽉 줘서 적(이탄)의 공격을 버텨낼 요량이었다.

하지만 다음 순간 파이션은 자신 생각이 얼마나 얼토당토않았는지 절감해야만 했다. 아니, 파이션 본인이 얼마나 하찮은 존재인지 깨달아야만 했다.

퍼엉!

풍선 터지는 듯한 소리와 함께 파이션의 오른팔이 통째로 폭발해 버렸다. 파이션은 수십 미터를 훌훌 날아 저 멀리 처박혔다.

"햐아."

이탄은 모처럼 주먹질을 하자 기분이 고양되었다.

"역시 흑마법 나부랭이는 하찮아. 이렇게 주먹질을 해야 비로소 싸우는 것 같다니까."

이탄은 내친김에 주먹을 두 번 더 휘둘렀다.

사령마 위에서 곡예를 하듯이 무게 중심을 이동하며 주먹을 휘두르는 이탄의 체술은 한 폭의 그림 같았다.

콰앙! 콰앙!

정확히 주먹질 두 방에 물의 코뿔소 두 마리가 폭발하여 강제로 소환이 취소당했다. 수십 미터 크기의 코뿔소가 산산이 터져나가면서 주변에 물폭탄을 터뜨렸다.

"크왁."

저 멀리서 아시프 학장이 뒤로 나자빠졌다.

아시프는 고압전류에 감전이라도 된 사람처럼 입에 거품

을 물고 팔다리를 부르르 떨었다. 물의 코뿔소, 즉 소환수가 터지면서 그 충격이 소환자인 아시프에게 고스란히 전달된 탓이었다.

"와아아아아!"

이탄이 지파장 3명을 연달아 물리치자 피사노교 사도들의 사기가 다시 회복되었다. 사도들은 이탄과 어깨를 나란히 하고는, 백 진영 놈들과 죽을 각오로 싸울 생각이었다.

당연히 이것은 이탄이 바라는 바가 아니었다.

"후퇴하라. 이것은 백 진영 놈들이 파놓은 함정이다. 어서 마도전함을 기동하여 후퇴하라니까."

이탄이 사도들에게 버럭 호통을 쳤다.

그 말에 사도들은 정신이 번쩍 들었다.

사도들이 후퇴할 동안, 이탄은 시간을 벌어주려는 듯 가장 치열한 전선만 찾아다니며 백 진영의 총공세를 훼방 놓았다.

이탄은 싸우고 또 싸웠다. 전장의 곳곳을 누비며 맹활약을 펼쳤다. 피사노교의 병력들이 온전히 퇴각할 수 있도록 나름 배려한 것이었다.

이때 이탄은 자신의 정체를 숨기기 위하여 평소와 달리 피사노교의 흑체술과 흑주술, 그리고 흑마법을 주로 활용했다.

그러다 보니 이탄의 활약이 눈에 두드러질 수밖에 없었다.

이탄이 사령마를 타고 전장의 이곳저곳을 뛰어다닐 때마다 그 주변에는 광범위하게 데쓰 필드가 형성되었다. 죽음의 영역 속에서 시체들이 언데드가 되어 주섬주섬 일어났다.

그렇게 언데드를 소환함과 동시에 이탄 본인은 다양한 흑체술을 쏟아놓았다.

뱀의 동작을 본 따서 만든 사행술(蛇行術)이 오랜 세월을 뛰어넘어 발휘되었다. 1,000개의 팔을 만들어내는 셰입 오브 싸우전드(Shape of Thousand)도 빼놓을 수 없었다. 일곱 걸음을 걷는 동안 7명의 적을 죽인다는 세븐 스텝(Seven Step: 일곱 걸음)도 작렬했다.

이 모든 것들은 이탄이 피사노교의 보고에서 습득한 체술들이었다. 그것도 익히기가 까다롭다는 흑체술들만 집중적으로 선을 보였다.

"도대체 저 사도가 누구야?"

"어느 신인님의 혈육인데 저렇게 뛰어나지?"

피사노교의 교도들은 이탄의 믿음직스러운 뒷모습을 바라보며 수군거렸다.

이탄은 체술뿐 아니라 흑마법과 흑주술도 병행해서 사용했다.

사람의 피를 증발시켜 붉은 마른 장작처럼 만드는 블러

드 트리(Blood Tree: 피의 나무)가 이탄에 의해서 무려 수백 년 만에 첫 선을 보였다.

이탄의 마력이 훑고 지나간 자리엔 끔찍하게 생긴 피의 나무가 돋아나 백 진영의 검수들과 마법사, 술법사들을 진저리치게 만들었다. 이 피의 나무는 주변 모든 생명체의 피를 부글부글 끓어오르게 만들었다.

이탄은 블러드 트리뿐 아니라 고스트 핸드나 라이트 오브 어블리비언도 가끔씩 섞여서 사용했다.

솔직히 이것은 이탄 나름의 배려였다. 고스트 핸드와 라이트 오브 어블리비언 스킬은 상대를 단숨에 죽이지 않는다. 그저 무력화만 시킬 뿐이다. 이탄의 배려 덕분에 의외로 백 진영의 인명피해는 적었다.

이탄은 쎄숨과 마찬가지로 씨에나에게도 라이트 오브 어블리비언으로 환각을 걸어놓았다.

이탄이 난이도가 높은 흑주술과 흑마법을 발휘하자 사람들의 시선이 좀 더 많이 이탄에게 집중되었다.

"대체 저게 누구인고? 기특하도다."

쌀라싸는 라웅고에게 당해서 정신없이 밀리는 와중에도 이탄을 칭찬했다.

Chapter 6

"허어. 괜찮은 녀석인걸."

티스아도 이탄을 눈여겨보았다.

"하나 같이 익히기 어려운 것들인데, 교 내에 저런 흑체술과 흑주술을 연마한 사도가 있었단 말인가?"

싸마니야라고 예외일 리 없었다. 싸마니야는 마르쿠제와 마제르를 상대로 피를 철철 흘리며 싸우는 도중에 이탄에게 몇 번이나 시선을 주었다.

비단 피사노교의 신인들만 이탄을 주목하는 것이 아니었다. 백 진영의 거물급들도 이탄을 힐끗 힐끗 곁눈질했다. 가만히 있으려고 해도 그들의 눈길은 자꾸 이탄에게 맺혔다.

"참으로 위험한 녀석이로구나. 아직 어려 보이는데 저런 실력이라니, 그냥 내버려 두면 장차 피사노교의 신인급으로 성장하겠어."

마르쿠제가 눈살을 찌푸렸다. 마르쿠제는 어둠의 싹을 미리 뽑아 놓아야 한다는 생각으로 이탄을 향해서 검지를 뻗었다.

쓔왕ㅡ.

마르쿠제의 검지에서 튀어나온 반지가 바람을 가르며 날아와 이탄의 심장을 저격했다.

마침 이탄은 마르쿠제 술탑의 사천왕 가운데 한 명인 오고우를 멀리 밀쳐내던 중이었다.

조금 전 오고우가 커다란 무쇠솥을 휘둘러 이탄을 공격했다. 이탄은 손등으로 그 솥을 쳐내고는 재빨리 다른 장소로 이동하려고 했다.

솔직히 말해서 이탄은 오고우와 싸우고 싶지 않았다. 오고우뿐 아니라 다른 사천왕들도 부담스러웠다.

'젠장. 이들과는 친분이 있어서 독하게 손을 쓰기도 힘들잖아. 그렇다고 대충 싸우다가 정체라도 발각되면 그것도 큰 문제라고.'

이탄이 이런 마음으로 오고우의 공격을 흘려버리고 검푸른 연기가 되어 흩어지려는 찰나였다. 먼 거리에서 날아온 마르쿠제의 반지가 이탄의 가슴을 뚫었다.

그때 이미 이탄은 검푸른 연기로 변한 상태였다. 따라서 마르쿠제의 반지는 빈 허공만 뚫고 지나가야 마땅했다.

한데 아니었다. 이미 기체로 변했던 이탄의 몸뚱어리가 다시 고체로 굳었다.

"어엇?"

이탄이 흠칫했다.

바로 그 상태에서 마르쿠제의 반지는 이탄의 심장 부위를 정확하게 때렸다. 마르쿠제가 무척 아끼는 이 반지에는 적의 모든 마법과 술법을 흐트러뜨리는 권능이 포함되어 있었다. 또한 이 최상급의 법보는 상대의 방어력이 얼마나 높건 간에 그 방어력을 무시하고 무조건 관통하는 능력도 지녔다.

반지의 이러한 사기적인 특성 때문에 그동안 흑 진영의 수많은 거물급들이 마르쿠제의 손에 죽었다. 거물급 마인들은 공간이동 마법으로 마르쿠제의 공격범위를 피했다고 안심한 순간, 이 절대반지에 심장이 관통당해 즉사했다.

마르쿠제의 반지가 이탄의 가슴에 부딪친 순간, 이탄의 피부 위에 겹겹이 쌓인 코팅층이 일제히 반발했다.

파창!

적의 공격을 100배로 반사해 버리는 이탄만의 금강체 술법이 발휘된 것이다.

실제로 이탄의 몸에서 반사된 반발력은 저 높은 하늘 위의 마르쿠제를 향해서 벼락처럼 쏘아졌다.

"우헙?"

마르쿠제가 기겁했다.

꾸어어엉.

삼두 드래곤은 다급한 울음과 함께 황급히 날개를 둘러 마르쿠제를 보호해주었다. 마르쿠제도 미친 듯이 방어 술법을 펼쳐서 무려 열두 겹의 방어막을 자신의 신체에 둘렀다.

다 소용없었다. 엄청난 속도로 쏘아진 반발력은 삼두 드래곤의 질긴 날개를 단숨에 뚫어버렸다. 그런 다음 마르쿠제의 방어술법 열두 층을 차례로 박살 내면서 마르쿠제의 이마를 화끈하게 때렸다.

만약 마르쿠제가 허공에서 뒤로 팍 드러눕지 않았더라면, 이탄의 몸에서 반사된 반발력은 마르쿠제의 두개골을 뚫고 뇌를 곤죽으로 만들었을 것이다. 그나마 마르쿠제의 놀라운 반사 신경이 그의 목숨을 구했다.

마르쿠제가 재빨리 드러누운 덕분에 이탄의 반발력은 마르쿠제의 이마를 쭉 찢고 정수리까지 깊은 상처를 만들어 놓는 데 그쳤다.

"크어어억."

마르쿠제가 피가 철철 흐르는 자신의 이마를 두 손으로 부여잡았다. 마르쿠제의 손가락 사이로 시뻘건 선혈이 주르륵 흘러내렸다.

마르쿠제를 태운 삼두 드래곤은 날개에 구멍이 뚫려 빙글빙글 선회하면서 지상으로 추락했다.

그렇게 마르쿠제가 전장에서 이탈하는 바람에 싸마니야는 겨우 한숨을 돌렸다. 반면 마제르 등은 다시금 싸마니야와 힘겨운 싸움에 돌입하게 되었다.

마르쿠제가 추락하는 동안, 이탄도 눈을 크게 찌푸렸다.

조금 전 마르쿠제가 쏘아낸 반지는 분명히 이탄의 가슴 부위에 물리적 공격을 가했다. 그리고 그 물리적 공격은 이탄의 피부에 닿자마자 100배의 반탄력으로 튕겨나갔다. 이처럼 상대의 공격을 되반사시켰으니 이탄은 멀쩡해야 정상이었다.

한데 그렇지 않았다. 섬뜩한 기운이 이탄의 온몸을 장악했다.

반지가 발휘한 물리적인 힘은 분명히 반사시켰지만, 그 물리적인 힘을 넘어서는 초자연적인 거력이 이탄을 꽉 옭아매었다.

'뭐야?'

조금 전까지만 하더라도 이탄은 여유만만하게 백 진영을 상대했다. 자신의 본래 힘을 숨기고 유희를 하듯이 피사노교를 거들어 주었다.

한데 이러한 여유가 한순간에 사라져버렸다.

반지에서 폭발적으로 튀어나온 초자연적인 거력은 이탄도 쉽게 볼 수 없는 공격이었다. 이탄은 부정 차원에서 여섯 눈의 존재를 처음 맞닥뜨렸을 때 느꼈던 공포와 전율을 재차 느끼게 되었다.

'위험하다.'

위기를 느낀 즉시 이탄은 봉인부터 풀었다. 지금은 어설프게 힘을 숨기고 유희나 즐길 때가 아니었다.

이탄은 우선 '무한시'의 권능을 발휘하여 주변의 시간을
0으로 수렴시켰다.

째깍, 째깍, 째애깍, 째애애애애깍.

정상 세계의 인과율을 지배하는 언령이 발동하면서 시간
의 흐름이 멈췄다. 하늘에서 치열하게 싸우던 싸마니야와
마제르도, 저 먼 숲 어귀에서 맞부딪치고 있는 쌀라싸와 라
웅고도, 아득한 지평선까지 물러난 아르비아도, 그리고 전
쟁터 한복판에서 미친 듯이 전투 중인 피사노교의 사도들
도 모두 조각상이 된 것처럼 동작을 정지했다. 하늘 꼭대기
에서 환한 빛을 내뿜던 마도전함들도 모두 멈춰 섰다.

우뚝 정지한 시간 속에서 이탄은 자신의 가슴팍을 내려
다보았다.

이탄의 가슴 부위에는 반지가 하나 박힌 상태였다.

마르쿠제가 쏘아 보낸 이 절대반지는 놀랍게도 이탄의
피부를 4 밀리미터나 뚫고 속으로 파고드는 중이었다.

"허어, 금강체를 4 밀리미터나 뚫고 들어왔다고?"

이탄이 혀를 내둘렀다.

제7화
신들의 충돌

Chapter 1

 반지의 위력도 놀랍지만, 그것보다 더 놀라운 일이 벌어졌다.

 시간이 우뚝 멈추자 마르쿠제의 반지도 더 이상 이탄의 가슴 속으로 파고들지 못하고 멈춰 섰다.

 한데 반지에서 뿜어지는 초자연적인 거력은 시간이 정지했음에도 불구하고 계속 힘을 뻗어내어 이탄을 칭칭 옭아매는 중이었다.

 시간과 무관하게 움직이는 거력이라니!

 무한시의 권능을 감히 거스르는 힘이라니!

 이것은 한낱 법보 따위가 발휘할 수 있는 이적이 아니었다. 제아무리 마르쿠제의 반지가 최상급 법보라고 할지라도, 세계를 지배하는 인과율의 법칙을 거스를 수는 없었다.

"그렇다는 것은, 반지에서 뿜어져 나오는 이 거미줄 같은 기운이 신의 힘이라는 뜻인데? 인과율을 거스를 수 있는 존재는 곧 신이 아니던가."

부정 차원에서 이탄과 싸웠던 여섯 눈의 존재는 마격 존재였다. 덕분에 그 존재는 부정 차원의 인과율인 만자비문을 상대로도 전혀 밀리지 않았다. 다시 말해서 여섯 눈의 존재는 인과율을 거스를 수 있는 마신이라는 뜻이었다.

이 힘도 마찬가지였다.

멈춰진 시간에 구애받지 않고 이탄의 몸을 칭칭 옭아매는 이 거미줄 같은 힘!

이 힘은 분명히 신격을 갖추었다. 만약 신격 존재가 아니라면 감히 정상 세계의 인과율과 맞설 수 없었다.

"넌 또 누구냐?"

이탄이 소리를 높여 적을 불렀다. 그러면서 이탄은 봉인해 두었던 권능들을 빠르게 해제했다.

지금은 정체가 들킬까 봐 걱정할 때가 아니었다. 이미 시간을 멈춰놓았으니 이탄이 굳이 신분을 숨길 이유도 없었다. 이탄은 자신이 가지고 있는 모든 언령의 기운들을 다 꺼내들었다.

'무한시'에 이어서 '무한공'의 권능이 발휘되었다. 이탄이 공간의 언령을 발휘하는 즉시 그의 육체는 빛의 입자로 변해서 와르르 허물어졌다. 그런 다음 이탄은 그의 신체를 구속한 신의 힘으로부터 벗어나 멀리 떨어진 곳에서 육체를 재조립했다.

이탄은 언령만 발휘한 것이 아니었다. 이탄의 등 뒤에서는 가짜 신성력이 폭풍처럼 휘몰아쳤다.

이탄의 영혼 속에 가득 채워져 있는 붉은 금속도 언제든지 튀어나올 수 있도록 단단히 준비했다.

잠시 막아두었던 법력도 다시 뭉텅이로 일어났다.

이탄은 오른손으로 천주부동을 펼칠 준비를 하는 동시에, 왼손으로는 아공간을 열어서 아몬의 토템을 꺼냈다.

이탄이 토템을 꺼낸 이유는 한 가지였다.

'여차하면 광목 시리즈를 연주하여 미지의 적을 초토화시켜 버리리라.'

이탄은 전투력을 풀(Full)로 끌어올렸다.

그때였다. 드디어 초자연적인 거력이 정체를 드러내었다.

조금 전 초자연적인 거력, 즉 신격 존재는 단숨에 이탄을 옭아매어 소멸시키려 시도했었다. 한데 아쉽게도 이탄이 공간의 언령을 사용하는 바람에 뜻을 이루지 못했다.

그러자 초자연적인 거력은 본격적으로 자신의 정체를 드러내었다. 초자연적인 거력이 스르륵 뭉치는가 싶더니 일렁거리는 빛으로 변했다.

이 빛은 파동으로 이루어져 있었다.

이 점만 보면 빛의 파동은 마치 라웅고가 발휘하는 '정화'의 언령과도 비슷해 보였다.

다만 차이가 있다면, 라웅고의 언령은 아직 미숙한 반면, 이탄의 눈앞에서 뭉쳐진 빛의 파동은 그 자체가 완성체 같았다. 빛의 파동으로부터 항거할 수 없는 신의 위엄이 발산되었다.

이탄이 지켜보는 가운데 너울거리는 파동은 차차 사람의 얼굴 형태를 갖추었다. 얼굴 위에는 길고 구불구불한 머리카락이 형체를 잡아갔다.

머리가 생성되는 것과 동시에 상대의 몸도 만들어졌다. 상대의 하반신 아래쪽에는 구름 같은 것이 뭉게뭉게 일어났다.

기어코 상대는 이탄의 눈앞에서 온전한 제 모습을 드러내었다. 일렁거리는 빛의 파동은 흡사 여인을 연상시켰다. 구름을 타고 우뚝 몸을 일으킨 이 존재의 정체는 다름 아닌 인과율의 여신이었다.

인과율의 여신.

아는 자.

혹은 집행하는 자.

이상 3개의 이름을 가지고 정상 세계의 정점에 우뚝 서 있는 바로 그 존재가 이탄 앞에 모습을 드러내었다.

부정 차원에 머물고 있는 여섯 눈의 존재나 오버 스피릿 (Over—spirit: 군림하는 영혼) 탈룩 등과 어깨를 나란히 한다는 바로 그 여신이 드디어 이탄과 마주했다.

이탄이 고개를 삐뚜름 기울여 물었다.

"너는 또 뭐냐?"

인과율의 여신은 모호하게 흐려진 형체로 이탄 앞에서 일렁거리기만 할 뿐 쉽게 반응을 보이지 않았다.

그런데도 이탄은 느낌이 왔다.

'지금 상대가 나를 탐색 중이구나. 나의 무력과 권능 등을 상세하게 살펴보는 중이야.'

이탄의 짐작이 옳았다. 지금 인과율의 여신은 이탄을 샅샅이 스캔 중이었다.

원래 인과율의 여신은 '아는 자'이자 '집행하는 자'였다. 그러므로 여신은 한 번 이탄을 훑어보는 것만으로도 이탄의 모든 것, 심지어 이탄의 과거와 현재, 미래까지도 모두 읽어내야 정상이었다.

한데 아무것도 보이지 않았다. 마치 이탄 주변에 한 겹

베일이 둘러싸고 있는 듯했다. 여신이 아무리 들여다보려고 애를 써도 이탄의 실체가 잡히지 않았다.

인과율의 여신은 형체가 없이 파동, 혹은 에너지의 형태로만 존재했다. 따라서 그녀는 눈으로 이탄을 볼 수가 없었다. 대신 보지 않아도 이탄을 포착하고, 확인하고, 샅샅이 분석해내는 것이 여신의 권능 중 하나였다.

한데 인과율의 여신에게 비친 이탄은 마치 공기와도 같았다. 지금은 인과율의 여신은 간신히 이탄을 찾아내어 살펴보고 있는 중이지만, 여기서 조금만 더 시간이 흐르면 이탄은 공기 중에 녹아서 자취를 감출 것 같았다.

최소한 인과율의 여신은 그런 느낌을 받았다.

Chapter 2

[너는 누구냐?]

인과율의 여신이 뇌파로 캐물었다.

이탄이 코웃음을 쳤다.

[흥. 내가 먼저 물었으니 먼저 답부터 해라. 너는 누구지?]

[나는 아는 자다. 나는 집행하는 자다. 그러는 너는 누구

인데 감히 내가 가져야 할 권능을 훔쳐다 쓰느냐?]

인과율의 여신은 분개한 듯 따졌다.

이탄은 어리둥절했다.

[훔쳐 쓴다고? 내가 뭘 훔쳐?]

그러자 인과율의 여신이 지극히 분노했다. 파동으로 이루어진 여신의 머리카락이 하늘로 솟구쳐서 무섭게 일렁거렸다.

[시치미를 뗄 생각이냐? 시간을 멈추는 권능. 공간을 재조립하는 권능. 그것들이야말로 내가 누려야 할 언령들이니라. 감히 나 몰래 그것들을 훔쳐가고도 시치미를 떼? 크으윽.]

상대가 생떼를 부리자 이탄도 울화가 치밀었다.

[시간의 언령? 공간의 언령? 하! 이런 돌아이 같은 년을 봤나. 이게 왜 네 것이야? 나 스스로 이 권능들을 깨우쳤으니 당연히 내 것이지. 이게 왜 네년이 누려야 할 권리냐고?]

이탄의 막말에 인과율의 여신은 분노를 금치 못했다.

[뭐랏? 돌아이? 크아악.]

인과율의 여신이 구름을 몰아 이탄을 덮쳤다.

이탄은 손을 가로 세로로 휘둘렀다.

가로로 그은 이탄의 손짓이 언노운 월드로부터 시간을

분리해내었다. 세로로 내리그은 이탄의 손짓은 언노운 월드가 아닌 곳으로 공간을 대체해 놓았다.

시간과 공간이 분리되자 이탄의 주변은 완전히 새로운 세상이 되었다. 온통 백색 천지인 공간에서 이탄은 인과율의 여신과 충돌했다.

이탄은 부정 차원에서 이미 마격 존재와 싸워본 경험이 있었다. 그 경험이 이탄에게 큰 도움이 되었다.

이탄은 상대의 레벨을 여섯 눈의 존재와 동급, 혹은 그 이상이라고 상정해 놓았다. 그리곤 힘을 아끼지 않고 처음부터 최강의 공격을 폭격하듯이 퍼부었다.

쿠롸롸롸롸롸—.

이탄의 영혼 속에서 튀어나온 붉은 금속이 이내 온 우주를 뒤덮을 듯한 초거대 뱀으로 변했다. 그 붉은 뱀이 아가리를 쩍 벌리고 인과율의 여신을 향해서 달려들었다.

이탄은 그 위에 언령의 힘을 보탰다.

'무한시'의 권능이 하나로 뭉쳐져서 영롱한 태양으로 변했다.

'무한공'의 권능도 단단히 응축되어 이글이글 타오르는 태양이 되었다.

각각 시간과 공간의 힘을 듬뿍 머금은 2개의 태양은 붉은 뱀의 머리 부위로 날아가 2개의 눈이 되었다.

이탄은 또 다른 언령들도 동원했다.

이탄이 발동한 세 번째 언령 또한 '무한시', '무한공'과 마찬가지로 최상격의 언령이었다.

이른바 '흡입'의 언령.

정상 세계의 모든 에너지를 빨아들일 수 있는 최상격의 권능이 세 번째 태양이 되어서 붉은 뱀의 머리 위에 올라탔다.

세 번째 태양은 시커먼 색깔인 듯 느껴졌다. '흡입'의 태양 자체가 주변의 모든 에너지를 빨아들이다 보니 형체가 보이는 대신 블랙홀처럼 검은 구멍으로만 느껴지는 것이다.

이탄은 여기서 멈추지 않았다. 연달아 2개의 태양을 더 만들어 내었다.

이탄이 만들어낸 네 번째 태양은 '죽음'이었다.

이 언령 또한 최상격에 해당했다.

'죽음'의 태양이 떠오르자 주변의 모든 생기가 썰물처럼 빠져나갔다. 이탄이 언데드이기 때문에 죽음의 기운은 더욱 활발하게 기승을 부렸다.

바로 이어서 다섯 번째 태양이 떠올랐다. 이탄이 만들어낸 이 태양은 '죽음'과 정 반대되는 언령, 즉 '삶'이었다.

이탄의 손끝을 떠난 '죽음'과 '삶'은 이내 붉은 뱀과 합류하여 한층 더 붉은 뱀을 강화시켰다.

인과율의 여신이 깜짝 놀랐다.

[커헉! 말도 안 돼. 최상격의 언령을 무려 5개나 훔쳐갔다고?]

훔쳐갔다는 말에 이탄이 버럭했다.

[요런 쌍년. 훔쳐가긴 누가 훔쳐갔다고 지랄이냐? 내가 도둑인 줄 아냐?]

화가 난 이탄은 붉은 뱀의 뒤를 쫓아 직접 인과율의 여신에게 달려들었다. 이탄은 어느새 팔이 108개에 다리가 108개, 머리는 54개인 괴물수라로 변했다.

이것은 일반적인 괴물수라가 아니었다. 백팔수라(百八修羅) 제6식 수라천세(修羅千歲)를 발동할 때만 나타나는 괴물 중의 괴물이었다.

[감히 나를 좀도둑으로 몰다니, 가만두지 않는다.]

이탄이 이빨을 뿌드득 갈았다.

인과율의 여신에게 달려드는 이탄의 오른손 손바닥 위에는 천주부동이라는 신화적 술법이 준비 중이었다.

이탄이 자신만의 방법으로 재현해낸 천주부동은 시간과 공간의 제약을 뛰어넘어 세상 모든 것을 우뚝 멈추게 만들어버리는 가공할 술법이었다. 이탄이 가장 즐겨 사용하는 백팔수라나 금강체도 천주부동에 비하면 어린아이 장난에 불과했다.

그 엄청난 술법이 드디어 이탄의 손에서 꽃을 피웠다.

붉은 뱀이 아가리를 쩍 벌리고 인과율의 여신을 삼키려 드는 바로 그 타이밍! 이탄도 때를 맞춰서 하늘의 기둥(천주)를 상대의 머리 위에 내리찍었다.

[크읏!]

인과율의 여신이 기겁했다. 엄청난 거력이 하늘로부터 쏟아져서 그녀를 꽉 옭아맨 탓이었다.

인과율의 여신은 실체가 없이 파동으로만 이루어진 존재였다.

한데 상대가 발휘한 기괴한 술법은 그 파동마저 꼼짝 못하게 짓눌렀다. 하늘을 지탱하는 묵직한 기둥에 짓눌리자 압력이 어마어마했다. 강력한 속박 속에서 인과율의 여신은 손가락 하나 까딱할 수 없었다.

이건 시작에 불과했다. 꼼짝 못 하고 몸이 구속된 여신을 향해서 붉은 뱀이 달려들었다. 그것도 그냥 달려든 것이 아니라 5개의 최상격 태양을 몰고서 인과율의 여신을 덮쳤다.

[크아아아악.]

인과율의 여신이 발버둥을 쳤다.

여신이 태고 이래로 깨우쳤던 모든 법칙들이 한꺼번에

폭발했다. 인과율의 여신은 어떻게든 천주부동의 억압을 풀어내려고 들었다.

그 노력이 빛을 발했다. 여신의 머리를 짓누르고 있던 하늘의 기둥이 삐이꺽 소리를 내면서 흔들렸다. 여신의 몸뚱어리를 억압 중이던 천주부동의 중심부에 쩌저적 금이 갔다.

바로 그 타이밍에 붉은 뱀이 인과율의 여신을 덮쳤다.

붉은 뱀보다 한발 앞서서 시간의 태양이 폭발했다. 시간파편의 조각조각 흩어지면서 인과율의 여신이 쌓아왔던 과거의 모든 세월들을 찢어발겼다. 그러면서 시간의 힘은 인과율의 여신이 오랜 세월 동안 깨우쳐왔던 권능들도 사납게 훼손했다.

중요한 시험을 대비하여 열심히 공부해온 학생이 있다고 치자. 그 학생의 과거를 지워버리면 그동안 공부해온 지식도 사라지게 마련.

이와 같은 현상이 인과율의 여신에게도 적용되었다.

Chapter 3

시간의 태양에 이어서 공간의 태양도 폭발했다.

인과율의 여신이 머물고 있는 공간이 강력한 힘에 의해 우그러졌다. 그런 다음 거울 표면에 금이 가듯이 공간 자체가 산산이 깨져나갔다.

쩌저적!

공간 속에 머물고 있던 인과율의 여신의 몸뚱어리에도 금이 마구 갔다. 여신이 우수수 깨져나갔다.

인과율의 여신이 만약 신격 존재가 아니었다면, 그녀가 머물고 있던 공간이 찢어졌을 때 곧바로 사망했을 것이다.

인과율의 여신은 정말 초자연적인 권능으로 찢어진 몸을 다시 이어 붙였다. 흩어진 파동을 다시 재생해내었다.

그때 '죽음'의 기운이 여신을 휩쓸었다.

'삶'의 권능도 여신을 습격했다.

인과율의 여신은 이미 신격 존재이므로 죽음과 삶의 굴레에서 벗어난 지 오래였다.

한데 이탄이 발휘한 삶과 죽음의 수레바퀴가 인과율의 여신 내부로 파고들어 그녀에게 삶과 죽음을 다시 부여했다. 이 과정을 겪으면서 불멸자인 여신이 다시 필멸자로 수준이 하락했다.

[끄아아악.]

인과율의 여신은 퇴화한 자신의 급을 다시 신격으로 끌어올리기 위해서 피똥을 싸는 듯한 노력을 해야만 했다.

그러는 와중에 '흡입'이라는 최상격 언령이 발동했다. 언령의 태양이 폭발하면서 주변의 모든 에너지를 흡입했다.

쿠콰콰콰콰!

인과율의 여신을 구성하고 있던 파동도 결국엔 에너지의 한 형태였다. 그 에너지가 블랙홀 속으로 흡입되면서 인과율의 여신은 점차 흐릿하게 변했다.

[끄아아아악, 안 돼애―.]

인과율의 여신이 다시 한번 발악을 했다.

인과율의 여신은 정말 미칠 것만 같았다. 그동안 언령을 훔쳐간 도적놈을 찾기 위해서 그렇게 애를 썼는데, 그 도적만 찾아내면 즉각 엄벌을 내릴 것이라 다짐을 해왔는데, 막상 도적놈을 찾자마자 그놈에 의해서 소멸의 위기가 닥치다니! 일이 이렇게 꼬일 것이라 어찌 알았겠는가.

시간의 태양이 폭발하면서 인과율의 여신의 과거가 흔들렸다. 여신이 오랜 세월 쌓아온 권능들이 허물어졌다.

공간의 태양이 폭발하면서 인과율의 여신은 유리창처럼 온몸이 깨져나갔다.

엎친 데 덮친 격으로 삶과 죽음의 태양 2개도 한꺼번에 터졌다. 삶과 죽음을 관장하는 생사의 수레바퀴가 여신의 안으로 굴러들어와 여신이 지녔던 신격을 한 단계 낮춰버렸다. 인과율의 여신은 순식간에 신의 지위에서 하찮은 필멸자로 전락했다.

흡입의 태양도 장렬하게 무너졌다. 그러면서 우주의 종말을 연상케 만드는 강력한 블랙홀이 나타났다. 이 블랙홀은 인과율의 여신을 구성하는 파동 에너지를 송두리째 뽑아가려 들었다.

[끄으으윽.]

인과율의 여신은 정말 악착같이 버텼다.

인과율의 여신은 과거가 지워지면서 발생한 권능의 공백을 애써 다시 추슬렀다. 공간이 붕괴하면서 갈가리 흩어지던 몸뚱어리도 힘겹게 다시 재구성했다. 여신은 삶과 죽음으로 인해 발생한 신격의 하락을 기를 쓰고 높였다. 블랙홀에 빼앗긴 파동의 에너지도 미친 듯이 재생해내었다.

인과율의 여신은 이 모든 일들을 해내는 짬짬이 하늘의 기둥, 천주로부터 벗어날 방도도 모색했다.

바로 그 때였다. 온 우주를 집어삼킬 만한 크기의 붉은 뱀이 아가리를 쩍 벌리며 다가와 인과율의 여신을 그대로 집어삼켰다.

[끄아아아악, 빌어먹을.]

인과율의 여신은 자신의 모든 권능을 한꺼번에 끌어올려 붉은 뱀에게 저항했다.

여신이 뇌에서는 쉴 새 없이 언령이 튀어나와 무너지는 세계를 다시 구성했다. 빼앗긴 에너지도 빠르게 복구했다. 그 결과 인과율의 여신은 이탄의 무자비한 폭격을 끝끝내 버텨내었다.

이번에는 이탄이 인상을 벅벅 썼다.

'아, 젠장. 처음부터 전력을 쥐어짜서 최강의 공격들을 퍼부었건만 그걸 버텨낸다고? 정말 징글징글하다. 징글징글해.'

사실 이탄도 상태가 좋지는 않았다. 무리하게 언령을 동원하고, 붉은 금속을 출동시키고, 거기에 천주부동의 술법까지 더했다. 이만하면 이탄이 할 수 있는 공격은 거의 다 해본 셈이었다.

물론 이탄에게는 만자비문의 권능이 아직 남아 있었다.

'하지만 정상 세계에서는 만자비문의 권능을 반감된단 말이야. 게다가 만자비문은 아직 온전히 회복되지 않았어.'

결국 이탄은 만자비문 대신 광목의 음악을 연주하는 쪽을 택했다.

이탄이 아몬의 토템을 움켜쥐고 현을 쫘라락 뜯자 세상을 뒤집어 놓을 만한 음악이 울려 퍼졌다.

우선은 광목화음(廣目火音).

광목이 작곡한 불의 음악이 연주되자 인과율의 여신 주변으로 불의 세계가 펼쳐졌다. 온통 불로 이루어진 세계로부터 신도 감당하기 힘든 초고온의 화염이 몰아쳤다.

그 화염은 여신의 근원이나 마찬가지인 파동을 마구 일그러뜨렸다.

[끄악!]

파동으로 이루어진 여신의 머리카락이 초고온의 화염을 견디지 못하고 푸스스 흩어졌다. 인과율의 여신은 고통에 겨워 고개를 마구 내저었다.

이탄은 바로 이어서 광목금음(廣目金音)을 연주했다.

따다다당!

또다시 아몬의 현이 진동했다. 이번에는 화염 대신 온통 금속으로 이루어진 세계가 펼쳐졌다.

그 세계 속에서 금속들이 수도 없이 들고 일어나 붉은 금속, 즉 적양갑주의 통제를 받았다. 덕분에 붉은 뱀의 힘은 거의 1.5배 가까이 증폭되었다.

온 우주를 휘감아 으깨버릴 수 있는 존재가 붉은 뱀이었다. 그 뱀이 인과율의 여신을 삼킨 상태에서 입 안을 바짝 조였다. 뱀의 목구멍 안쪽에서 붉은 금속이 가시처럼 돋아나 인과율의 여신을 마구 찔렀다.

[꾸왁, 끄으읏!]

인과율의 여신은 처참하게 흐느꼈다. 여신은 압박을 받다 못해 몸뚱어리가 위아래로 끊어질 위기에 처했다.

Chapter 4

인과율의 여신이 제아무리 정상 세계의 법칙을 바꾸고 인과율을 움직여 보아도 붉은 뱀이 발휘하는 강한 압력을 버틸 수는 없었다. 인과율의 여신을 구성하던 파동들도 결국엔 허물어졌다.

여신의 팔뚝이 몸에서 떨어져 나갔다.

여신의 가슴이 보기 흉하게 꺼졌다.

[크으윽, 어쩔 수가 없구나.]

결국 인과율의 여신은 마침내 최후의 수단을 꺼내들었다.

여신은 '아는 자'였다.

그러므로 인과율의 여신은 어떠한 적을 만나더라도 적의 약점과 한계를 그 즉시 파악하여 최적의 공격을 퍼붓곤 했다.

한데 이상하게도 이탄에게만큼은 여신의 주특기가 통하지 않았다. 인과율의 여신이 아무리 탐색해도 이탄의 약점이 보이지 않았다.

'이대로는 안 돼. 이러다 내가 소멸하겠어.'

인과율의 여신은 바보가 아니었다. 그녀는 더 이상 이탄을 탐색하려 들지 않았다.

상대방에 대한 파악을 포기한 대신, 여신은 모든 권능을 '엑시큐션(Execution: 집행)'에만 집중했다.

'엑시큐션'은 인과율의 여신이 깨우친 최상격의 언령 가운데 하나였다. '엑시큐션'은 여신이 목표로 삼은 일이 반드시 이루어지도록 만드는 집행의 힘이었다. 뿐만 아니라 '엑시큐션' 안에는 처형, 혹은 사형을 집행한다는 의미도 내포되었다.

[엑시큐션!]

인과율의 여신이 최상격의 언령을 뇌파로 내뱉었다.

순간, 정상 세계를 구성하는 모든 인과율들이 오로지 이탄의 처형을 위해서만 움직였다. 세계를 구성하는 근원이 절대절명의 단두대가 되어 이탄의 목을 내리쳤다.

이 단두대는 이탄의 과거와 현재, 미래의 목을 동시에 잘랐다.

이 단두대는 이탄이 이동할 수 있는 모든 공간을 전부 차단하면서 절대적인 처형을 집행했다.

이 단두대는 도저히 피할 수 없도록 운명적으로, 그리고 필연적으로 다가왔다.

신의 목도 벨 수 있다는 '엑시큐션'이 그 절대적인 위력을 발휘하였다.

이탄은 단두대의 칼날을 피할 수 없었다. 단두대에 매달린 필연의 칼날은 여지없이 이탄의 목을 베고 지나갔다.

그 즉시 인과율의 여신이 쾌재를 불렀다.

[옳거니! 이제야 네놈의 목을 베었구나.]

한데 허공으로 높이 솟구친 이탄의 머리통이 여신을 향해서 빙글 회전하는 게 아닌가. 이탄이 분노로 두 눈을 부릅떴다.

[이런 개 같은 년!]

쭈웅! 쭝!

이탄의 두 눈에서 샛노란 광선이 발사되어 인과율의 여신을 때렸다.

이것은 나라카의 눈이었다. 고대 악마사원의 삼대법보 가운데 하나이자, 그릇된 차원을 지배하는 늙은 왕 나라카의 파괴적 권능이 이탄의 두 눈을 통해서 발현되었다.

물론 지금까지 이탄이 구현했던 언령이나 붉은 뱀에 비하면 나라카의 눈은 그다지 위협적이지 않았다.

한데 그 노란 광선이 여신에게 치명타를 안겨주었다.

아니, 엄밀하게 말해서 인과율의 여신은 나라카의 눈 때문에 타격을 받지 않았다. 그녀 스스로 자폭을 한 셈이었다.

'엑시큐션'은 상대의 목을 무조건 따버리는 절대성을 가지고 있는 대신, 만에 하나 그 절대성이 깨지게 되면 그만큼의 대가를 시전자에게 되돌려주는 특성을 지녔다.

조금 전 인과율의 여신이 절대적인 믿음으로 발동한 '엑시큐션'은 이탄에게 치명타를 안겨주지 못하였다.

그러므로 그 대가가 오히려 여신에게 가해진 것이다.

사실 이것은 우연히 발생한 일이었다. 이탄은 이미 머리와 몸이 분리된 듀라한인지라 단두대의 칼날이 그의 목을 잘라봤자 아무런 타격도 없었다.

'쳇, 더러운 세상. 이미 한 번 잘린 모가지 따위, 단두대에 걸려 한 번 더 잘린들 무슨 상관이랴.'

이탄은 그렇게 엉뚱한 이유로 인해서 인과율이 여신이 발동한 최후 최강의 공격을 회피해버렸다.

따지고 보면 이탄은 운이 무척 좋은 셈이었다.

그런데도 이탄은 참을 수 없는 분노와 수치감에 온몸을 떨어야 했다. 상대방에게 듀라한이라는 정체성이 발각 났다고 생각한 순간, 이탄은 꼭지가 돌아버렸다. 이탄의 눈에 비친 인과율의 여신은, 과거에 그를 펄펄 끓는 솥에 던져 넣어 듀라한으로 만들어 버렸던 그 마녀와 동일 인물이나 다름없었다.

이탄은 눈이 팽 돌아갔다.

[크와아악. 죽여 버린다. 아가리부터 시작해서 온몸을 갈 가리 찢어버릴 테다.]

만약에 이탄이 이성을 잃고 꼭지가 홱 돌아버리지만 않 았더라면, 이탄은 상대를 천주부동으로 꽁꽁 묶어둔 상태 에서 차근차근 에너지를 흡수하여 무난하게 소멸시켰을 것 이다.

한데 이성을 잃어버린 것이 화근이었다. 이탄은 분노와 수치심에 휩싸여 인과율의 여신을 맨손으로 찢어 죽이려고 들었다.

그러다 보니 천주부동이 이탄에게 방해가 되었다. 묵직 하게 하늘의 기둥이 내리꽂힌 근방에서는 이탄도 자유롭게 움직이지 못했다.

이탄은 천주부동이 거추장스럽기에 우선 그 술법부터 거 둬들였다. 그리곤 무한공의 권능으로 단숨에 인과율의 여 신에게 다가가 그녀의 머리통을 손으로 붙잡았다.

비록 상대가 실체가 없더라도 이탄에게는 아무런 문제가 되지 않았다. 이탄이 손에 낀 귀잡갑은 영혼이나 파동, 심 지어 에너지도 붙잡을 수 있는 최상급의 법보였다. 이탄은 귀장갑의 힘을 빌려 인과율의 여신을 붙잡았다.

바로 이 대목에서 파탄이 발생했다.

조금 전까지만 하더라도 인과율의 여신은 하늘의 기둥에

짓눌려서 숨도 제대로 쉬지 못하던 상황이었다. 그런데 하늘의 기둥이 갑자기 해제되자 인과율의 여신에게 아주 짧은 기회가 생겼다.

귀장갑 따위로 감히 천주부동의 힘을 대체하지 못하는 법.

[이야아압!]

하늘의 기둥이 사라진 그 짧은 순간, 인과율의 여신은 마지막 한 방울의 에너지까지 쥐어짰다. 그리곤 그 에너지를 총동원하여 최상격의 언령을 하나 발동했다.

이것은 오로지 신격을 무너뜨려야만 발동할 수 있는 언령이었다. 인과율의 여신 스스로 소멸을 선택하되, 그 속에서 다시금 부활을 기대할 수 있는 최고의 탈출기였다.

이 언령의 명칭은 '회귀'.

여신이 비장의 무기로 숨겨둔 절대 언령이 발동했다.

제8화
철벽, 혹은 울타리 I

Chapter 1

이탄은 무한시의 주인이므로 인과율의 여신이 설령 과거로 도망친다고 하더라도 얼마든지 추적이 가능했다.

한데 여신이 발동한 '회귀' 언령은 단순히 과거로 도망치는 수법이 아니었다. 기존의 과거가 아닌 완전히 새로운 세상, 새로운 과거를 창조해낸 다음, 자신이 만든 과거로 이동하여 화를 피하는 언령이 바로 '회귀'였다.

이탄의 눈앞에서 인과율의 여신이 푸스스 사라졌다.

"아뿔싸!"

이탄은 그제야 자신의 실책을 깨닫고는 황급히 천주부동을 발현했다.

이미 늦었다.

천주부동의 절대적인 속박 능력으로 상대의 발목을 미리 묶어두었다면 모를까, 지금은 이미 인과율의 여신이 최후의 탈출기를 발동한 뒤였다.

이탄이 아무리 귀장갑으로 상대를 붙잡으려고 애써도 빈 허공만 훑을 뿐이었다. 지금 여신이 사용한 수법은 예전에 여섯 눈의 존재가 시간을 되감아서 과거로 도망쳤던 것보다 훨씬 더 신비롭고 절대적인 탈출 방법이었다.

파스스스스.

인과율의 여신은 이탄이 두 눈 똑바로 뜨고 지켜보는 가운데 자취를 감추었다.

여신은 그렇게 기존의 과거가 아닌 새로운 과거, 새로운 평행우주로 피신했다. 그 우주에서 인과율의 여신은 이탄과의 만남 자체를 피하는 길을 택할 것이다.

언젠가는 인과율의 여신이 다시 이탄 앞에 나타날 테지만, 혹은 이탄의 능력이 한 차원 더 발전하여 인과율의 여신을 추적할 수 있게 될지도 모르지만, 지금 당장은 이탄이 할 수 있는 일이 없었다.

그저 넋을 놓고 손가락만 빨 수밖에.

"이런 제기랄. 잠깐 흥분하는 바람에 다 잡은 물고기를 놓치다니."

이탄은 안타까움에 땅바닥을 발로 찼다.

그래 봤자 때 늦은 후회일 뿐, 인과율의 여신은 이미 추적이 불가능한 세계로 도망친 이후였다.

"하아아. 닭 쫓던 개가 지붕만 쳐다본다더니, 내가 꼭 그 꼴이로구나."

이탄은 무겁게 고개를 가로저었다.

이탄은 크게 낙담했다.

하지만 따지고 보면 그렇게 낙담할 일만은 아니었다. 인과율의 여신은 비록 '회귀'의 언령 덕분에 목숨을 건졌으나, 그 대가로 신격을 잃었다.

인과율의 여신이 창조한 평행우주 속에서 그녀는 더 이상 신격 존재가 아니었다. 언령의 태반을 잃고서 겨우 목숨만 건진 패잔병에 지나지 않았다.

인과율의 여신은 마음이 조급했다.

[빨리 되찾아야 해. 내가 신격에서 미끄러지면서 놓친 나의 권능들, 인지의 권능, 엑시큐션의 권능, 그리고 회귀의 권능. 바로 이 세 가지 최상격의 언령부터 되찾아야 한다고.]

여신이 판단하기에, '엑시큐션'으로 목을 베어도 멀쩡했던 그 괴상한 미청년(이탄)은 언령에 대한 습득 능력을 타고난 자였다.

'만약에 그 도적놈이 내가 잃어버린 언령을 깨닫는다면? 인지의 언령이나 엑시큐션의 언령, 혹은 회귀의 언령을 깨우친다면?'

이건 상상하기조차 싫은 사태였다.

[꺄아악! 그건 안 돼. 만약에 그런 일이 벌어진다면 나는 영원히 그 언령들을 되찾을 수 없다고.]

인과율의 여신은 뾰족하게 비명을 질렀다.

언령이란 정상 세계를 구성하는 법칙이었다.

그 법칙을 어렴풋이 깨달아 언령의 힘을 아주 조금만 끌어다 쓰는 자들은 여러 명 탄생할 수 있었다.

굳이 비유를 하자면 다음과 같았다.

저수지의 물이 언령이라고 치자. 언령을 조금 깨우친 자들은 그 저수지의 물을 빌려서 사용하는 농부들인 셈이었다.

예를 들어서 라웅고 부탑주도 인과율의 여신과 마찬가지로 모든 어둠을 씻어낼 수 있는 '정화'의 언령을 깨우쳤다.

하지만 라웅고가 깨우친 '정화'는 여신이 발휘하는 '정화'와는 차원이 달랐다. 라웅고는 그저 언령의 힘을 아주 조금만 빌려서 사용하는 농부에 지나지 않지만, 여신은 '정화'라는 저수지를 통째로 소유한 언령의 주인이었다.

이렇듯 인과율을 오롯이 깨우쳐서 언령의 주인이 될 수 있는 자는 1개의 언령당 딱 한 명으로 제한되었다.

이를 테면, 이탄은 무한시와 무한공의 주인이었다.

그러므로 이탄이 소멸하기 전까지는 우주의 그 누구도, 그 어떤 신도 시간과 공간에 대한 법칙을 가져올 수는 없었다.

왜냐하면 법칙은 유니크(Unique)하기 때문이었다.

그와 마찬가지로 '정화'의 언령, '인지'의 언령, '엑시큐션'의 언령, 그리고 '회귀'의 언령은 오로지 인과율의 여신만이 독점하고 있던 법칙이었다.

이탄이 제아무리 언령의 벽을 통해서 노력을 하더라도 이 4개의 언령만큼은 이미 여신이라는 주인이 있으므로 소유가 불가능했다.

최소한 조금 전까지는 그러했다.

한데 지금은 상황이 바뀌었다. 인과율의 여신은 신격을 잃고 탈출하는 와중에 3개의 최상격 언령을 손에서 놓쳐버렸다.

덕분에 이 3개의 언령은 먼저 깨닫는 자가 임자였다.

[그 도적놈이 이 사실을 알아차리기 전에 얼른 내가 3개의 언령을 다시 가져와야 해. 이것들마저 도적놈에게 빼앗기면 나는 영원히 그 도적놈을 처단할 수 없을 거야.]

인과율의 여신은 구름 위에 꽁꽁 몸을 숨긴 채 잃어버린 권능들을 되찾기 위해서 전심전력을 다 했다.

한데 그녀가 알까?

이탄은 이미 여신이 놓친 3개의 최상격 언령 가운데 하나를 얻어버렸다는 사실을.

이탄이 고대 악마사원의 유적지에서 발굴한 나라카의 눈은 불완전하게나마 '엑시큐션'의 성질을 내포하고 있었다.

사실 늙은 왕 나라카는 그릇된 차원에서 처형자로 통했다. 실제로 나라카는 알블—롭 일족의 신왕 프사이가 건방지게 굴자 그 앞에 나타나 단숨에 처형해버리기도 하였다.

그러니 나라카의 눈알에 '엑시큐션'의 기운이 어렴풋이나마 깃들어 있는 것은 그다지 이상한 일은 아니었다.

Chapter 2

조금 전 인과율의 여신이 신격마저 포기하면서 황급히 도망친 순간, 그녀에게서 떨어져 나온 '엑시큐션' 언령은 주인을 잃고 방황했다.

마침 그 순간 이탄은 자신의 목을 친 단두대의 칼날을 되새겨 보던 중이었다. 이탄의 머리가 빠르게 돌아갔다. 이탄은 상대의 공격 수법을 자세히 분석했다.

첫째, 과거와 현재와 미래의 목을 동시에 치는 그 시간적 절대성.

둘째, 세상 어느 곳으로 도망쳐도 피할 수 없는 공간적 절대성.

셋째, 그리고 운명이 바뀌지 않는 한 필연적으로 목이 잘릴 수밖에 없는 운명적 절대성.

이탄이 보기에 이상 세 가지가 '엑시큐션'의 근본이었다.

이렇듯 되새김질을 하면서 이탄은 자연스럽게 신의 목마저 벨 수 있다는 처형의 언령에 대해서 점점 더 많은 것을 깨닫게 되었다.

바로 그 순간 주인을 잃고 방황하던 '엑시큐션'이 자연스럽게 이탄의 눈알로 스며들었다.

마치 자석의 양극이 서로 달라붙는 것처럼 철썩.

마치 아기 캥거루가 어미의 주머니로 뛰어드는 것처럼 폴짝.

"어랍쇼?"

이탄은 그제야 '엑시큐션'의 존재를 깨달았다. 이 최상격의 언령은 이탄이 예상하지 못한 순간에 뽕 하고 나타나그에게 덥석 안겨버렸다.

"어허. 이건 또 뭔 일이래? 처형이라는 의미의 요 언령은 조금 전에 그 쌍년이 내게 써먹었던 수법 같은데?"

이탄은 '세상에 신기방기한 일도 다 있구나.' 라는 표정으로 '엑시큐션' 을 살펴보았다. 인과율의 여신을 실수로 놓쳐버렸던 아쉬움이 새로운 언령을 얻음으로 인하여 조금이나 희석된 기분이었다.

다른 한편으로 이탄은 새로운 상념에 접어들었다.

"거 참 희한한 일도 다 있네? 언령이라는 것이 이렇게 주인을 갈아탈 수도 있는 것인가? 그 쌍년의 권능이 어쩌다 내 눈 속으로 풍당 다이빙을 했을까? 뭐, 내게로 왔으니까 일단 기특하기는 한데, 원인을 잘 모르니까 궁금하잖아. 쩌업."

이탄은 '앞으로 언령의 특성에 대해서 좀 더 깊이 있게 연구를 해봐야겠구나.' 라고 결심했다.

그러는 동안 이탄이 만들어낸 백색의 공간은 조금씩 허물어졌다.

이탄이 시간의 권능을 씨줄로 삼고 공간의 권능을 날줄로 삼아 엮어낸 이 백색의 세상은, 조금 전 이탄과 인과율의 여신이 무지막지하게 드잡이질을 벌이면서 외곽부터 서서히 붕괴가 진행되었다.

이탄이 그 사실을 깨달았을 때는 이미 백색의 공간 자체가 와르르 허물어지는 중이었다.

딱!

이탄은 손가락을 튕겨서 백색의 공간을 없애버렸다. 그
런 다음 이탄은 멈춰놓았던 시간도 다시 흐르도록 만들었
다.

이탄이 인과율의 여신과 백색의 공간 안에서 치고받고
싸우는 동안, 바깥세상에는 전혀 변화가 없었다.

이탄의 눈앞에는 쌀라싸와 싸마니야를 비롯한 피사노교
의 신인들이 여전히 존재했다. 피사노교의 사도들도 그대
로였다. 마르쿠제 술탑주와 아울 검탑의 검수들, 그리고 시
시퍼 마탑의 마법사들도 건재했다.

이탄은 손가락을 튕겨서 정지 상태를 풀어주었다.

그러자 조각처럼 몸이 굳어 있던 사람들이 다시 생생하
게 움직였다.

"후퇴. 후퇴."

"어서 마도전함 밑으로 퇴각하라."

피사노교의 사도들은 연신 뒤로 물러섰다.

그러는 동안 하늘에 뜬 마도전함들은 휘황찬란한 빛을
쏘아서 대규모 공간이동을 위한 마법진을 그렸다.

"피사노교의 사악한 무리들이 도망치려 한다."

아울 검탑의 검수들이 사도들의 뒤를 쫓으며 악을 썼다.

"놈들을 막아라."

"오염된 신의 자식들을 모조리 섬멸하라."

시시퍼 마탑의 마법사들은 각종 마법을 펼쳐서 피사노교 사도들의 발목을 붙잡았다. 마르쿠제 술탑의 술법사들도 적들이 도망치지 못하도록 기를 쓰며 따라붙었다.

백 진영이 기승을 부리는 바람에 피사노교의 피해는 시간이 갈수록 가중되었다.

이탄이 다시 한번 전쟁에 개입했다.

펑!

검푸른 연기로 변했던 이탄이 사령마를 타고 전쟁터 한복판에 등장했다. 이탄은 음차원의 마나를 잔뜩 끌어올려 데스 필드의 영역을 확대했다.

어둑한 안개 속에서 죽은 시체들이 부스스 일어나 백 진영과 맞서 싸웠다. 수백, 수천 단위의 언데드들을 일으키는 이탄의 모습은 고위 네크로맨서를 방불케 했다. 조금 전 손짓 하나로 녹마병들을 일으켜 세우던 검록의 마군 쌀라싸를 연상시켰다.

"대체 저 사도는 누구란 말인가?"

"저와 같은 실력자가 우리 교에 있었다고?"

피사노교의 사도들은 후퇴하는 와중에도 감탄을 금치 못했다.

그와 정반대로 아울 검탑의 검수들과 시시퍼 마탑의 마법사들, 그리고 마르쿠제 술탑의 술법사들은 이탄 때문에 자꾸 방해를 받아 미칠 것만 같았다.

이탄이 광범위 영역에 걸쳐서 언데드를 일으켜 세우고, 그 언데드들이 벽을 쌓아 백 진영의 추격을 방해하는 동안, 피사노교의 사도들은 무사히 마도전함 밑으로 모였다.

후오옹!

마도전함의 하단부에 새겨진 은빛 문자가 일제히 빛을 토했다. 그러면서 지상에는 대규모 공간이동 마법진이 발동했다.

"이런!"

라웅고 부탑주가 이탄을 무섭게 노려보았다.

라웅고는 쌀라싸와 티스아를 밀어붙이다 말고 이탄에게 고개를 휙 돌리더니, 아가리를 쩍 벌려서 '정화'의 언령을 터뜨렸다.

라웅고의 아가리에서 브레스처럼 쏘아져 나온 '정화'의 기운 때문에 이탄이 애써 일으켜 세운 언데드들이 푸스스 흩어졌다.

'정화'는 언데드들과는 완전히 상극이었다. '정화'의 기운에 조금이라도 노출된 언데드들은 모두 가루가 되어 흙으로 돌아갈 수밖에 없었다.

"아우, 제기랄."

이탄은 속이 터졌다.

사실 언데드를 군단 단위로 소환하여 싸우는 것은 이탄의 적성과는 맞지 않았다.

이탄은 본디 주먹으로 상대의 두개골을 부수고 손으로 찢어 죽여야 직성이 풀리는 성격이었다. 다만 지금은 이탄이 정체를 숨겨야 하기에 맨몸으로 싸우지 못하고 언데드에 의존할 뿐이었다.

한데 라웅고의 언령 한 방에 애써 만든 언데드 군단이 썩은 짚단처럼 허물어지는 게 아닌가.

이탄은 속이 꽉 막힌 듯 답답했다.

Chapter 3

더더욱 답답한 사태는 그 후에 벌어졌다.

라웅고가 이탄에게 한눈을 판 사이, 쌀라싸가 장거리 공간이동 아이템을 찢고는 그대로 날라 버린 것이다.

"커헉."

이탄은 뒤통수를 거하게 한 대 얻어맞은 기분이었다.

쌀라싸가 뒤도 돌아보지 않고 몸을 빼자 다른 신인들도

하나둘 전장에서 이탈했다.

아르비아는 넓적한 핼버드 날로 아울10검의 검을 쳐낸 다음, 서둘러 스크롤을 꺼내어 부욱 찢었다.

그 즉시 아르비아의 몸이 어디론가 사라졌다.

"커허헉."

이탄은 다시 한번 뒷목을 잡았다.

아르비아가 도망을 치면서 크게 소리를 질렀다.

"티스아. 어서 피해라."

아르비아는 피사노교의 서열 4위.

티스아는 서열 9위.

이 2명은 피사노교의 신인들로 동일한 대접을 받지만, 사실 티스아는 아르비아의 딸이었다. 그러다 티스아가 뛰어난 재능을 인정받아 신인으로 발돋움한 것이었다.

아르비아는 도망을 칠 때 유일하게 티스아를 챙겼다.

오로지 앞으로만 진격할 뿐 절대 후퇴가 없다던 티스아도 모친의 말은 잘 따랐다. 티스아는 라웅고가 다시 달려들기 전에 재빨리 핏빛 태풍을 일으킨 다음, 그 속에서 탈출용 아이템을 작동시켰다.

푸슉!

티스아의 몸뚱어리도 씻은 듯이 사라졌다.

한편 마제르는 피사노교의 신인들이 하나둘 전장을 이탈

하는 모습을 목격하고는 재빨리 검을 휘둘렀다. 마제르는 싸마니야가 도망치지 못하도록 붙잡아둘 요량이었다.

불가능했다.

싸마니야의 뒤통수에 결합해 있던 악마종이 긴 혀로 마법진을 그렸다. 그 마법진에서 뿜어져 나온 빛이 싸마니야를 휘감았다.

싸마니야는 분한 듯이 으르렁거렸다.

"크우우욱. 마제르. 마르쿠제. 네놈들을 절대 잊지 않겠다. 조만간 다시 찾아가서 이 빚을 갚아주마."

이 말을 끝으로 싸마니야도 전쟁터에서 자취를 감추었다.

신인들이 모두 사라지자 피사노교의 사도들은 더더욱 애가 끓었다.

"젠장. 서둘러. 서둘러서 철수해야 한다고."

"함대는 뭐하는 거야? 빨리 마법진을 발동하라고."

사도들이 다그치는 가운데 마도전함들은 대규모 공간이동 마법진을 연달아 활성화시켰다.

후웅! 후웅! 후웅!

온 사방에 빛의 기둥이 작렬했다.

피사노교의 사도들은 그 빛을 타고 교의 총단으로 공간이동했다.

이어서 마도전함들도 은빛 문자에 휩싸여 공간이동할 기미를 보였다. 마도전함 주변에 은빛 번개가 마구 내리쳤다.

"안 돼. 나도 데려가."

"야, 씨팔 새끼들아. 그렇게 너희들만 가버리면 우리는 어쩌라고?"

"이런 비겁한 놈들."

아직까지도 공간이동 마법진에 도착하지 못한 사도들이 마도전함을 향해서 욕을 퍼부었다.

그러는 사이 라웅고가 거대한 몸체를 날려 마도전함을 직접 덮쳤다.

마도전함들은 더욱 급하게 공간이동 마법을 발동했다.

쿠왕! 쿵! 쿵! 쿵!

미처 도주하지 못한 마도전함 몇 기가 라웅고의 금빛 동체와 충돌하여 추락했다.

하지만 대부분의 마도전함들은 이미 아울 산맥을 벗어나 대륙 북서부의 피사노교 총단으로 복귀한 상태였다.

피사노교의 신인들이 도주했다. 하늘에 떠 있던 어마어마한 수량의 마도전함들도 모두 사라졌다.

이제 전쟁터에 남은 피사노교의 사도들은 버려진 패잔병 신세가 되었다.

그 사도들이 텅 빈 하늘을 향해서 악을 썼다.

"씨팔! 씨팔! 씨팔!"

"가만두지 않을 테다. 내가 교로 복귀하는 날에는 너희들 마도전함 탑승원 놈들의 목을 모조리 잘라버릴 것이야."

사도들은 차마 신인들을 욕하지는 못했다. 대신 마도전함을 향해서 고래고래 욕을 할 뿐이었다.

그러면서 사도들은 몸에 블러드 쉴드를 두르고 사방으로 산개했다.

피사노교의 주요 병력들은 이미 마법진을 이용하여 총단으로 후퇴한 상황이었다. 전쟁터에 버려진 자들의 입장에서는 여기서 백 진영 놈들과 장렬하게 싸우다가 전사하느니 차라리 뿔뿔이 흩어져서 각자 살 길을 모색하는 편이 좋았다.

하지만 백 진영 입장은 또 달랐다. 그들은 피사노교의 패잔병들이 무사히 도망치는 꼴을 그냥 보아 둘 수 없었다.

아울4검이 복수의 깃발을 높이 들었다.

"아울 검탑의 검수들이여, 패잔병 놈들이라도 추살하라. 단 한 놈도 놓치지 마라. 저놈들의 목을 베어 아군 희생자들의 넋을 달래야 한다."

아울4검의 말이 떨어지기 무섭게 아울6검이 앞으로 뛰

쳐나갔다.

"당연한 말씀. 놈들을 그냥 살려 보낼 수는 없소이다."

아울6검이 이빨을 뿌드득 갈았다. 아울6검의 머리 위에는 검기로 이루어진 꽃이 화려하게 피어났다.

쏴아아아아아.

그 꽃으로부터 검기가 빗발처럼 쏟아져 나와 도주하는 적들을 추살했다.

마르쿠제 술탑도 힘을 보탰다.

술탑의 사천왕 가운데 첫째인 아잔데는 허리에 차고 있던 병을 손에 쥐고 빙글빙글 돌렸다. 호리병 속에서 호르릉 호르릉 소리가 울렸다. 이윽고 아잔데의 호리병으로부터 독 안개가 뭉게뭉게 뿜어져 나왔다. 독안개는 야생마보다 더 빨리 퍼져나가며 도주하는 사도들을 중독시켰다.

사천왕 가운데 둘째인 브란자르는 자신이 길들인 흑표범을 출격시켜 피사노교의 패잔병들을 뒤쫓았다.

사천왕 가운데 셋째인 테케는 부적 병사들을 소환하여 적들을 추격했다.

막내인 오고우는 애병인 무쇠솥을 30미터 크기로 확대시킨 다음, 그 솥을 던져서 도망치는 적들을 포획했다.

Chapter 4

사천왕들 사이에서 비앙카 공주도 튀어나왔다.

'비앙카, 너마저!'

이탄은 속으로 쓴웃음을 삼켰다.

비앙카는 붉은 머리카락을 펄럭이며 전쟁터를 단숨에 가로지르더니, 붉은 색깔의 부채를 꺼내어 수평으로 확 부쳤다.

화륵! 화륵! 화르륵!

십염선이라 불리는 비앙카의 법보가 위력을 발휘했다. 십염선에서 발출된 화염은 10가닥의 불의 강이 되어 피사노교의 잔당들을 집어삼켰다.

비앙카의 뒤에는 그림자처럼 레베카가 따라붙었다. 레베카도 팔한선이라 불리는 법보를 발동했다.

한편 시시퍼 마탑에서는 지파장들이 모두 나섰다. 아직까지 환각에 빠져 있는 쎄슘과 아시프를 제외하면, 나머지 10명의 지파장들은 전력을 다해 피사노교의 패잔병들을 공격했다.

특히 지파장들이 가장 집중한 상대는 이탄이었다.

"아 놔, 미치겠네."

이탄은 울고 싶은 심정이었다.

'피사노교가 너무 큰 피해를 볼 것 같아 한 팔 거들어 주었는데, 그 은혜를 이런 식으로 갚나? 이런 의리도 없는 것들 같으니.'

이탄은 피사노교 신인들의 얍삽함에 치를 떨었다.

그래도 어쩌겠는가.

신인들에게 복수를 해주는 것은 나중 일이고, 우선은 이 자리부터 피해야 했다.

'괜히 마법사들이나 술법사들과 부딪쳤다가 정체를 들키면 곤란해. 그렇다고 나까지 싹 사라져버리고 나면 피사노교의 패잔병들은 전멸을 당할 테지?'

이탄은 입술을 꾹 한 번 깨문 다음, 패잔병들이 도망칠 시간을 조금만 더 벌어주기로 마음먹었다.

이탄은 우선 음차원의 마나를 끌어올려 땅바닥에 쏟아부었다.

꽈릉!

간철호의 마법 어쓰퀘이크가 다시 한번 아울 산맥을 뒤흔들었다.

무려 수십 킬로미터에 걸쳐서 땅거죽이 뒤집혔다. 절벽이 허물어졌다. 저 멀리 아울 검탑 건물들도 폭삭 폭삭 주저앉았다.

"아아악. 안 돼. 안 된다고."

아울 검탑의 살림살이를 담당하는 예산처장 살라루가 10개의 손가락을 머리카락 속에 콱 박아 넣고는 비명을 질렀다.

무너진 탑과 건물들을 복구하려면 천문학적인 비용이 발생할 것이 뻔했다. 살라루는 그 예산을 어떻게 마련해야 할 것인지 눈앞이 캄캄했다.

이탄의 어쓰퀘이크 덕분에 아울 검탑의 하위 검수들은 제법 타격을 받았다. 시시퍼 마탑의 하위 마법사들도 황급히 허공으로 피신해야만 했다.

하지만 강자들에게는 어쓰퀘이크가 통하지 않았다.

"이노옴!"

아울6검이 어쓰퀘이크를 뚫고 이탄을 향해 날아왔다.

10명의 지파장들도 온몸에 보호마법을 두른 채 어쓰퀘이크를 뚫었다. 지파장들은 경쟁적으로 이탄을 노렸다.

마르쿠제 술탑에서는 비앙카가 이탄에게 달려들었다. 비앙카가 움직이자 아잔테, 브란자르, 테케, 그리고 오고우와 같은 사천왕들도 덩달아 이탄을 표적으로 삼았다. 레베카는 덤으로 딸려왔다.

이탄은 대규모 지진으로 백 진영의 어그로를 잡아끈 다음, 아주 무서운 흑주술로 쐐기를 박았다.

이탄이 피사노교의 보고에서 손에 넣은 흑주술 가운데는 다크 그린(Dark Green: 검녹색)이 포함되었다.

이 흑주술은 사실 쌀라싸의 주력 스킬이었다. 쌀라싸는 다크 그린으로 검록색 편린을 만든 다음, 그 안에 만자비문의 힘을 녹여 넣어서 강적들을 요격하곤 했다.

이탄은 바로 그 검록색 편린들을 대거 만들어 내었다.

마침 아울6검을 비롯하여 무수히 많은 백 진영의 강자들이 어쓰퀘이크를 타넘어 이탄에게 달려들던 상황이었다. 이탄은 온 하늘을 가득 메우며 달려드는 적들을 향해서 두 팔을 활짝 벌렸다.

"오너라."

이탄이 카랑카랑하게 외쳤다.

머리에 로브를 푹 뒤집어쓰고, 사령마에 올라탄 채 단신으로 수천 명의 강적들을 맞이하는 이탄의 모습은 보는 것만으로도 심장이 떨렸다. 그런 이탄의 등 뒤에선 부정한 기운이 폭포수처럼 뿜어져 나왔다.

"오오오오오!"

피사노교의 잔당들이 입을 모아 탄성을 터뜨렸다.

〈다음 권에 계속〉